THE QUEEN OF CRIME
繁體中文版
20 週年
紀念珍藏

十三人的晚宴

阿嘉莎・克莉絲蒂 —— 著

王敬慧 —— 譯

Lord Edgware Dies

通俗是一種功力

吳念真（導演、作家）

通俗是一種功力。絕對自覺的通俗更是一種絕對的功力。

這樣的話從我這種俗氣的人的嘴巴說出來，大概很多人要笑破褲底了。不過，笑完之後請容我稍稍申訴。這申訴說得或許會比較長一點，以及，通俗一點。

小時候身材很爛，各種遊戲競爭完全任人宰割，唯一隱遁逃避的方法是躲起來看書或聽大人瞎掰。那年頭窮鄉僻壤的小孩能看的書不多，小學二年級時最喜歡的是超大本的《文壇》，老師借的。看著看著，某天老師發現我的造句竟出現：「捧著：朝陽捧著一臉笑顏為群山剪綵」這樣亂七八糟的文字，就拒絕再讓我看那些超齡的東西了。

老師的書不給看，我開始抓大人的書看。一種是厚得跟磚塊一樣的日文書，對我來說那完全是天書，但插圖好看，經常有限制級的素描。另一種書是比較薄的，通常藏得很嚴密，只是裡面有太多專有名詞、重複的單字和毫無限制的標點，比如「啊啊啊」、「……！！！」

老讓我百思不解。有一天，充滿求知欲地詢問大人竟然換來一巴掌後，那種閱讀的機會和樂趣也隨著消失了。

所幸這些閱讀的失落感，很快從大人的龍門陣中重新得到養分。講到這裡，我似乎先得跟一個村中長輩游條春先生致敬，並願他在天之靈安息。

我所成長的礦區，幾乎全是為著黃金而從四面八方擁至的冒險型人物，每人幾乎都有一段異於常人的傳奇故事。這些故事當事人說來未必精采，但一透過游條春先生的嘴巴重現，有時連當事人都聽得忘我，甚至涕泗縱橫，彷彿聽的是別人的故事。

條春伯沒當過日本兵，可是他可以綜合一堆台籍日本兵的遭遇，一如連續劇般從入伍、受訓、逃亡荒島，面對同鄉同袍的死亡，並取下他們的骨骸寄望帶回故鄉，乃至骨骸過多搞不清哪是誰的等等，讓聽的人完全隨他的敘述或悲或笑，彷佛跟他一起打了一場太平洋戰爭。此外他也可以把新聞事件說得讓一個三、四年級的小孩，到現在仍記得當時腦中被觸動的畫面。例如當年瑠公圳分屍案的凶手做案之後帶著小孩到安東街吃麵（這讓我一直以為台北的安東街是條專門賣麵的街道），還有甘迺迪總統被暗殺、賈桂琳抱住她先生、安全人員跳上飛快的車子保護賈桂琳……當然，這記憶全來自條春伯的嘴巴而不是報紙。我的記憶全是畫面，有畫面，是因為條春伯說得精采，說得有如親臨他至死都還搞不清地理位置的達拉斯命案現場。

於是這小孩長大後無條件地相信：通俗是一種功力，絕對自覺的通俗更是一種絕對的功力。透過那樣自覺的通俗傳播，即使連大字都不識一個的人，都能得到和高階閱讀者一樣的感動、快樂、共鳴，和所謂的知識、文化自然順暢的接軌。也許就是因為這些活生生的例子，俗氣的自己始終相信：講理念容易講故事難，講人人皆懂、皆能入迷的故事更難，而能隨時把這樣的故事講個不停的人，絕對值得立碑立傳。

條春伯嚴格地說是有自覺的轉述者，至於創作者，我的心目中有兩個。一個是日本導演山田洋次，一個是推理小說家阿嘉莎．克莉絲蒂。

山田洋次創造了寅次郎這個集合所有男人優點跟缺點的角色，在以《男人真命苦》為名的系列下，總共完成百部左右的電影。它們的敘述風格、開頭、結尾的方法不變，唯一改變的是故事，是時代，是遍歷日本小鄉小鎮的場景。數十年來，看《男人真命苦》幾已成為日本人每年的一種儀式，一如新春的神社參拜。

數十年前訪問過山田導演，他說，當他發現電影已然有它被期待的性格時，電影已經不是導演自己的。他說：當所有人都感動於美人魚的歌聲時，你願意為了讓她擁有跟你一樣的腳，而讓她失去人間少有的嗓音嗎？

人間少有的嗓音與動人的歌聲，都來自山田導演絕對自覺的通俗創造。

再如阿嘉莎．克莉絲蒂，如果我們光拿出她說過的故事和聽過她故事的人口數字，就足以嚇死你。五十多年的寫作生涯，她總共寫出六十六本長篇推理小說，外加一百多篇短篇小說和劇本。其中有二十六本推理小說被改編，拍了四十多部電影和電視劇集。作品被翻譯成一百零三種文字的版本，銷量超過二十億本。

夠了。你還想知道什麼？知道二十億本的意義是什麼嗎？二十億本的意義是全世界平均三個人就有一個人讀過她的書，聽過她說的故事。

說來巧合，她和山田洋次一樣，創造出個性鮮明的固定主角（當然，前前後後她弄出來好幾個），然後由他（或是她）帶引我們走進一個犯罪現場，追尋真正的罪犯。

故事就這樣？沒錯，應該說這是通常的架構。那你要我看什麼？不急，真的不急，克莉絲蒂會慢慢冒出一堆足夠讓你疑惑、驚嚇、意外，甚至滿足你的想像力、考驗你的耐心和智商的事件來。

推理小說不都是這樣嗎？你說得沒錯，大部分是這樣，不一樣的是……對了，她像條春伯，像山田洋次，她真會說，而且她用文字說。

文字的敘述可以讓全世界幾代的人「聽」得過癮、「聽」個不停，除了聖經，也許就是克莉絲蒂。她不是神，但她真的夠神。

數十年前，台灣剛剛出現她的推理系列中譯本，那時是我結婚前，常有同齡的文藝青年來我租住的地方借宿，瞄到我在看克莉絲蒂，表情詭異地說：「啊？你在看三毛促銷的這個喔？」

我只記得他抓了一本進廁所，清晨四點多，他敲開我的房門說：「幹，我實在很討厭那個白羅……再拿一本來看看，我跟你說真的，要不是你的書，我真的很想把那個矮儸壓到馬桶吃屎！」

我知道他毀了，愛吃又假客氣，撐著尊嚴騙自己。克莉絲蒂再度優雅地撕破一個高貴的知識份子的假面具，她的手法簡單，那手法叫通俗，絕對自覺的通俗，無與倫比、無法招架的功力。

昔日的文藝青年如今跟我一樣，已然老去，但不時還會看到他寫一些充滿理念和使命感極重的文章，在報紙和雜誌上出現。我知道他要說什麼，只是常常疑惑他想跟誰說；同樣，我記得他說過什麼，但轉眼間忘記他說了什麼。但請原諒我，幾十年前那個晚上，他在我家看完的那兩本克莉絲蒂的小說內容，我可還記得清清楚楚。

也許有一天再遇到他的時候，我會問他之後是否還看過克莉絲蒂其他的書，如果沒有，我會跟他說，想讀要趁早，因為你會老、會來不及。至於白羅那個矮儸，大概永遠不會消失。哦，對了，還有一個叫瑪波，你說不定會來不及認識……

老派偵探之必要

冬陽（推理評論人，台灣推理作家協會理事長）

「讀者非常喜歡白羅這個人物，表示『那個開朗的小個子，過氣的比利時名偵探』。顯然白羅是這本小說受歡迎的一個原因，雖然白羅可能不贊同用『過氣』二字來形容他。」知名編輯兼作家經紀人約翰．柯倫（John Curran）在《阿嘉莎．克莉絲蒂的秘密筆記》一書如是說，文中提到的「這本小說」，正是克莉絲蒂初試啼聲、名偵探赫丘勒．白羅優雅登場的《史岱爾莊謀殺案》，一部於一個世紀前出版的偵探推理作品。

百年光陰的淬鍊顯然證明了白羅絕無過氣的疲態，連帶讓我聯想起電影《金牌特務》（*Kingsman*）上映後，大眾熱議西裝如何能帥氣俊挺歷久不衰——或許可以從這個切入角度，在這裡跟老書迷、新讀友探究這個蛋頭翹鬍子偵探（我沒有影射哪款洋芋片食品喔）的魅力所在。

且讓我們話說從頭。

「我敢打賭你寫不出好的推理小說。」一九一六年，阿嘉莎．米勒（克莉絲蒂婚前的舊姓）在媽媽的打字機上敲擊，打算回應姐姐梅姬這挑釁的話語。她努力嘗試，但故事寫得不好，於是改從身旁熟悉的事物著手——比方說毒藥。阿嘉莎在藥房工作過，曾在某個夜裡驚醒，匆匆回到調劑室重新配置，因為她不記得有沒有漏做一個重要步驟，否則病患就要去見閻王了——噢，這似乎是個謀殺好點子。

阿嘉莎還記得姨婆對她的叮嚀：要注意他人覬覦她珍藏的首飾，時時留意是不是有人偷偷拉長了耳朵聽她們的竊竊私語。小阿嘉莎不但執行得徹底，還把這個習慣寫進小說裡。同時她還注意到，因為世界大戰爆發，家鄉托基湧入許多比利時難民，不如讓一個逃難到英國的比利時退休警官擔任偵探？一定很有趣！

啊，偵探小說顧名思義，只要塑造出一個教人印象深刻的偵探，大概就成功一半。這個人物必須要有特色、有個性，甚至是怪癖，而且聰明又自負。好幾個名字浮現在她腦海裡：莫里斯．盧布朗（Maurice Leblanc）筆下的怪盜紳士亞森．羅蘋、卡斯頓．勒胡（Gaston Leroux）創造的新聞記者胡爾達必，當然還有那最最知名的夏洛克．福爾摩斯——連帶創造一個華生型的助手好了。該怎麼安排呢……

於是，一位偵探的樣貌漸漸成形：五呎四吋的小個兒，蛋型臉上蓄著保養得宜、梳理有型的鬍子，衣著一塵不染，漆皮鞋擦得錚亮。他有嚴重的潔癖，說話不時夾雜法語，喜歡成雙成對的東西，喜歡方的不喜歡圓的（雞蛋為什麼不是方的呢？），口頭禪是「動動灰色的腦細胞」。阿嘉莎心想，他應該要有個像福爾摩斯一樣響亮的名字，取名「赫丘勒斯」怎麼樣？希臘神話中的大力士。姓氏叫白羅，不過搭赫丘勒斯這個名字好像不配……改一下，赫丘勒．白羅好像不錯？就這麼定了吧！

白羅很聰明，懂得觀察入微沒錯，但這並不表示他就得是台獨尊腦袋、缺乏情感的冰冷思考機器，尤其要在人物關係錯綜複雜的莊園宅邸查案追凶，交際手腕得高明些才行。他不是在謀殺發生、屍體出現後才開始像頭獵犬四處嗅聞，而是憑藉旺盛的好奇心與強烈的同理心接觸各種人事物，進而探入被害者、犯罪者、各個看似無辜但多少都和事件沾上邊的關係者的心靈深處，佐以現今稱作鑑識、法醫等等科學鐵證（哎，證據人人知道，可是要怎麼跟真相合理地連結到一塊，這就是名偵探的功力啦），讓原本叫人束手無策的事件得以畫下完美句點。也因此，白羅偶爾能預測進而制止罪案的發生，甚至對殘酷但值得憐憫的罪行網開一面，這樣才合乎人性不是嗎？

婚後以阿嘉莎．克莉絲蒂為名，推出《史岱爾莊謀殺案》後深獲好評，相隔六年的《羅傑艾克洛命案》更是引發街談巷議，而克莉絲蒂全球暢銷前十大作品中，還包括《東方快車謀殺案》、《尼羅河謀殺案》、《ABC謀殺案》、《藍色列車之謎》、《底牌》、《五隻小豬之歌》，合計八部皆由白羅擔綱演出。讀者不只喜愛這個聰明角色，還臣服於平實流暢的文筆及相對顯得衝突的複雜劇情，冷酷的謀殺動機隱藏在細膩的人際關係裡，穿透看似單純、帶點童話氣息的表象後，端賴名偵探明察秋毫、撥亂反正。尤其讓一個比利時人在英國土地上辦案，是克莉絲蒂的小心思，因為「英國人總是不信任外國人，也不相信睿智」（語出英國偵探俱樂部主席馬丁・愛德華茲〔Martin Edwards〕），讀者同凶手一樣輕忽不設防，卻也得到了參與鬥智競賽的意外驚奇和美好滿足。

這樣的閱讀感受，我稱之為「老派偵探之必要」，因為它純粹簡約，經得起反覆咀嚼，猶如前述的西裝革履，在潮流更迭的時間長河裡維持恆久的優雅風範——呼應吳念真先生寫在「策畫者的話」中的一段文字，那不是惺惺作態的高傲睥睨，而是「絕對自覺的通俗，無與倫比、無法招架的功力」所致。

不信？往下讀去就知道。而且我敢打賭，你有很高的比例會將整個白羅系列嗑完，然後是瑪波小姐系列以及其他系列，當然也不可能錯過像名列暢銷首位的《一個都不留》這類獨立之作……

註　克莉絲蒂推理全集一至三十八冊為「神探白羅系列」，三十九至五十二冊為「神探瑪波系列」，五十三至八十冊包含鬼豔先生、湯米與陶品絲、雷斯上校、巴鬥主任等名探故事。

獻詞

阿嘉莎・克莉絲蒂是世界讀者最眾，也最廣受喜愛的女作家。
身為克莉絲蒂的孫兒，我相信奶奶會非常樂見這次出版，
因為她極以自己作品中的趣味與娛樂為豪。
歡迎所有喜歡本系列的台灣新讀者參與這場饗宴！

——馬修・培察（Mathew Prichard）

01 戲劇表演晚會

公眾的記憶力是短暫的。當年埃奇瓦男爵四世——喬治．艾弗雷．聖文森．馬許命案曾引發人們高度的好奇和關注，而如今卻已成舊事，全遭世人遺忘，取而代之的是更新、更轟動的消息。

人們談起這案子時，從未公開提及我的朋友——赫丘勒．白羅。我得說，這全都是出自他本人的意願。因為他自己不想在案子裡曝光露臉，於是功勞就落到別人頭上去了——這也是他個人的意願。更何況，按照白羅自己獨特的觀點，這案子是他的一個敗筆。他總是信誓旦旦地說，是偶然聽到街頭路人的談話，才使他找到正確的線索。

無論如何，正是憑藉他的天才智慧，案件才得以水落石出。要不是赫丘勒．白羅，我真懷疑案子是否能真相大白，凶手是否能被揪出來。

因此我覺得，現在該是白紙黑字、把我知道的一切寫出來的時候了。我知道整個案子的來龍去脈，而且我這樣做，也能成全一位非常迷人的女士的心中願望。

我常常回憶起那天在白羅那間整潔客廳裡的情景，我這位身材不高的朋友一邊在地毯上踱來踱去，一邊巧妙又令人驚訝地向我們概述破案經過。我準備從他那次開始敘述的地方說起。那是去年六月間，在倫敦的一家劇院裡。

當時卡洛塔·亞登絲在倫敦正風靡一時。在前一年，她曾連續演出幾個日場，全都大獲成功。今年她連續演了三星期，那天的演出正是倒數第二個夜場。

卡洛塔·亞登絲是一位美國女子，在獨角戲表演方面有令人驚嘆的才能，她的表演可以不受化妝或布景的限制。她似乎任何語言都講得流暢自如。她把場景設定在某夜某家外國旅館的表演，更是妙不可言——美國遊客、德國遊客、中產階級的英國人、形跡可疑的女子、貧窮的俄國貴族，以及倦怠有禮的侍者，被她一一演來，皆是栩栩如生。

她的表情時而嚴肅，時而放蕩，而且在兩種情緒間變換自如。她所表演的醫院裡瀕臨死亡的捷克斯洛伐克女子，令人觀之無不哽咽。但片刻之後，她所表演的一邊給病人拔牙、一邊和病人聊天的牙科醫生，又讓我們笑得前仰後合。

最後是以被她自己稱為「熟練模仿表演」的節目，來結束她的演出。

她又一次表現出令人驚訝的伶俐熟練。不用任何化裝，她的面貌特徵似乎瞬間消失了，接著又突然轉變為著名的政客、女伶或交際花的面貌。在表演每一位人物時，都會加入一段簡短且具代表性的台詞。這些台詞都相當巧妙，似乎能簡潔明瞭地表現出該角色的精神。

她最後扮演的人物是珍．威金森——一位多才多藝、在倫敦很出名的美國年輕女伶。模仿表演的確精采絕倫。無意義的話從她的口裡說出來，卻帶有強烈的感染力，使你聽了之後會不禁覺得，她所說的每一個字都含有令人折服的深遠意義。她說話時語調優雅，並帶有一種低沉沙啞的嗓音，聽起來令人陶醉不已。她的姿態矜持，每個動作都有特殊意味，她微微搖晃的身姿和健美胴體，予人留下深刻印象，我真難想像她是怎樣辦到的。

我一直景仰美麗的珍．威金森。她熱情奔放的表演令我感動。面對那些認為她是美女但不是好演員的人，我總是唱反調，堅稱她全身充滿表演細胞。

她那略帶沙啞的聲音中，還含有一種宿命論者低沉的悲調，這種眾所皆知的聲音聽起來，是會讓人感到有點奇怪。我自己就是經常為此而激動。看到她那極有力度的手指時而慢慢張開，時而合攏，頭突然一甩，頭髮也隨之滑過面龐，這時我知道表演即將結束。

有些女演員一結婚便離開舞台，但過了幾年又回到舞台上來。珍．威金森就是如此。三年前，她嫁給富有但性情略微古怪的埃奇瓦男爵。謠傳她很快就離開他了。不管事實如何，結婚十八個月後她開始在美國拍電影，今年又在倫敦一部很成功的戲裡露臉演出。

看著卡洛塔．亞登絲精湛但似乎略帶惡意的模仿，我突然想到：不知那些被模仿者看了會做何感想。對於這種惡名昭彰的揚名方式，他們會感到開心嗎？還是很惱怒呢？畢竟這是在有意暴露他們那一行的拿手絕活。卡洛塔．亞登絲難道不是在向對手示威，表示「噢！這是一套舊把戲！非常簡單。我來露一手給你們看」？

我的結論是：如果我是當事人，一定會很生氣。當然我會掩飾心中的惱怒，但我必定不會喜歡。若要一個人對這種毫不留情的揭露表示讚賞，那他還真需要寬廣的胸襟和難得的幽默感才行。

我才剛這麼想，後面就傳來舞台上那種沙啞的笑聲。

我猛一回頭，原來目前的被模仿者——埃奇瓦夫人就坐在我後面（她更為人知的名字是珍・威金森）。她雙唇微開，身體前傾。

我立刻意識到我的想法完全錯誤。因為她的眼裡流露著喜悅和興奮。

當「模仿表演」結束時，她大聲鼓掌，笑著轉向同伴。她的同伴身材高大，相貌屬希臘美男子型，極為英俊。我認識這面孔，他在電影裡比在舞台上更為人所熟悉。他的名字叫布萊恩・馬丁，是當時最紅的電影明星。他和珍・威金森在好幾部電影裡聯袂演出。

「她真是棒極了，不是嗎？」埃奇瓦夫人說。

他大笑。

「珍，你看起來很興奮。」

「是的，她真是太棒了，比我想像中的要好得多！」

我沒有聽清楚布萊恩・馬丁玩笑似的回答，因為卡洛塔・亞登絲又開始另一段新的即興表演。

之後發生的事情，是個令人驚異的巧合——我一直這麼認為。

看完表演後，白羅和我去薩伏飯店吃飯。

埃奇瓦夫人、布萊恩·馬丁，以及另外兩位我不認識的人就坐在我們鄰座。我把他們指出來給白羅看，就在這當下，又有一對男女走進來坐在他們鄰桌。其中的女士很面善，但我一時間想不起來她到底是誰。

突然我意識到我正盯著看的女士，居然是卡洛塔·亞登絲！另外那位男士我不認識。他的衣著得體考究，神情一派怡然快活，面部表情卻很茫然空洞。他不屬於我喜歡的類型。

卡洛塔·亞登絲穿著極不顯眼的黑色衣服。她的面容不怎麼起眼，並且也不易被人立刻認出。而這種精巧易變的面容，更有利於她的模仿表演。這樣的面容可以輕而易舉地裝出和本來面目迥然不同的模樣，同時還可以隱去自己的明顯特徵。

我把我的想法告訴白羅。他那蛋形的腦袋微微偏到一邊，仔細聽著我的話，同時將銳利目光不時投向這兩桌的客人。

「那就是埃奇瓦夫人？是的，我看過她的表演。她是belle femme[1]。」

「也是一位好演員。」

「可能吧。」

「你似乎不太贊同。」

1 法語，意思是「一位美女」。

「我認為這要取決於環境背景，我的朋友。如果她是戲裡的軸心人物，而且劇情都是圍繞著她來發展，那麼，她就能演好她的角色。如果沒有這樣的條件配合，我懷疑她能否將一個小配角或是一種性格角色演得恰到好處。要嘛她所演的角色必須是她自己，不然就是劇本是為她量身定做的。對我來說，她只對自己這種人感興趣。」他停了一下，然後又突如其來地加了一句：「這樣的人，遲早會碰上很大的危險。」

「危險？」我驚訝地問。

「我明白我用了一個令你驚訝的字眼，我的朋友，是的，危險。你知道的，這樣的女人眼中只看到一樣東西——她自己。對於四周潛伏的危機，人生中的多種矛盾和錯綜複雜的關係，她們完全視而不見。是的，她們只看見眼前的路，所以總有一天會大難臨頭。」

我對他的話很感興趣，說實話，這般見解我大概想不出來。

「那麼，另外一個呢？」

「你是說亞登絲小姐？」

他的目光掃向她那桌。

「怎麼樣？」他笑著說，「你要我對她發表什麼意見嗎？」

「說說看你對她的印象如何？」

「親愛的，難道我今晚成了算命先生嗎？」

「大多數的算命先生都沒你準。」我回答道。

「你真是太信任我了，海斯汀。我很感動。你知道我們每個人都是一個無解的謎團，那是一個由矛盾的情感、欲望和態度所構成的迷宮。這是真的，我們會做些小小的判斷，但十之八九是錯的。」

「但赫丘勒．白羅除外。」我笑著說。

「即使是赫丘勒．白羅也不例外。我知道你總是覺得我自負，但實際上我跟你說，我是個非常謙虛的人。」

我大笑。

「你？你會謙虛？」

「是的。不過，我得承認，我對我的鬍子是有點自負。我觀察過了，在倫敦絕對找不出可與我相提並論的鬍子。」

「這你不用擔心，」我不動聲色地說，「在倫敦，你也找不出第二個留著你這種鬍子的人。這麼說，你是不打算大膽地評論一下卡洛塔．亞登絲了？」

「Elle est artiste[2]！」白羅簡單地說道，「這個說法差不多概括了一切，是不是？」

「你總不會認為她一生中會遇上危險吧？」

2　法語，意思是「她是個藝人」。

「我的朋友啊，我們每個人都在所難免。」白羅認真地說，「災難總是伺機而入。不過，關於你的問題，我認為，亞登絲小姐會成功的。她很聰明，另外還有很重要的一點，你一定觀察到了，她是個猶太人。」

我沒注意到。但經過他的提醒，我的確看出她身上有些許猶太人的血統。白羅點著頭。

「她會成功的，雖然面前的路並不好走——既然我們是在談論危險。」

「你的意思是……」

「貪愛金錢。愛錢的人會忘記何謂謹慎，然後就誤入歧途。」

「我們每個人都會這樣。」我回答道。

「沒錯。但你我能看出其中的危險，我們會權衡利弊。如果你太愛錢，你的眼睛就只能看到錢，其他東西就全被蒙蔽了。」

看著他那麼認真的樣子，我不禁大笑起來。

「《鐘樓怪人》中的吉普賽女郎愛斯梅達又可以大顯身手了。」我開玩笑地說。

「性格心理學是很有趣的。」白羅不為所動地回答道，「一個人若對心理學不感興趣，那他也不會對犯罪問題有興趣。犯罪問題專家所注意的不僅僅是凶殺案本身，而是問題背後的原因。海斯汀，你明白我的話嗎？」

我回答他我完全聽明白了。

「海斯汀，我注意到，每當我們一起辦案時，你總是催促我採取行動。你希望我勘查腳印、分析菸灰、趴在地上檢查細節。你卻從未發現閉著眼睛、仰臥在扶手椅上，反而更容易解決問題。那時候我們是用心靈的眼睛來觀察事物。」

「我可不行。」我說，「當我躺在扶手椅上閉著眼睛想一件事情時，整個腦袋裡就只容得下那件事，其他什麼都沒有。」

「我注意到了。」白羅說，「這真是奇怪，這時候人的大腦不是陷入懶散的歇息狀態，而是劇烈地活動起來。大腦的活動是如此有趣、如此刺激！裡面那些小小灰色腦細胞的運用，是一種心靈上的樂趣。只有依靠它們，我們才能撥開迷霧，找到真理。」

每當白羅說起灰色的腦細胞，我就習慣性地轉移注意力，因為這個話題我已經聽他說了很多次。

這次我的注意力轉到鄰桌那四個人身上。當白羅的獨白告一段落時，我咯咯笑著說：「白羅，你真受歡迎啊。漂亮的埃奇瓦太太的視線簡直離不開你了。」

「很顯然，有人把我的身分告訴她了。」白羅試著露出謙虛的樣子，但沒成功。

「我猜是因為你那出名的鬍子，」我說道，「她為漂亮的鬍子傾倒。」

白羅偷偷捋著他的鬍子。

「我的鬍子的確很獨特。」他也承認了。「噢，我的朋友，你那自稱為『牙刷』的鬍子真夠可怕，這真是一種暴行，簡直是有意玷汙造物主的恩賜。我的朋友，求求你，把它們剃掉吧。」

「啊！」我不顧白羅的請求。「那位女士站起來了，我敢保證她是要和我們說話。布萊恩．馬丁在一旁反對，但她沒聽他的。」

一點也沒錯，珍．威金森猛然離開她的座位，走向我們這一桌來。白羅站起來鞠躬致意，我也跟著站起來。

「您是赫丘勒．白羅先生？」她的聲音沙啞而溫柔。

「請指教。」

「白羅先生，我想和您談談。我一定要和您談談。」

「當然可以，女士，您要坐下嗎？」

「不，不，不是在這兒。我想單獨和您談談。我們上樓到我的套房去談吧。」

布萊恩．馬丁跟了過來，帶著不以為然的態度笑道：「珍，等一會再去吧，我們還沒吃完飯呢，白羅先生也一樣啊。」

然而，珍．威金森不會輕易改變主意的。

「怎麼了，馬丁，那又有什麼關係呢？我們可以叫人把晚飯送到套房裡。你去交代他們，好嗎？還有，馬丁——」

他轉身走掉時，她追了上去，好像是要催促他做什麼。他好像不同意，皺著眉搖搖頭，事情好像很難辦。她的態度十分強硬，於是他聳聳肩讓步了。

在她和他說話的過程中，我發現她朝卡洛塔．亞登絲的方向看了一兩次，我猜她向他催促的事情可能和那位美國女士有關。

珍的目的達到了，便容光煥發地走回來。

「我們現在就上樓吧。」她笑容迷人地說道，並示意我也包括在內。

她好像根本不在意我們是否同意她的提議，毫無歉意地便拖著我們走了。

「白羅先生，今天晚上能遇見您真是運氣好。」她領著我們走向電梯時說道，「今天我凡事都順遂，這真是難得。我正想著究竟該怎麼辦才好，一抬頭就看到您坐在鄰桌，我就對自己說：『白羅先生會為我指點迷津。』」她中斷談話，並對電梯服務生說：「三樓。」

「如果我能幫您忙的話——」白羅說。

「您一定能。我聽說您是一位了不起的人。我需要有人幫我解圍，而您就是那個人。」

我們在三樓下了電梯，她領頭帶路走過長廊，然後在一扇門前停下來。接著，我們就走進薩伏飯店最豪華的套房。

她把白毛披肩丟在椅子上，再將小珍珠手袋丟在桌上，然後就坐在椅子上大聲說：「白羅先生，不管怎麼樣，我非得擺脫我丈夫不可。」

02 晚宴

白羅錯愕片刻，才恢復常態。

「但是，夫人，」白羅眨著眼睛說，「替人擺脫丈夫可不是我的專長。」

「當然，我知道。」

「您需要的是一位律師。」

「那您可就錯了。我對律師簡直失望透了。我用過正直的律師，也找過邪魔外道的律師，但沒有一個能幫我忙。律師只懂法律，除此之外好像腦袋空空。」

「您認為我的腦袋裡就有東西？」

她大笑。

「白羅先生，我聽說您像貓一樣長著觸鬚。」

「聽說？長著觸鬚？我不明白。」

「意思是說，您有靈敏的頭腦。」

「夫人，不管我有沒有頭腦——我當然有，何必裝蒜呢——不過您的事，不是我所能解決的。」

「我不明白為什麼不能。我的事也是一個問題啊！」

「哦，一個問題。」

「而且是個難題。」珍・威金森接著說，「我看得出來，您不是面對難題就退縮的人。」

「夫人，您的洞察力我深表讚賞。但無論如何，事實是不會改變的，我不會接離婚調查的案子。那樣不好，**ce métier là**[3]。」

「我親愛的先生，我不是請您做偵查工作。那是徒勞無功的。可是，我不得不擺脫他。相信您會告訴我該怎樣做。」

白羅回答前先沉默片刻。當他開口說話時，他的聲音裡有一種不一樣的腔調。

「夫人，請您先告訴我，您為何如此急於『擺脫』埃奇瓦男爵？」

她的回答斬釘截鐵、毫不遲疑，十分迅速而堅定。

「為什麼？當然是因為我想再婚。還能有什麼別的原因呢？」

3 法語，意思是「這種事情」。

她湛藍的大眼睛率直地睜大著。

「但是，離婚應該不很難辦吧？」

「白羅先生，您不了解我丈夫。他是……他是……」她打了個顫。「我不知道該怎樣解釋。他不像其他正常人，他很古怪。」

她停了一下，接著說：「他本來就不該和任何人結婚，不該和任何女人結婚，我這話不是亂說的。他這個人我簡直無法描述，他是個……怪人。您知道，他的前妻跑了，留下一個三個月大的嬰兒。他並未和她離婚，結果她在國外悲慘地死去。然後他娶了我。可是我再也受不了了。我很害怕，於是我離開他去了美國。然而，我沒有離婚的合法理由，就算我給他一個理由，他也不予理會。他是……他是個冥頑不靈的人。」

「夫人，若是住在美國的某些州，您是可以離婚的。」

「這樣對我不利，我打算住在英國。」

「您想居住在英國？」

「是的。」

「您想和誰結婚？」

「重點在此。是默頓公爵。」

我猛然深吸一口氣。到目前為止，默頓公爵不斷讓那些想將女兒許配給他的母親們大失所望。這個年輕人有禁欲傾向，而且是一名狂熱的英國國教高教派教徒。據說他完全受他母親操縱。他母親是一位令人生畏的孀居公爵夫人。他的生活極度樸素。他搜集中國瓷器，並且很有藝術鑑賞能力。據說他對女人根本沒興趣。

「我真是為他瘋狂。」珍動情地說，「他不像我遇到的其他人。況且，默頓城堡棒極了。我們之間的事，是世上最浪漫的戀情。他是這樣英俊，像個夢幻般的僧侶。」

她停頓片刻。

「我結婚後，準備放棄舞台生涯，我對演藝工作不再感興趣了。」

白羅冷冷地說：「所以，埃奇瓦男爵成了實現這些美夢的絆腳石。」

「是的，這事讓我非常煩心。」她心事重重地靠到椅子上。「當然，如果我們是在芝加哥，我可以很容易找人謀殺他。但在這裡，好像不容易找到殺手。」

「在這裡，」白羅笑著說，「我們認為每個人都有活的權利。」

「哦，這我就不知道了。我想，如果少了一些政客存在，你們的日子就會過得舒服些。我了解埃奇瓦的為人，世上少了他這個人不會有什麼損失，反倒是有好處。」

有人敲門，原來是侍者送來晚餐。珍．威金森毫不在意他的存在，繼續談著她的話題。

「白羅先生，我不是要您替我殺他。」

「謝謝，夫人。」

「我想，您也許能用什麼聰明的方法勸勸他，讓他接受離婚這個想法。我相信您可以辦到。」

「夫人，我想您高估了我的說服力。」

「哦！白羅先生，您一定能想出辦法來。」她的身體前傾，藍眼睛睜得很大。「您希望我快樂，是吧？」

她的聲音非常溫柔低沉，甜膩的口氣充滿著誘惑。

「我希望每個人都快樂。」白羅小心謹慎地說。

「是的，但我沒想到每個人，我只想到自己。」

「夫人，我得說您總是如此。」他笑笑。

「您認為我自私嗎？」

「哦！夫人，我可沒這樣說。」

「我敢說我是自私的。可是您看，我不喜歡不快樂，它甚至會影響我的表演。如果他不同意離婚，或者不離開這個人世，我會永遠這樣不快樂。總之，」她心事重重地接著說，「我是說，如果他死掉的話，情況就好多了。那麼一來，我就更覺得徹底擺脫他了。」

她看著白羅先生，希望得到他的同情。

「您會幫助我的，對吧？白羅先生。」她站了起來，拿起她的白色外套，乞求般地望著他。門外走廊傳來聲音，因為門是微開著。她繼續說：「如果您不願意——」

「夫人，如果我不願意呢？」

她大笑。

「那我就叫輛計程車，自己去把他殺了。」

她笑著穿過房門走到隔壁房間。這時布萊恩．馬丁進來了。和他一道進來的有美國女伶卡洛塔．亞登絲，以及她的同伴和另外兩個與布萊恩．馬丁、珍一起吃飯的人。經由介紹後，我們得知那兩位是威德朋夫婦。

「您好，」布萊恩說道，「珍在哪裡？我要告訴她，我已順利完成她交代我的任務。」

珍從臥室走出來，手裡拿著一管口紅。

「你找到她了？太好了。亞登絲小姐，我很欣賞您的演技。我非和你交個朋友不可。來坐一會兒和我談談，我再化一下妝。我的臉蛋看起來太糟糕了。」

卡洛塔．亞登絲接受了邀請。布萊恩．馬丁重重地坐到椅子上。

「哦，白羅先生，」他說道，「您也被她逮到了。珍一定勸您為她而戰了吧？您最好答應她，她根本不知道什麼叫『不』。」

「也許是她還沒有被人拒絕過。」

「珍有種奇特的性格。」布萊恩．馬丁說。他靠在椅子上，悠閒地向天花板吐著菸圈。「她這個人可以說是百無禁忌，也不懂什麼叫作道德信條。我不是說她不道德，應該說，她這個人視道德如無物。她在生活中只看到一樣東西，就是她想要的東西。」

他哈哈大笑。

「我想她會很開心地殺死一個人；如果因此被抓住而處決，她才會覺得是被傷害了。麻煩的是：她會被抓住的，因為她根本沒頭腦。她以為謀殺就是坐上計程車，勇敢報上自己的名字，然後開槍就行了。」

「我不明白你為什麼這樣說。」白羅低聲喃喃道。

「哦？」

「先生，您很了解她嗎？」

「我得說，我的確很了解她。」

他又一次哈哈大笑，但我覺得他的笑聲中有種不尋常的怨恨之意。

他突然轉身向別人問道：「你們同意我的說法，對吧？」

「嗯！珍是個本位主義者。」威德朋夫人同意道，「不過，當演員的人就是要這樣。我是說，如果她要表現自己的個性，就得特別注意自我。」

白羅沒說話，他用一種我不太明白的審視表情盯著布萊恩．馬丁。

就在這時候，珍從隔壁房間派頭十足地走出來。卡洛塔．亞登絲跟在她身後。我猜測，現在珍已經滿意地「化完妝」，至於化的是什麼妝，沒人知道。不過她的臉還是和剛才一樣，沒有任何重新上妝的痕跡。

接下來的晚宴相當熱鬧，但是偶爾我有一種感覺，似乎周遭有一股我無法理解的暗潮在流動。

我不覺得珍．威金森會有何陰險的盤算。她分明是那種只看眼前事的年輕女性。她想和白羅見面，結果目的已經達到了。她現在顯然非常高興。我認為她要卡洛塔・亞登絲一塊來吃飯，只是一時的興致。她就像孩子一樣，因為被巧妙模仿而感到高興。

不對，我所感覺到的暗流和珍・威金森無關。那麼會和誰有關呢？我逐一研究在座的客人。是布萊恩・馬丁？他的表情當然不是很自然。但我又對自己說，那可能是因為他是電影明星的緣故。那是一種虛榮者的誇張自覺，這種人因為表演慣了，一時之間不易擺脫這種習性。

無論怎樣看，卡洛塔・亞登絲的表情都很自然。她是一個安靜的女孩，聲音低沉悅耳。既然現在有機會從近處看她，我就索性仔細觀察她。我認為她是個迷人但有點消極的女性。她的聲音絕不刺耳、粗啞。她屬於那種個性柔順的類型。她的外表屬於消極的那一種——柔軟的黑髮、淡藍色的眼睛、蒼白的臉龐，還有靈活的嘴巴。這是一張會令你喜歡的面孔，但下一次她若換了一身衣服，你再看見她就很難辨認出來了。

她好像對珍的優雅風度和奉承話感到開心。我在想，任何一個女孩都會這樣，但就在那一瞬間，有什麼微妙的東西讓我改變自己輕率的推斷。

卡洛塔・亞登絲隔桌看著女主人，而珍正轉過頭和白羅先生說話。卡洛塔的目光裡有一種像在追究什麼的奇怪眼神，好像想看穿對方是什麼樣的人。同時我清楚地感覺到，她淡藍色的眼睛裡有著不容置疑的敵意。

大概是我的想像吧，或是因為同行相忌的緣故。珍是一位已經到達成功頂峰的藝人，而卡洛塔只是正往上爬的女伶。

我看著晚宴上的其他三人。威德朋先生是個瘦長乾癟的人，而威德朋夫人卻矮胖嘴甜、感情容易激動。他們好像家境富裕，對一切有關舞台的事情都感興趣。事實上，他們根本不想談別的。因為我最近離開了英國一段時間，他們發現我對很多消息並不是很靈通。最後威德朋夫人索性轉過身去背對著我，再也不記得我的存在。

晚宴的最後一名人士是卡洛塔．亞登絲的同伴，那位圓臉、褐膚、性格開朗的年輕人。從一開始我就對他起疑心，因為他似乎有點喝醉了，等他喝了更多的香檳以後，這一點益發明顯。

他好像極受委屈的樣子，因為在進餐的前半段，他只是靜靜地坐在那裡。直到後來，他顯然把我當作知心老友向我吐露心聲。

「我想說的是，」他說，「不是的，不，老兄，不是的——」

至於他說話時的含混不清，那就更別提了。

「我是想說，」他繼續說，「你評評理吧，我的意思是，你要是帶著一個女孩……我是說，干涉人家，到處搗亂。我好像沒對她說過一句我不該說的話。她不是那種人。你知道的，那些清教徒，乘著『五月花』號什麼的。可惡！這女孩是正直的。我想說的是……我都說了些什麼？」

「你說事情很棘手。」

「唉，真可惡，這事真他媽的棘手。為了要參加老闆的宴會，我不得不向我的裁縫師借錢。我的裁縫師是一位熱心助人的傢伙。我欠他錢欠了很多年。我們之間有一種默契。沒什麼能比得上默契，是吧，老哥？你和我，我和你。對了，您貴姓？」

「海斯汀。」

「這就怪了！我敢賭咒你是一個叫史賓賽．瓊斯的傢伙。親愛的老史賓賽．瓊斯。我在伊頓和哈羅德讀書時認識他，並從他那兒借了五英鎊。我想說的是，人的面孔真是很像，我就是想說這個。如果我們是一群中國人的話，彼此之間就分辨不清了。」

他無可奈何地搖搖頭，突然又振作起來，喝了一些香檳。

「不管怎麼說，」他說道，「我不是他媽的黑人。」

這個想法又讓他得意洋洋起來，於是他又說了些樂觀的話。

「朋友，要往光明面看啊。」他懇切地對我說，「我要說的是，看光明面才對。總有一天，等我七十五歲左右的時候，我就會成為一個富有的人。到時候我的叔叔死了，我就能還裁縫師的錢了。」

想到這裡，他很高興地笑了。

說來奇怪，這個年輕人似乎也有點令人喜歡的地方。他圓圓的臉上很可笑地留著一小撮黑鬍子，好似被困在沙漠中似的。

卡洛塔．亞登絲看了他一眼，我注意到，在這一眼之後，她就站了起來，晚宴也就此結束了。

「多謝你賞臉。」珍說道，「我總是一有想法就馬上動手執行，你是不是也這樣？」

「不是的，」亞登絲小姐說道，「我總是先規畫再執行，免得徒增困擾。」

她的態度裡略微帶有一點不愉快的意味。

「啊，不管怎麼說，結果才是最重要的，」珍笑著說，「我從未像今晚看你表演時那樣高興。」

美國小姐變得和顏悅色了。

「您過獎了。」她熱情地說，「您這樣說，我想我聽了非常高興。我需要鼓勵，我們都需要鼓勵。」

「卡洛塔，」留黑鬍子的年輕人說道，「和珍嬸嬸握手道謝，我們走吧。」

他能夠集中精神一直走出房門，這真是個奇蹟。卡洛塔趕緊跟了過去。

「啊，」珍說道，「是誰在叫我珍嬸嬸？我還沒注意到他呢。」

「親愛的，」威德朋夫人說，「您別理他。他從前在牛津大學戲劇社是個很傑出的孩子。現在可不同了，您說是不是？我最痛恨看到原本大有作為的人，最後卻一事無成。查爾斯和我得走了。」

威德朋夫婦這時候走了，布萊恩．馬丁跟著他們一塊出去。

「那麼，白羅先生——」

白羅微笑地望著她。

「怎麼啦，埃奇瓦女爵？」

「天哪，別這樣叫我。如果您不是歐洲心腸最硬的人，就讓我忘了這個名號吧。」

「噢，不、不、不，我不是硬心腸的人。」

我覺得白羅今天晚上喝多了酒，恐怕多喝了一兩杯。

「那麼您會去見我的丈夫，讓他順遂我的心意？」

「我會去見他。」白羅小心地應允了。

「如果他拒絕了您——他可能會的——您要為我想個好辦法。白羅先生，他們說您是歐洲最聰明的人。」

「夫人，當您說我硬心腸時，您可以說歐洲；但要說我聰明，您最好說英國。」

「如果您把這件事解決了，我會說您是全世界最聰明的人。」

白羅搖手告饒。

「夫人，我不能承諾什麼。為了研究心理學，我會找機會和您的丈夫見一面。」

「您儘管用您的心理分析去分析他好了。也許這對他有好處。但您一定要成功——為了我的緣故。白羅先生，我要有自己的浪漫生活。」她又夢幻般地接著說：「想想看，那是多麼刺激的日子啊。」

03 鑲金牙的男人

幾天後，我們正一起吃早飯時，白羅把一封他剛剛拆閱的信扔給我看。

「啊，我的朋友，」他說，「你對此事有何高見？」

那封短箋是埃奇瓦男爵寫來的。他以呆板正式的語調約定第二天的十一點鐘會面。

我必須承認我很驚訝。我原以為那一次是白羅酒後一時興起隨口說說的。沒想到他還當真履行他的諾言了。

白羅是何等機靈的人，他一眼看出了我的想法，眼睛略微眨了眨。

「是啊，我答應她可不是因為喝了點香檳的緣故。」

「我沒那個意思。」

「不，是的，你就是那麼想的：『可憐的老傢伙，吃飯時多喝了幾杯，就答應做自己根本不會去做的事。他也不打算真的去做。』但是，我的朋友，白羅的承諾絕對神聖。」

他說最後那句話時，擺出一副莊嚴神聖的模樣。

「當然，當然，這我是知道的。」我趕緊說，「我只是覺得，你的判斷有點……怎麼說呢，有點受外界影響。」

「我的判斷力絕對不會受你所謂的『外界影響』，海斯汀。任何上等、最純淨的香檳，任何金髮碧眼、絕頂誘人的美女，統統都不會影響赫丘勒・白羅的判斷。不可能的，朋友，我只是感到興趣。就是因為這個原因，沒別的了。」

「對珍・威金森的愛情問題感到興趣？」

「不完全是那個原因。你所說的愛情問題是很平常的事。一個美麗絕倫的女人，若想要事業成功，這絕對是必經之路。如果那位默頓公爵既無貴族頭銜又無財產，他那夢幻僧侶般的浪漫，又怎麼引得起我們這位女士的興趣呢？不是的，海斯汀，讓我著迷的是這件事的心理因素——性格之間的相互關係。我希望能夠有機會從近處研究一下埃奇瓦男爵。」

「那麼，你並不抱著完成使命的希望吧？」

「為什麼不呢？每個人都有他的弱點。海斯汀，不要以為我從心理學的角度來研究這個案子，就不會盡力完成別人委託的任務。有機會施展我的聰明才智，我總是高興的。」

我還以為他又要扯到什麼腦細胞呢，幸好謝天謝地，他沒說到這個。

「那麼，我們明天上午十一點要去攝政門？」我問道。

「我們？」白羅揶揄地揚起眉毛。

「白羅！」我大聲說道，「你不會把我一個人撇開吧？我可總是和你一起辦案的。」

「啊，要是犯罪事件，像是神祕的毒殺案，或是暗殺什麼的，你當然會感興趣。可是這只是一個調停家庭關係的社會問題，你要去幹嘛？」

「你不要再說了，」我堅定地說，「我去定了。」

白羅寬厚地笑了。就在這個時候，僕人稟報有一位紳士來訪。

令我們驚訝的是，來訪者是布萊恩·馬丁。

在白天看起來，這位演員就顯得蒼老些。他的模樣還是很英俊，但這種英俊帶有一種頹廢感。我腦中突然掠過一個想法，他可能服用了什麼麻醉品。他那種神情緊張的樣子，讓人覺得這個猜測是可能的。

「早安，白羅先生。」他帶著愉快的態度問候道，「您和海斯汀上尉吃早飯的時間真是不早不晚，恰恰好。對了，您是不是很忙？」

白羅友善地對他笑了笑。

「不，」他說道，「目前我手頭上沒什麼重要的事。」

「得了，」布萊恩笑著說，「沒被蘇格蘭警場叫去？沒為皇室調查什麼複雜的事情？我可不相信。」

「我的朋友，別把現實和想像弄混了。」白羅笑著說道，「我可以向您保證，我現在儘管還沒靠救濟金過活，但也是完全沒事可做了。Dieu merci[4]。」

「那麼我的運氣也不錯了。」布萊恩哈哈大笑地說道，「也許你會承辦我的事囉。」

白羅謹慎地打量這個年輕人。

「你有什麼問題要我調查嗎？」白羅過了幾分鐘後問道。

「唔，是這樣的。可以說有，也可以說沒有。」

布萊恩這時的笑聲就有點不安的成分了。白羅仍是謹慎地端詳他，並示意他坐下。他坐到椅子上，正好面對我們，因為我是坐在白羅的旁邊。

「那麼，現在，」白羅說道，「就說給我們聽聽看吧。」

布萊恩．馬丁似乎仍有點為難，不能馬上說出來。

「問題是，我不能將事實完全告訴你。」他猶豫了一下說，「很難說的。您知道，事情得從美國講起。」

「從美國？怎麼了？」

「那是一樁偶發事件，卻引起了我的注意。事實上，是我正在火車上的時候，忽然注意到一個人，一個長得很醜的傢伙，他的臉刮得光光的，戴著眼鏡，鑲著一顆金牙。」

「啊！一顆金牙！」

4 法語，意思是「老天保佑」。

「是的，一點兒也沒錯，這正是事情的關鍵。」

白羅不斷地點著頭。

「我開始有點兒明白了，說下去。」

「唔，正如我說的，我注意到那個傢伙，那時候我搭火車去紐約。六個月之後，在洛杉磯我又看到他。不知道為什麼，但我確實又注意到他。當然，這也沒什麼。」

「接著說。」

「一個月後我去西雅圖，到那兒不久，您猜我遇到了誰？又是那傢伙，只是這一次他留了鬍子。」

「真奇怪！」

「很奇怪吧？當然在那個時候，我根本沒想到這件事和我有什麼關係。但是，後來我又在洛杉磯遇到他，這一次沒留鬍子。而後在芝加哥也看見他，嘴上留著小鬍子，眉毛則有些不同。後來在一個山村裡，我又見到他扮成無業遊民。就這樣，我開始懷疑了。」

「這是自然了。」

「後來，唔，這似乎是非常奇怪。但毫無疑問的是，他老是形影不離地跟著我。這就是你們所謂的『盯梢』。」

「太奇怪了。」

「可不是嗎。自從那次以後，我知道他是在盯梢了。無論我走到哪，他都跟到哪。他總是在我附近，每次都化著不同的裝。幸虧有那顆金牙，我總是能認出他來。」

「啊！那顆金牙！幸虧有它。」

「是啊。」

「馬丁先生，恕我冒昧，你和那個人說過話嗎？問過他為什麼老跟著你嗎？」

「沒有，我沒問他。」那演員猶豫了一下。「有一兩次我本來打算問他，但是考慮過後還是決定按兵不動。我覺得如果我那樣做，只會讓他有所警惕，而我什麼也查不出來。很可能當他們知道我已經注意到他時，便會派另一個人來跟蹤，一個我認不出來的人。」

「是啊！可以換一個沒鑲金牙的人。」

「沒錯。我可能判斷錯誤，不過，我就是那樣想的。」

「那麼，馬丁先生，剛才你說到『他們』，『他們』是什麼意思？」

「這是順口說說而已，只是打個比方。我也不知為什麼，我隱隱約約地覺得有個『他們』在幕後操縱。」

「你有什麼理由這樣認為嗎？」

「沒有。」

「你的意思是說，你不知道誰在跟蹤你，也不知道有什麼目的？」

「完全不知道。至少——」

「說下去。」白羅鼓勵他往下說。

「我想起來了。」布萊恩慢慢地說道，「不過，您可要注意，這只是我自己的猜測。」

「先生，猜測有時候是正確的。」

「這和兩年前在倫敦發生的一件事有關。儘管是件小事，但卻很難解釋，也很難讓人忘懷。我對這事始終是百思不解。原因只是在那當下我根本找不出什麼恰當的解釋。我在想，這件事會不會和被跟蹤有關。但是我無論如何也想不出為什麼這兩件事之間會有關聯，而且究竟如何關聯。」

「也許我能知道。」

「是的，但是，您要知道，」布萊恩又有些窘迫了。「我覺得很窘，因為我不能告訴您事情的原委……我是說，現在還不能告訴您。但是一兩天以後，也許我能告訴您。」

白羅用探詢的眼光看著他，逼他不得不加以解釋，他無可奈何地繼續說：「你知道，這事和一位女孩有關。」

「啊！Parfaitement[5]！是一個英國女孩吧？」

「是的，您怎麼知道的？」

「很簡單。你說現在不能告訴我，還要等上一兩天。也就是說，你要徵求這位年輕女士的同意。因此她人是在英國國內。另外，當你被人跟蹤時，她一定是在英國，因為如果那時她是在美國，你當時便可以就近找到她。所以，她近十八個月來是在英國，那麼就算我不能斷言，但至少可以推測她可能是英國人。這個推理還不錯吧？」

「那麼，白羅先生，現在我問您，如果我徵求了她的允許，您能替我調查嗎？」
接著是一陣沉默，白羅心裡似乎在掙扎著。最後他說道：「為什麼你不先去她那兒，卻先來我這兒和我商量呢？」
「唔，我是想——」他猶豫了一下說，「我是想勸她把事情弄清楚。我的意思是說，想請您去勸她把事情弄清楚。我的用意是這樣的：要是由您來出面調查，就不用公開此事了，不是嗎？」
「那要視情形而定。」白羅冷靜地說。
「您這是什麼意思？」
「我的意思是，如果和犯罪無關的話——」
「噢！這件事與犯罪無關。」
「也許有關，你怎麼知道呢？」
「但您會為她……為我們盡力的，對吧？」
「那是當然。」
他沉默片刻後說道：「告訴我，那個跟蹤你的人有多大年紀？」

5 法語，意思是「一定是這樣的」。

「啊，還很年輕，大概有三十歲吧。」

「哦！」白羅說道，「這可值得注意了。對了，這麼一來，整個事件就更有意思了。」

我盯著他，布萊恩·馬丁也望著他。我確定他說的這句話，我倆都不明其意。布萊恩眉毛向上一揚，表示問我意思。我搖了搖頭。

「是的。」白羅低聲地說，「這樣一來，整個事情就更有趣了。」

「他也許歲數更大一些，」布萊恩不確定地說道，「但我不這樣認為。」

「是的，是的。我相信你的觀察很正確，馬丁先生。很有趣，真是很有趣。」

白羅的話讓馬丁聽了一愣一愣，茫茫然不知如何以對。他開始講一些無關緊要的話題。

「那天的晚宴真有趣。」馬丁說，「珍·威金森是世界上最專橫的女人。」

「她看事情很單純。」白羅笑著說，「在某一時刻，她只看得到一樣東西。」

「她總是能夠達到目的。」馬丁說，「我真不明白別人是怎樣忍受她的。」

「我的朋友啊，面對一個漂亮的女人，很多地方人們都得去忍受。」白羅眨著眼睛說道，「如果她一副獅子鼻、蠟黃的面孔、油膩的頭髮，那麼，她就不可能像你說的那樣『達到目的』。」

「我想不會的。」布萊恩承認道，「但有時候，她會讓我生氣。雖然是這樣，我對珍還是忠心的，儘管在某些方面，我得說，她的神經有些不正常。」

「恰好相反，我認為她是個做事極有條理的人。」

「我不是這個意思。她是可以妥善維護自己的利益，相當聰明。不，我指的是道德方面。」

「啊！道德方面。」

「她是那種所謂超道德的人。是與非對她來說根本不存在。」

「啊！我記得那天晚上你說過類似的話。」

「我們剛才不是在談犯罪問題嗎？」

「怎麼樣，我的朋友？」

「怎麼說呢，如果珍犯罪的話，我絕對不會感到奇怪。」

「你應該很了解她。」白羅若有所思地低聲說，「你和她一起演過很多戲，不是嗎？」

「是的。我對她極為了解。我相信她會毫不費力地害死一個人。」

「啊！她脾氣很壞，是不是？」

「不，不是的。她頭腦很冷靜。我的意思是說，無論是誰妨礙了她，她就會毫不遲疑地除掉他。而且從道德方面來說，我們還不能責備她，因為她只是認為，任何擋到珍·威金森的人都要讓開。」

他最後的話裡頭，有一種之前未曾顯露過的怨恨。我猜他是想起了什麼事。

「你認為她會……謀殺？」

白羅目不轉睛地盯著他。

布萊恩深深地吸了一口氣。

「從我內心深處的看法，我覺得她會。也許將來有一天，您會相信我所說的話。您知道，我相當了解她。讓她殺人就像喝早茶一樣容易。我可是說真的啊，白羅先生。」

他站了起來。

「是的。」白羅鎮靜地回答說，「我明白你是認真的。」

「我了解她，」布萊恩又說道，「徹頭徹尾地了解她。」他皺起眉頭，然後換了一種口氣說道：「關於我們剛才說的那件事，白羅先生，幾天之內我會再告訴您。您會插手管這件事吧？」

白羅看了他一陣子，沒說話。

「是的，」他最後說，「我接下這個差事了。我覺得這件事……很有趣。」

他最後一句話說得怪怪的。我和布萊恩．馬丁一起走下樓去。在門旁，他對我說：「你知道他為什麼問那傢伙的年紀嗎？我是說，為什麼他三十歲就很有趣呢？我真搞不懂。」

「我也不懂。」我承認道。

「這實在是毫無意義。大概他是在和我開玩笑。」

「不會的，」我說道，「白羅不是那種人。既然他問了，就一定有意義。」

「哦。老天保佑，讓我能明白這一點。我很高興你也不懂。我最痛恨自己像個大傻瓜的感覺。」

他邁開大步走了。我又回到白羅那兒。

「白羅，」我說道，「你為什麼要問那個跟蹤者的年紀？」

「你不明白？我可憐的海斯汀！」他笑著搖搖頭，然後又問我：「你怎樣看待我們剛才的會面？」

「好像沒什麼特別。很難說，如果我們知道更多的——」

「即使是知道的不多，難道你就沒有某種感覺嗎？」

這時電話鈴響了。這讓我逃過自承腦袋空空的窘態。我拿起話筒。

是一位女士的聲音，乾脆俐落，清晰有力。

「我是埃奇瓦男爵的祕書。很遺憾，埃奇瓦男爵必須取消明天上午和白羅先生的會面。由於有突發狀況，他臨時決定明天要去巴黎。如果白羅先生方便的話，男爵可以在今天中午十二點十五分與白羅先生談個幾分鐘。」

我詢問白羅。

「當然可以。我的朋友，我們今天中午就過去。」

我向話筒重複了一遍。

「很好，」那人以簡潔有力、公事公辦的口氣說，「今天中午十二點十五分。」

她掛斷了電話。

04 會面

我和白羅滿懷愉快的期待心情，來到攝政門埃奇瓦男爵的府邸。儘管我不像白羅那樣熱中於「心理研究」，但埃奇瓦夫人談到她丈夫時的寥寥數語，還是引起了我的好奇心。我很想知道自己會做出什麼樣的判斷。

埃奇瓦男爵的府邸很氣派，建築考究，式樣漂亮，只是有些陰森森。窗台上沒有任何花盆或其他裝飾用的擺設。

門立刻打開了。按照這座房子的外觀來說，出來的該是一位白髮蒼蒼的老管家才對。但是現身開門的卻是一個我所見過最英俊的年輕人。他個頭高高的，皮膚白白的，是雕刻家們雕塑荷米斯[6]或阿波羅[7]像的理想模特兒。不過，儘管他長得英俊，說話卻柔柔的，有一點女性化，這一點我很不欣賞。此外，很奇怪的是，我總覺得他讓我想起一個最近見過的人；但究竟是誰，我一時還想不起來。

我們說要見埃奇瓦男爵。

「先生，這邊請。」

他領著我們順著前廳走過去，過了樓梯，來到廳後的一個房門前。

他打開門，用同樣那種柔柔的、我很不信任的語調通報了我們的姓名。

我們被請進的房間像是間書房。四壁陳列著書籍，室內的擺設色調陰沉，但都很考究；椅子樣式古板，坐著不是很舒服。

埃奇瓦男爵起身迎接我們。他個頭很高，有五十歲左右，一頭黑髮已變得斑白，瘦削的面孔，嘴角掛著冷笑，看起來是個脾氣暴躁、性情乖張的人，眼裡有一種奇怪的神氣。我認為他的眼神給人一種不對勁的感覺。

他的態度很呆板、很制式化。

「是赫丘勒．白羅先生和海斯汀上尉嗎？請坐。」

我們坐了下來。房子裡面冷颼颼的，一扇窗子透入一絲光線，陰暗的視野加重了冰冷的氣氛。

埃奇瓦拿著一封信，我一看就知道是我朋友的筆跡。

6　荷米斯（Hermes），希臘神話中的學藝、商業、辯論之神。

7　阿波羅（Apollo），希臘神話中的太陽神，也是射箭、預言與藝術之神。他的形象瀟灑且多才多藝，還創造了音樂。

「白羅先生，當然，我久仰您的大名。誰不知道您這號人物呢。」白羅聽了他的恭維，趕緊起身鞠躬致意。「但是，我不明白您在這件事情中的立場。您說，您要和我見面，是代表——」他頓了一下。「代表我的太太？」

最後兩個字他說得很奇怪，好像費了好大力氣才說得出來。

「沒錯。」我的朋友說道。

「就我所知，您是調查犯罪案件的，是嗎，白羅先生？」

「我是調查問題的，埃奇瓦男爵。當然也包括犯罪。不過還有別的問題。」

「那好。不知這次調查的是什麼問題？」

這時，他話語裡的譏諷口氣已很明顯。白羅沒去理會它。

「我很榮幸代表埃奇瓦夫人與您交涉，」白羅說道，「您知道埃奇瓦夫人想……離婚。」

「我當然知道。」埃奇瓦男爵冷冷地說。

「她建議我和您談談這個問題。」

「沒有什麼好談的。」

「那麼，您是不同意了。」

「不同意？當然不會不同意。」

我不知道白羅預料他會怎麼回答，但我確定他沒想到會聽到這樣的答覆。我很少看到我的朋友大吃一驚的樣子，但這次我看到了。他的表情很滑稽，嘴張得大大的，手伸著，兩道眉毛吊著高高的，看起來活像連環漫畫上的人物。

「怎麼回事？」他大聲說道，「這是什麼意思？您不是不答應嗎？」

「白羅先生，我不明白您為什麼這樣驚訝。」

「請聽我說，您願意和尊夫人離婚嗎？」

「我當然願意。她很清楚的。我已經寫信告訴她了。」

「您已經寫信告訴她了？」

「是的，六個月前。」

「可是，我不明白，一點也不明白。」

埃奇瓦男爵一語不發。

「聽說您原則上是反對離婚的。」

「我不明白我的原則跟您有什麼關係，白羅先生。是的，我沒和我的前妻離婚，因為我的良心不允許我這樣做。現在，我可以坦白承認，我的第一次婚姻是個失敗。我太太建議離婚的時候，我一口拒絕了。六個月前，她又寫信來逼我同意。我想她可能要再嫁給什麼電影演員之類的人吧。那個時候，我的觀點也已經變了。我寫信到好萊塢給她，告訴她我同意了。我不明白她為什麼又請您來。我猜一定是為了錢吧？」

說最後那句話時，他的嘴角又浮起冷笑。

「太奇怪了，」我的朋友低聲說，「真是太奇怪了。這兒有些事情我一點也不明白。」

「至於錢，」埃奇瓦男爵接著說，「我太太是自願離開我的。如果她想和其他人結婚，我可以給她自由，但她沒有理由從我這裡得到一分錢，她別想。」

「我要和您商量的不是金錢上的事。」

埃奇瓦男爵揚起眉毛。

「珍一定是要嫁入豪門了。」他低聲冷笑地說。

「這裡頭有些地方我不明白，」白羅又說了一次。他滿臉困惑，眉頭緊皺地思索著。「埃奇瓦夫人說，她請律師與您交涉過。」

「她是請過律師，」埃奇瓦男爵冷冷地說，「英國律師、美國律師，各式各樣的律師都請過，甚至包括那些草包飯桶。最後就像我說的，她乾脆自己寫信來了。」

「您過去是不表同意？」

「沒錯。」

「但接到她的信之後，您就改變了主意。埃奇瓦男爵，您為什麼改變主意呢？」

「不是因為那封信上寫的事。」他機警地說道，「我突然改變了主意，就是這麼回事。」

「這改變太突然了。」

埃奇瓦男爵沒答腔。

「埃奇瓦男爵，您是在什麼情況下改變自己的主意呢？」

「那是我自己的事，白羅先生。關於這點，我不能再說什麼了。我們不妨這樣說吧，我逐漸發現……請恕我直言，結束這種關係是有好處的。我的第二次婚姻是個大失敗。」

「您太太也這樣說。」白羅輕柔地說道。

「是嗎？」

他眼裡閃動著奇怪的光芒，但只是一閃即逝。

他以一種送客的態度站了起來。道別的時候，態度已經不怎麼剛愎堅決了。

「請原諒我臨時改約，因為我明天要去巴黎一趟。」

「當然，當然。」

「事實上是為一件藝術品的買賣而去巴黎。我對一件小小的雕像很感興趣，它本身是完美無瑕的……我指的是它恐怖的一面。而我特別喜歡這種恐怖的東西，我一直是這個樣子。我的品味很特殊。」

他臉上又露出奇異的笑容。當時我一直在注意旁邊書架上的書。裡面有卡薩諾瓦的回憶錄、薩德伯爵的一本書，還有關於中世紀酷刑的書。

我想起珍在談起她丈夫時直發抖的樣子。那不是裝的，而是真實的反應。我在想這個人——喬治．艾弗雷．聖文森．馬許——亦即埃奇瓦男爵四世，到底是什麼樣的人。

他很和藹地和我們告別，並按鈴叫僕人。於是我們走出了房間。那個長得有如希臘神祇般的管家正在廳裡等著送客。我隨手關上書房的門，在關門的一剎那，我回首一望。這一望，讓我差點驚叫起來。

意。

那副和善的面孔變形了，齜牙咧嘴，面目猙獰，眼裡冒著怒火，露出一種幾近瘋狂的怒意。

我這才明白為什麼他的兩任太太都離開他。我驚訝的是這個人鋼鐵般堅韌的自制力。這次會面，他自始至終都保持那種冰冷的自制力，彬彬有禮又拒人千里！

我們剛走到大門的時候，右邊的房門開了。一名女子站在房門口，一看到我們，就往後退了幾步。

她身材細長，頭髮深褐色，面色雪白。她盯著我片刻，眼神幽暗，一副受驚嚇的樣子。隨後又像影子似的縮回房間，關上了門。

過了一會兒，我們走到大街上，白羅叫了一輛計程車。我們上車之後，他叫司機開到薩伏飯店。

「啊，海斯汀，」他眨著眼睛說，「這次會面出乎我的意料之外。」

「是的，確實如此。埃奇瓦男爵是個與眾不同的人。」

我將之前關門時看到的情景說給他聽。他若有所思地點點頭。

「我猜他已經到達瘋狂的邊緣了。海斯汀，我覺得他一定做過很多壞事，在他呆板的外表後面，一定隱藏著根深柢固的殘酷本性。」

「難怪他兩個太太都離開他。」

「你說對了。」

「白羅，我們出來的時候，你可曾注意到那個面色蒼白的褐髮女子？」

「是的，我注意到了，一位受驚嚇、不開心的年輕女子。」

他的聲音很肅穆。

「你覺得她是誰？」

「很可能是他女兒。他有一個女兒。」

「她看起來一副受驚嚇的樣子。」我慢慢地說道，「那座房子太死氣沉沉，不適合年輕女孩居住。」

「是的。啊！我們到了，我們把這個好消息告訴埃奇瓦夫人吧。」

珍在家，服務生打過電話後知會我們上樓。一名服務生帶我們到她的房門口。

開門的是一位整潔的中年婦女。她戴著眼鏡，灰白的頭髮梳理得整整齊齊。臥室傳來沙啞的聲音。

「是白羅先生嗎，艾莉絲？請他坐坐。我找件衣服披上，立刻就出來。」

珍所說的衣服是一件薄如蟬翼的睡袍，與其說是用來遮體，倒不如說是展示身體的曲線美。她急忙走進來，說道：「怎麼樣？成了？」

白羅站起來，並鞠躬吻手致意。

「是的，夫人，正如您所說的，成了。」

「怎麼？您的意思是——」

「埃奇瓦男爵完全同意離婚。」

「什麼？」

她臉上所表現的茫然神情若不是真的，就是她的演技實在太高明了。

「白羅先生！您辦到了！就那樣，您一出馬就成功。哇！您真是天才。您是怎樣做到的啊？」

「夫人，我無功不受祿。您丈夫在六個月前已經寫信給您，撤回反對離婚的決定。」

「您說什麼？寫信給我？寄到哪裡了？」

「聽說，是您在好萊塢的時候。」

「我從未收到過，一定是寄丟了。想想這幾個月，我竟然一直為這事憂愁煩心，簡直快要發瘋了。」

「埃奇瓦爵士好像以為您要和一名演員結婚。」

「那是當然了，我是那樣跟他說的。」她一臉稚氣地笑著，突然間她換了一副驚慌的面貌。「白羅先生，您沒跟他說我和公爵的事吧？」

「沒有，絕對沒有，您放心，我是很謹慎的。絕對不能告訴他，是吧？」

「唔，您知道，他是一個很奇怪的人。他如果曉得我要嫁給默頓公爵，就會覺得我可以藉此往上爬……很自然的，他就會暗中破壞。但嫁給一個演員就不同了。不管怎麼說我還是覺得很怪。艾莉絲，你覺得很奇怪嗎？」

我注意到那個女僕一直在房裡走來走去，整理掛在椅背的各種外衣。我本來以為她是在聽我們講話。現在看來她反倒像是珍的心腹。

「是啊，真夠奇怪，夫人。自從我們認清他以來，這中間一定有很大的變化。」她滿懷怨恨地說。

「是的，一定是。」

「您不是了解他的態度嗎？這很令您感到莫名其妙嗎？」白羅問道。

「啊！是的。但是，不管怎樣，我們不用操心這個。只要他已改變主意就好，至於為什麼改變又有什麼關係呢？」

「您可能不感興趣，夫人，可是我倒很感興趣呢。」

珍並未理會他。

「重要的是，我終於自由了。」

「還沒有。夫人。」

她不耐煩地望著他。

「哦，快要自由了。還不是一樣。」

白羅不以為然地看著她。

「公爵人在巴黎。」珍說道，「我得馬上打電報給他。啊！他媽媽知道不氣瘋才怪。」

白羅站起身。

「我很高興一切如您意，夫人。」

「再見，白羅先生。非常感謝。」

「我什麼也沒做。」

「不管怎麼說，您給我帶來了好消息，白羅先生。我將永遠感激您。真的！」

「就是這樣。」我們離開那間套房的時候，白羅對我說，「她腦子裡所想的，只有一件事，就是她自己！她根本不去考慮，也沒有一點好奇心。她不想為什麼她沒有收到那封信。你看，海斯汀，在專業事務方面，她是精明的，然而她這個人絕對是沒腦筋。當然啦，仁慈的上帝總不能把一切東西都給她。」

「但是對白羅卻例外。」我不動聲色地說。

「我的朋友，你又開我玩笑了。」他冷靜地回答道，「來吧，我們沿著堤岸走走。我要把腦子裡的思緒好好整理一下。」

我謹慎地保持緘默。等這個料事如神的傢伙說話時我再開口。

「那封信，」我們在河邊散步時，他又接起那個話題。「令我很感興趣。我的朋友，對於這個問題，我有四個答案。」

「四個？」

「是的。第一，在郵寄中弄丟了。你知道，這是有可能發生的，但不是經常發生。如果郵寄地址不對，它早就被退回到埃奇瓦男爵那兒去了。不可能，我不太相信這種事，當然，儘管這是有可能的答案。

「第二個答案。我們這位漂亮的女士說她未收到信，其實是在撒謊。這也是有可能的。這位迷人的女士為了自己的利益，什麼謊都可能撒，而且表面上裝得像孩子似的坦白。但是，海斯汀，我不明白這對她會有何益處。如果她知道他已答應離婚，為什麼還讓我去和她丈夫談判呢？這不合情理。

「第三個答案。埃奇瓦男爵在撒謊。如果說有人撒謊的話，似乎他撒謊的可能性比他太太大。但是我看不出他撒謊的目的。為什麼他要騙人說六個月前發過一封信呢？為什麼不爽快同意我的建議呢？不是的，我覺得他確實寄了信，儘管我猜不出為什麼他突然改變主意。

「所以我們又可以推斷出第四個答案，就是有人把信扣留了。那麼，海斯汀，我們的猜測可就更有趣了，因為那封信在兩頭都可能被扣留——在英國，或是在美國。

「不論誰把信扣留了，此人一定是個不願這個婚姻失效的人。海斯汀，我願意付出任何代價，查出這件事的幕後原因。必定有原因……我發誓一定有原因。」

他頓了一下，又慢慢加上一句：「而這個原因，現在我只能瞥見一個模糊的影子。」

05 謀殺

第二天是六月三十號。

九點半的時候，僕人稟報說傑派探長在樓下急著想見我們。

我們有好幾年沒和蘇格蘭警場的探長打交道了。

「啊！ce bon Japp[8]，」白羅說，「不知道他想做什麼。」

「尋求幫助。」我直截了當地說，「他一定遇到什麼棘手的案子，來找你幫忙。」

我對傑派可不像白羅那樣縱容。他一來訪，白羅就要傷腦筋了。其實我倒不在意這個，畢竟白羅喜歡動腦，對他而言，那是一件很光榮和令人高興的事。我只是討厭傑派虛偽地裝成什麼事都沒發生的樣子，我喜歡直爽的人。我對白羅說了自己的想法，他哈哈大笑。

「海斯汀，你是個直爽、勇往直前的人，對吧？但你知道可憐的傑派得保住自己的面子。所以他就要裝糊塗，這是很自然的事。」

我覺得這樣很愚蠢，並和白羅說了這個想法，但他不贊同。

「一個人外表上的東西，其實都是無關緊要的，但對人們來說，有時卻很重要。它能讓人保持尊嚴。」

我個人認為，姿態低一點對傑派沒什麼壞處。但爭論下去也沒什麼用。何況我急於知道傑派來幹什麼。

他很熱情地與我們打招呼。

「啊！你們正要吃早餐？怎麼，白羅先生，母雞沒下方蛋給你吃嗎？」

這是一個典故，原來白羅曾抱怨過不同形狀的雞蛋會影響他的勻稱感。

「還沒有。」白羅笑著說，「我可愛的傑派，一大早來，有何指教？」

「對我來說已經不早了，我已經工作兩個小時了。至於說我為什麼來你這兒，原因嘛，又是謀殺。」

「謀殺？」

傑派點點頭。

「昨晚埃奇瓦男爵在他攝政門的府邸被人謀殺，被他太太用尖刀刺入脖頸致死。」

8　法語，意思是「這個可愛的傑派」。

「被他太太？」我驚訝地喊道。

我在那一刻突然想起布萊恩．馬丁前一天早上所說的話。他能預見即將發生的事嗎？我還記起珍曾說過「把他幹掉」的話。「超道德」，這是布萊恩．馬丁對她的評價，她是那種類型的人，是的。無情、自私、愚蠢。他的判斷多麼正確啊！

我腦子裡千頭萬緒。這時，傑派說話了。

「是的，是那個女演員，你們知道，她很出名。珍．威金森。她三年前和他結婚，他們的關係並不好，後來她離開了他。」

白羅一臉困惑而嚴肅的樣子。

「你為什麼認為是她殺的呢？」

「並不是認為，是有人認出她了。她也不是偷偷摸摸的，是坐一輛計程車去的——」

「一輛計程車？」

我不由自主地重複了一遍，那晚她在薩伏飯店說過的話又在我耳邊響起。

「她按門鈴，說要見埃奇瓦男爵。那是在十點的時候。管家說他去看看，她冷靜地說：『噢，你不用去了。我是埃奇瓦夫人，我想他在書房裡。』她一邊說一邊逕自走進去，打開了門，進去後又把門關上。

「本來管家覺得奇怪，但又覺得沒什麼大不了。於是他就下樓。大約十分鐘後，他聽見前門關上的聲音。總之，她沒待多久。大約夜裡十一點的時候，他把大門鎖上。隨後他打開了書房門，裡面黑黑的，他以為主人已經上床睡覺了。今天早上，女僕發現了他的屍體。後頸髮根處被刀刺了進去。」

「沒有叫喊聲嗎？什麼聲音都沒聽見？」

「他們說沒聽見。你知道，那間書房的門隔音效果很好。同時外面還有車輛駛過的聲音。而且那種刺法，會讓人很快死去。醫生說，從小腦底部一直刺進延髓裡面——或類似之處——只要刺準這個部位，人就會立刻死去。」

「也就是說，要知道確切的刺入位置，恐怕得懂一些醫學知識。」

「是的，沒錯。就這一點而論，對她是很有利。但十之八九是她的運氣好，她只是不小心刺中了要害。要知道，有的人總是福星高照。」

「老兄啊，若是因此而被絞死，她可就不是福星高照了。」白羅說道。

「確實如此。她可真是個傻子，就那麼明目張膽地走進去，還報上自己的姓名。」

「很可能她並不打算殺他，但他們吵了起來，她就猛然拿出刀子殺他。」

「這就奇怪了。」

「是小刀嗎？」

「醫生說是那一類的東西。不管是什麼刀子，她把它拿走了，沒有留下任何凶器。」

白羅很不滿意地搖搖頭。

「不，不可能，我的朋友，不會是那樣的。我認識那位女士，她不可能做出這麼衝動的事。再者，她不可能隨身帶把刀子。很少有女人帶刀子，珍．威金森更是不會。」

「你說你認識她，白羅先生？」

「是的。我認識她。」

他不再說話了。傑派好奇地望著他。

「透露點消息吧，白羅先生？」他終於鼓起勇氣問道。

「啊，」白羅說，「我想起來了。你來此有何貴幹？呃？不是來和老朋友敘舊的吧？一定不是。你是為這件謀殺案來的。你手上有凶手，有犯罪動機。說起犯罪動機，順便問一下，你認為犯罪動機是什麼？」

「想和另一個人結婚。一個星期前，有人聽她這麼說過。她還威脅說要雇一輛車，去把他殺掉。」

「啊！」白羅說道，「你的消息很靈通嘛，真是消息靈通！一定有人幫忙打聽消息吧。」

我以為他眼神裡含有詢問的意思；但儘管如此，傑派卻沒反應。

「我們聽人家說的，白羅先生。」他不動聲色地回答道。

白羅點點頭。他伸手去拿報紙。毫無疑問地，那張報紙是傑派在等我們的時候翻開的，我們下來時他才匆忙把它放在一邊。白羅很熟練地將它由中間摺回原樣，並用手撫平。儘管他的眼睛停在報紙上，但他的思緒卻陷在一個疑問中。

「你還沒回答我，」他說道，「既然一切都進展順利，為什麼你還來我這裡？」

「因為聽說你昨天去攝政門找過埃奇瓦男爵。」

「我明白了。」

「我一聽到這件事，就對自己說：『這裡面大有文章。』男爵為什麼找白羅先生談話？他在懷疑什麼？他擔心會出什麼事嗎？所以在採取確實行動之前，我最好找你談談。」

「你說的『確實行動』是什麼意思？是逮捕那位男爵夫人嗎？」

「是的。」

「你還沒見過她嗎？」

「啊！見過了。勘查現場後，我們第一件事就是去薩伏飯店。可不能冒險讓她溜了。」

「啊！」白羅說，「那麼，你——」

他突然停了下來。他的眼睛雖沒離開過眼前的報紙，其實卻是視而不見。現在，他的表情變了。他抬起頭來，用一種不一樣的腔調說：「啊！我的朋友，她說了些什麼？她說了些什麼？」

「當然了，我按照慣例叫她供出事實，並警告她說話要小心。我們不能讓人說倫敦警方辦事不公。」

「依我之見，這是一種愚蠢的做法。不過，繼續說吧，那位夫人怎麼表示？」

「一陣歇斯底里的情緒發作——她的反應就是這樣。滾來滾去，張開手臂，後來索性撲通倒在地上。噢！她表演得真不賴。我得為她說句好話，這是一場很生動的表演。」

「啊，」白羅溫和地說，「那麼，你當時並不相信她的歇斯底里是真的？」

傑派曖昧地眨眨眼。

「你又怎麼想呢？我可不會被這種小把戲騙住。她根本沒昏倒，她才不會呢，只不過是裝模作樣而已。我敢發誓她還覺得很好玩呢。」

「是的，」白羅若有所思地說道，「這是很有可能的。後來呢？」

「啊！後來她醒了——假裝醒了。然後不斷地哼哼哈哈，繼續演戲。那個面孔呆板的女僕給她聞嗅鹽。最後，她清醒過來能說話了，就叫人去請她的律師過來。她說，沒有律師在場就什麼也不會說。先是歇斯底里，然後又是律師。先生，我要請問你了，這合理嗎？」

「就這件事而論，是很合理。」白羅鎮定地說。

「你的意思是因為她有罪，並且也知道自己有罪，所以才有如此舉動嗎？」

「錯了。我認為這是因為她的脾氣本來就是這樣。首先，她要讓你看到一個女人突然聽見丈夫死去時該是什麼模樣。然後，當表演的本能得到滿足後，她天生精明的頭腦會立刻想到要請一個律師來。至於故意演出那場戲，並且自以為演得很像，這並不足以證明她有罪，充其量只能說明她天生是個戲子。」

「不過，她絕對不是無辜的。這一點我敢肯定。」

「你很肯定，」白羅說，「或許吧。你說她什麼都不肯說。隻字片語也不說嗎？」

傑派咧嘴笑了笑。

「律師不在，她拒絕說話。她的僕人打電話給她的律師。我留兩個手下在那裡守候，然後就到你這裡來了。我想在繼續調查前先來和你談談，看看你能否提供一些線索給我。」

「你這麼肯定？」

「當然我很肯定。但我想要盡可能多知道一些事實。你知道，這件案子一定會大肆宣揚。這不可能是什麼祕密的事。所有的報紙都會滿版報導。你也知道報社是怎麼做事的。」

「說到報紙，」白羅說道，「我的朋友，你對這條新聞如何解釋？你還沒有仔細看過早報吧？」

他俯下身子看桌上的報紙。他的手指著社會版上的一則消息，傑派大聲讀出來。

蒙塔古爵士昨晚在齊西克河畔的府邸，舉辦了一場很成功的晚會。出席人士有：喬治爵士、費斯夫人、著名戲劇評論家詹姆斯·布倫特先生、奧弗賴電影公司的奧斯卡·漢姆弗先生、珍·威金森女士（即埃奇瓦夫人）等人。

傑派驚訝地看了一會兒，才恢復正常。

「這與命案又有什麼關係呢？這種消息是事先送到報館的，你應該明白。你應該知道她並沒有在那裡，或者她晚到了——十一點左右。老兄啊，你不要以為報紙上面登的都是金科玉律。尤其是你，應該比誰都明白這一點。」

「啊，我知道，我當然知道，我只是覺得很巧。」

「世上巧合的事是不少。白羅先生，我知道你是守口如瓶的人，這一點，我早就領教過了。但這件事你會告訴我吧？你可以告訴我為什麼埃奇瓦男爵會請你過去談話嗎？」

白羅搖搖頭。

「不是埃奇瓦男爵請我去的，是我要求他見我的。」

「真的嗎？那是為什麼呢？」

白羅猶豫了一下。

「我可以回答你這個問題。」他慢慢說道，「但是我得按照自己的方式來回答你。」

傑派氣呼呼地。我暗地同情他，白羅有時候的確會讓人發火。

「我要拜託你，」白羅繼續說，「讓我打電話給一個人，請他來這裡。」

「什麼人？」

「布萊恩．馬丁先生。」

「那個電影明星？他和這事有什麼關係？」

「我想，」白羅說道，「你會發現他說的話很有趣，而且可能也很有用。海斯汀，能麻煩你嗎？」

我拿起電話簿查看。這個明星在聖詹姆斯公園附近的一棟高樓裡租有一間公寓。

「維多利亞四九四四九……」

幾分鐘後，布萊恩．馬丁略帶睏意地接了電話。

「喂，哪位？」

「我怎麼說？」我捂住話筒，低聲問白羅。

「告訴他，」白羅說道，「就說埃奇瓦男爵昨晚被殺了。如果他能立即來我們這裡一趟，我們將不勝感激。」

我把他的話一字不漏地重複一遍。電話另一端傳來驚訝的叫聲。

「我的天！」馬丁說道，「她真的那麼做了！我馬上到。」

「他說什麼？」白羅問我。

我告訴了他。

「啊！」白羅似乎很得意地說道，「『她真的那麼做了！』他是那麼說的？我就知道，正如我所料。」

傑派好奇地望著他。

「我真搞不懂你，白羅先生。你先前說話的口氣，好像那位女士根本不會殺人似的；現在你又說你對這一切都瞭若指掌。」

白羅只是笑而不答。

06 寡婦

布萊恩・馬丁說話算話，不到十分鐘，他就上門了。在等待他的期間，白羅只談些無關緊要的話題，一點也不肯滿足傑派的好奇心。

很顯然，我們的消息讓這位年輕演員很不安。他拉長著臉，沒有一絲血色。

「我的天哪！白羅先生，」他邊握手邊說道，「這真是一件可怕的事，我實在是被嚇壞了。不過，我不能說我覺得驚訝，我始終都有這種預感，這種事很可能會發生。你也許還記得我昨天說過的話。」

「當然，當然記得，」白羅說道，「你昨天對我說的話，我記得相當清楚。讓我來為你介紹一下傑派探長，他負責這個案子。」

布萊恩・馬丁責備地看了一眼白羅。

「我不知道還有別人在，」他低聲道，「你該早點告訴我。」

他向傑派冷冷地點頭。

他坐下來，雙唇緊緊抿在一起。

「我不明白，」他反問白羅，「你為什麼叫我來。這事和我毫無關係。」

「我認為有關係，」白羅溫和地說，「謀殺案事關重大，個人怨氣都應放在一邊。」

「不，不，我和珍一起演戲，我很了解她。可惡！她是我的朋友。我怎麼會對她有怨氣呢？」

「但你一聽說埃奇瓦男爵被謀殺，就立刻下結論是她殺的。」白羅不動聲色地說。

這名演員慌了手腳。

「你是說——」他的眼睛似乎要跳出眼眶。「你是想說我弄錯了嗎？她和這個案子毫無關係？」

傑派插話了。

「不，不是的，馬丁先生，千真萬確是她幹的。」

那年輕人又頹然坐下。

「我還以為我犯了一個不可原諒的大錯呢。」他低聲道。

「遇到這種事，絕不該因為友情而受到影響。」白羅斬釘截鐵地說道。

「對，但是——」

「我的朋友，難道你想要袒護一個女兇手？這是謀殺，是世間最可惡的罪行。」

布萊恩・馬丁嘆了一口氣。

「你們不明白。珍不是一個普通的凶手，她……她根本沒有是非感。老實說，她不該負責任。」

「那要由陪審團來決定。」傑派說道。

「說吧，說吧。」白羅友善地說，「這並不是你在指控她。已經有人在指控她了。你所知道的一切，你不該不告訴我們。年輕人，你對這個社會是有責任的。」

布萊恩・馬丁嘆了一口氣。

「你說得沒錯。」他說道，「你們希望我告訴你們什麼？」

白羅看了看傑派。

「你是否聽過埃奇瓦夫人……或者威金森女士，說過威脅她丈夫的話？」傑派問道。

「是的，有好幾次。」

「她說了些什麼？」

「她說如果他不給她自由，她就要『幹掉他』。」

「那不是開玩笑的吧？」

「沒錯，我想她是認真的。有一次，她說她要雇一輛計程車去幹掉他。白羅先生，這話你也聽到的，對吧？」

他可憐兮兮地向我的朋友求援。

白羅點點頭。
傑派繼續詢問。
「馬丁先生，現在我們知道她要自由的目的，是想要嫁給另一個人。你知道那個人是誰嗎？」
布萊恩點點頭。
「誰？」
「是……是默頓公爵。」
「默頓公爵，喲！」探長吹了一聲口哨。「胃口不小嘛！據說他是英國首富之一。」
馬丁點點頭，姿態更加垂頭喪氣了。
我不太明白白羅的態度。他靠在椅子上，雙手交叉，腦袋有節奏地不停點著，好像一個人選好唱片放到唱機上聆聽似的。
「她的丈夫願意和她離婚嗎？」
「不，他完全拒絕。」
「你確定這是千真萬確的嗎？」
「是的。」
「現在，」白羅突然加入。「傑派老友，你知道我和這事的關係了。我是受珍的委託，去和她丈夫商量，請他答應離婚的。我和他約了昨天早晨見面。」

布萊恩・馬丁搖搖頭。

「沒用的，」他很有把握地說，「埃奇瓦不會同意的。」

「你認為他不會同意？」白羅看他的眼光很和藹。

「當然，珍也心知肚明，她並非真的以為你會成功，她早就絕望了。在離婚這個問題上，那個人是偏執狂。」

白羅笑了。他的眼睛突然發亮。

「你錯了，年輕人。」他友善地說道，「昨天我見過埃奇瓦男爵，他已經同意離婚了。」

毫無疑問地，布萊恩・馬丁聽了這消息就變得目瞪口呆。他目不轉睛地盯著白羅，眼珠子都快要掉出來了。

「你……你昨天見過他？」他急促地問道。

「十二點一刻的時候。」白羅的口氣還是一板一眼。

「他同意離婚了？你應該立刻告訴珍的。」他語帶責備地說。

「我是立刻告訴她了，馬丁先生。」

「你立刻告訴她了？」馬丁和傑派不約而同地喊道。

白羅笑了。

「這和你設定的動機有些衝突了，是不是？」他低聲道，「馬丁先生，現在讓我提醒你一件事。」

他讓他看報紙上的那段新聞。

布萊恩看了，但他並不感興趣。

「你認為這可以證明她不在犯罪現場？」他說道，「但是，我以為埃奇瓦是昨晚夜裡被人槍殺的。」

「他是被刺殺的，不是槍殺。」白羅糾正道。

馬丁將報紙慢慢放下。

「恐怕沒用的，」他很遺憾地說，「珍沒有參加那個宴會。」

「你怎麼知道？」

「我忘了跟你說。有人告訴我的。」

「真是遺憾。」白羅若有所思地說。

「我真搞不懂你，先生。你好像不希望這位女士有罪似的。」傑派說。

「不，不是的，我的好傑派，我並非像你以為的那樣偏袒她。不過，老實說，你所接辦的這個案子有違常理。」

「你這話是什麼意思？有違常理？這可沒違背我的常理。」

我看出白羅的嘴唇抖動著，像是想說些什麼，但他還是忍住沒說。

「正如你所說，這位女士想擺脫她的丈夫。這一點我不跟你爭，她也很坦白地對我說過。那麼，她是如何著手的呢？她當著許多證人面前，大刺刺地說要殺掉他。然後某天晚上跑去他的住處，自己通名報姓，殺了他後便揚長而去。我的朋友，你如何解釋這些行徑？這難道是常理嗎？」

「當然，她這麼幹是有點傻。」傑派說。

「傻？簡直是白癡到了極點！」

「好吧，」傑派站起來說道，「要是罪犯都這麼傻，那就有利於警察辦案了。我現在要回薩伏飯店了。」

「我可以一道去嗎？」

傑派沒反對，於是我們就出發了。馬丁很不情願地向我們告別。他好像很緊張，一再要求我們隨時通報他新的動向。

「他是個神經質的青年。」傑派這樣評論馬丁。

白羅也有同感。

在薩伏飯店，我們看見一位很像律師的人剛到。於是我們一起去珍的套房。傑派停下來和一名部屬說話。

「有什麼事嗎？」他簡潔地問道。

「她要打電話。」

「打給誰？」傑派急切地問道。

「打給鰹鳥貿易行，買喪服。」

傑派低聲咒罵了一句。我們走進套房。

新寡的埃奇瓦夫人正對著鏡子試帽子。她穿著一件黑白相間的薄衫，容光煥發地對我們微笑招呼。

「啊，白羅先生，您也來了，真是太好了。莫克森先生（這是對那名律師說的），我很高興你來了。請坐在我旁邊，告訴我該回答什麼問題。這個人好像認為我今天早上出去把喬治殺了。」

「是昨天夜裡，女士。」傑派說。

「你說今天早晨十點鐘。」

「我是說晚上十點鐘。」

「啊，我分不清什麼上午下午。」

「現在才剛剛十點鐘。」探長嚴厲地補上一句。

珍的眼睛張得大大的。

「天哪，」她低聲說，「我有好幾年沒這麼早醒來了。你剛才來的時候，一定是天剛剛才亮。」

「警官，您且慢，」莫克森先生用一種嚴密的法律口吻說，「這件令人惋惜、叫人震驚的事，是發生在什麼時候？」

「大約是在昨晚十點鐘左右，先生。」

「這樣的話，事情就好說了。」珍機警地說，「當時我在一個宴會上……啊！」她突然又把嘴捂上。「也許我不該那麼說。」

她膽怯地盯著律師，臉上滿是求助表情。

「夫人，如果昨天晚上十點你是在……呃，宴會上，那麼，我，呃，我不反對你向警官陳述事實，這沒什麼不妥。」

「是的，」傑派說，「我只是請你說一下昨天晚上的行蹤。」

「你不是這麼說的。你只說什麼十點鐘……把我嚇壞了。所以我就昏了過去，莫克森先生。」

「那麼，夫人，請你談談宴會的情形好嗎？」

「那是在齊西克，蒙塔古爵士的府上。」

「您是什麼時候去的？」

「晚宴是定在八點三十分。」

「您什麼時候動身？」

「我大約八點鐘動身，先去一趟皮卡地里王宮飯店和一個美國朋友告別。她是范・杜森夫人，準備要回美國去。我到齊西克時是八點四十五分。」

「您什麼時候離開宴會？」

「大約十一點半。」

「你直接回這裡了？」

「是的。」

「坐計程車？」

「不是，坐我自己的車，我向戴姆勒車行租來的。」

「你在宴會上，一直沒離開過嗎？」

「嗯，我——」

「原來您真的離開過？」

這種問法像獵狗撲鼠，節節逼近。

「我不明白你是什麼意思。我在晚宴上十點左右，去接了個電話。」

「誰打給你的？」

「我想是惡作劇吧。一個聲音說：『是埃奇瓦夫人嗎？』我回答說是：『沒錯。』電話那端大笑，然後就掛斷電話了。」

「您是走出室外接電話的嗎？」

珍驚訝地睜大眼睛。

「當然不是。」

「你離開餐桌多久？」

「大概有一分半鐘。」

傑派一下子變得很頹喪。我深知他對珍的話一句也不相信，但聽了她的供詞後，在沒有得到證實之前，他是拿她一點辦法也沒有。

他冷冷地表示感謝，便告退了。

我們也要告辭離開，但她把白羅叫住了。

「白羅先生，您能為我做點事嗎？」

「當然可以，夫人。」

「幫我打個電報給巴黎的默頓公爵。他在克里倫飯店。他該知道這些事情。我不想自己去發電報。我想在一兩週內，我得表現出一個剛守寡的樣子。」

「根本沒必要打電報，夫人，」白羅溫和地說道，「那裡的報紙上會登出來。」

「看，您是多麼有頭腦！當然會的。不打電報更好。我想現在我一定要保持自己的身分，一切都沒問題了。我要有寡婦的模樣，您知道的，一定得露出很莊嚴的模樣。我想送一個蘭花環過去。那是頂貴的東西。我想我得去參加葬禮。您認為呢？」

「夫人，您得先去出席驗屍審訊。」

「啊！恐怕您是對的。」她想了一會說道，「我不喜歡那個探長。白羅先生，他把我嚇死了。」

「是嗎？」

「幸虧我改變主意，最後還是去了那個晚宴。」

白羅正往門口走，聽到她這句話，突然轉過身來。
「夫人，你說什麼？你改變了主意？」
「是的，我本來不想去，因為昨天下午頭痛得厲害。」
白羅吞了一兩口唾沫，好像很難開口說什麼似的。
「您……您對誰提過這件事嗎？」他終於問道。
「當然提過。我們好多人在一起喝茶，他們要我直接去雞尾酒會，我說不行，我說我頭痛得要裂開了，所以要直接回家，不去那個晚宴了。」
「夫人，那麼您為什麼又改變主意呢？」
「艾莉絲罵了我。她說我不能不參加。老蒙塔古爵士是個很有勢力的人物，您知道的，他是個有怪癖的人，很容易生氣。但我不怕，我一和默頓結婚，這些人我就統統不怕了。但艾莉絲很謹慎。她說有很多事還是小心點比較好。最後我想她說得對，所以我就去了。」
「夫人，你該好好感謝艾莉絲。」白羅先生嚴肅地說。
「大概吧。那位警官都明白了吧？」
她笑了，白羅卻沒笑。他低聲說：「這值得好好研究，是的，應該好好研究一下。」
「艾莉絲！」珍叫道。
女僕從隔壁房間走過來。
「白羅先生說，多虧你昨天勸我去赴宴。」

艾莉絲幾乎望也沒望白羅一眼。她的樣子很冷漠，一副不以為然的神態。

「夫人，失約是不行的，您總喜歡那樣。人們不會每次都原諒您的。他們會不高興。」

珍又把那頂我們進屋時她在試戴的帽子拿起來戴上。

「我不喜歡黑色。」她悶悶不樂地說，「我從來不戴黑帽子。但要做一個合格的寡婦，又不得不戴。這些帽子都難看極了。再給其他帽店打電話，艾莉絲，我要找到一頂適合又能見場面的帽子。」

白羅和我悄悄從房間裡走出來。

07 祕書

傑派走後，一直沒在我們面前露臉，直到一個小時後才又出現。他把帽子扔到桌上，嘴裡嚷著倒楣透了。

「你已經調查過了嗎？」白羅同情地問他。

傑派滿面愁容地點點頭。

「除非那十四個人都在說謊，照他們所說的情形來看，人不是她殺的。」他低吼著。

他又繼續說道：「我不妨對你說，白羅先生，我本來以為這是一個陰謀。從表面上看，好像沒有別人會謀殺埃奇瓦男爵。她是唯一有殺人動機的人。」

「我可不那樣想。不過，你接著講吧。」

「唔，就像我剛才講的，我本以為這是一個陰謀。你知道這些演藝圈的人是怎麼樣的——他們會齊力庇護一個老朋友。但這次的情形不同。昨天宴會上都是有頭有臉的大人物。

其中沒有一個是她的老友，有的甚至還互不認識。他們的證詞都是獨立可信的。我希望能發現她曾經溜出去半小時左右，這是很容易做到的，只消說去補補妝或其他什麼理由都行，但實際上沒有。正如她所說的，她曾離席出去接電話，但管家當時和她一起。另外，那個電話內容也和她說的一樣。她所說的話，管家都聽見了，『對，我是埃奇瓦夫人。』但電話的那一端就掛了。這一點，你們知道，是很奇怪。不過，倒不一定與這個案子有關。」

「也許無關，但是很有趣。那個打電話的人是男的，還是女的？」

「是個女的，我記得她說過。」

「怪了。」白羅若有所思地說。

「先別管這個了。」傑派不耐煩地說道，「我們繼續回到重點吧。整個晚上的經過和她說的完全一致。她九點差一刻到達那裡，十一點半離開，回到薩伏飯店是十二點差一刻。我已經和那個為她開車的司機談過了，他是戴姆勒車行的長期雇員。薩伏飯店裡的人看見她走進去，也證實了她所講的時間。」

「那麼，似乎毫無爭論餘地了。」

「那麼攝政門那兩個人的證詞又是怎麼回事？不僅是管家看到她，連埃奇瓦的祕書也看到了。他們都對天發誓說，那天晚上十點鐘到那裡去的人是埃奇瓦夫人。」

「管家在那裡做多久了？」

「六個月。談起他來，那小夥子還真是個英俊小生。」

「是的，我的朋友。如果他只在那工作六個月，他不可能認識埃奇瓦夫人，因為他以前從未見過她。」

「唔。他可以從報紙刊登的照片認識她。無論如何，那位祕書是認得她的。這位祕書已經為埃奇瓦男爵工作了五、六年。她是唯一有十成把握的證人。」

「啊！」白羅說道，「我倒想見見那位祕書。」

「那麼，何不和我一塊走一趟？」

「謝謝你，我的朋友。我很樂意。你的邀請也包括我的朋友海斯汀吧？」

傑派咧嘴笑了。

「你認為呢？主人到哪，哈巴狗就跟到哪。」他這話讓我聽了很不是滋味。

「這案子使我想起那個伊麗莎白．坎寧案。」傑派說道，「你們還記得嗎？兩邊都至少有二十個證人發誓說他們看到過那個叫瑪麗．史奎爾的吉普賽女子，而且是同一個時間點在英國兩個不同的地方。那些證人也都是非常令人尊敬的人物。而且她長了那麼一副討人厭的尊容，全世界再也找不出第二個了。那件懸案一直未破。這次的案子也很相似。這次有許多互不相識的人可以發誓，證明同時在兩個不同的地方看到她。可是他們之中，哪些人說的是實話呢？」

「這不難弄明白。」

「這是你的說法，但這位女士，卡羅爾小姐，的確認識埃奇瓦夫人。我是說，她曾經和珍終日住在同一所房子裡面。她總不會認錯人吧？」

「我們不久就會弄清楚。」

「誰來繼承爵位？」我問道。

「一個侄子，羅納德・馬許上尉。聽說是個有點不務正業的浪蕩子。」

「關於死亡時間，醫生是怎麼說的？」白羅問道。

「我還得等驗屍結果。你知道，要想精確些，就得這樣處理，看看晚飯吃的東西到哪兒去了。」

傑派講述事情的方式有點不雅，我實在不敢恭維。

「不過十點鐘可以和各種事實相吻合。人們最後一次看到他是在九點過幾分的時候，當時他離開餐桌。然後管家將威士忌和蘇打水送到書房。十一點鐘，管家去睡覺時，燈已經熄了，那時他一定已經死了。他不可能一直坐在黑暗中。」

白羅若有所思地點點頭。過了一會兒，我們的車子在埃奇瓦府邸前停下來。窗簾已經拉了下來。

為我們開門的是那位英俊的管家。

傑派在前面帶路先走進去，我和白羅跟在他後面。那個門是向左開的，所以管家就靠著那面牆站著。白羅在我的右邊，因為他比我矮小，所以直到我們走進了前廳，管家才看見他。我離這個人很近，因此可以聽見他重重地吸了一口氣，我對他張望，發現他正驚慌地盯著白羅。雖然我想其中必有原因，但一轉念就把它忘了。

餐廳就在我們右邊，傑派大步走了進去，並叫管家也跟著進去。

「奧爾頓，現在我要仔細地再問你一遍，當那位女士走進來時，是十點鐘嗎？」

「你是說男爵夫人？是的，先生。」

「你怎麼認出她的？」白羅發問。

「她對我說了她的名字，先生。況且，我在報紙上看過她的照片，也看過她演的戲。」

白羅點點頭。

「她穿什麼樣的衣服？」

「黑色的衣服。先生，外面披著黑色的外套，戴著一頂小黑帽，掛著一串珠子，戴了一副灰手套。」

白羅用疑問的目光望著傑派。

「裡面穿著白色綢紋綢的晚禮服，披著貂皮披肩。」後者簡明地加以說明。

管家繼續說下去，他講的和傑派告訴我們的完全一致。

「那晚還有誰來拜訪你家主人？」白羅問道。

「沒有，先生。」

「前門是怎樣鎖上的？」

「用的是耶魯鎖，先生。我通常是睡覺前才把門閂上，先生。也就是十一點的時候。但是昨天晚上，婕拉汀小姐出去看戲，所以門沒閂。」

「今天清晨前門是怎麼關的？」

「是閂住的，先生。是婕拉汀小姐回來後把門閂上的。」

「她什麼時候回來的，你知道嗎？」

「我想大約在十一點四十五分的時候，先生。」

「那麼，在晚上十一點四十五分前，沒有鑰匙就不能從外面開門進來，是不是？但從裡面只要將鎖柄一轉就可以開門了。」

「是的，先生。」

「你們有幾把鑰匙？」

「男爵有一把，先生。還有一把放在前廳抽屜裡面，昨晚婕拉汀小姐拿去用了。另外還有沒有，我就不知道了。」

「這房子裡頭，別無其他人有鑰匙嗎？」

「沒有，先生。卡羅爾小姐來的時候總是按門鈴。」

白羅告訴他，自己要問的就這些了。然後我們去找那位女祕書。

我們看到她正坐在一張大桌前振筆疾書。

卡羅爾小姐大約四十多歲，是位討人喜歡、樣子很幹練的女士。她頭髮斑白，戴一副夾鼻眼鏡，一雙精明的藍眼睛透過玻璃片，炯炯有神地望著我們。當她開口說話時，那乾脆俐落、公事公辦的聲音，使我立刻意識到是電話裡通過話的那一位。

「啊！白羅先生，」經過傑派的介紹，她說道，「是的，和我約定昨天上午與公爵會面的就是您。」

「正是我本人，小姐。」

我覺得白羅對她的印象頗佳。她的個性的確簡潔幹練。

「那麼，傑派警官，」卡羅爾小姐問道，「我還能為您做什麼？」

「就這件事。你絕對確定昨晚來這裡的那位女士，就是埃奇瓦夫人嗎？」

「這是您第三次問我了。我當然確定。我看見她了。」

「你是在哪裡看見她的，小姐？」

「在大廳裡。她和管家說了一會話，然後就穿過大廳，走入書房的門。」

「那時你在哪裡？」

「在二樓——往下看。」

「你真的不會認錯人吧？」

「當然不會，我看得很清楚。」

「會不會是一個長得很像的人，你把她誤認為男爵夫人了？」

「當然不會。珍．威金森的五官長得很特殊。我看見的人就是她。」

傑派向白羅瞥了一眼，好像是在說：「你明白了吧。」

「埃奇瓦男爵有什麼敵人嗎？」白羅突然問道。

「請您不要亂說！」卡羅爾小姐說道。

「『亂說』——你這話是什麼意思？」

「敵人！現在人們不會有敵人，尤其是英國人，不會有的。」

「但埃奇瓦男爵被謀殺了。」

「那是他太太幹的好事。」卡羅爾小姐說道。

「太太不是敵人，是不是？」

「我相信這只是一件特殊而非同尋常的事。我從未聽說發生過這樣的事，我是說像我們這樣有身分的人。」

按照卡羅爾小姐的意思，只有下層階級的酒鬼才會殺人。

「前門共有幾把鑰匙？」

「兩把。」卡羅爾小姐立即回答道，「埃奇瓦男爵自己總是帶一把。另外一把放在前廳抽屜裡，這樣的話，誰要是回來得晚，就可以用那一把。另外還有一把，被馬許上尉弄丟了。實在是很不小心。」

「馬許上尉經常來這裡嗎？」

「三年前，他是住在這裡的。」

「他為什麼離開？」傑派問道。

「我不清楚。我想是和他叔叔合不來吧。」

「小姐，我想你知道的不只這些吧？」白羅溫和地問道。

她迅速地瞧了他一眼。

「我不是那種喜歡亂講閒話的人，白羅先生。」

「外面傳言埃奇瓦男爵和他侄兒決裂得很厲害，關於這點，你能告訴我們實情嗎？」

「事實上根本沒有那麼嚴重。埃奇瓦男爵是個很難相處的人。」

「你的感覺也是如此嗎？」

「我不是在說我自己，我與埃奇瓦男爵從未有過不和，他始終認為我很可靠。」

「但是，關於馬許上尉——」

白羅緊追不捨，一點一點慢慢引導她說出實情。

「他揮霍無度，最後欠了不少債。還有其他麻煩，我也不清楚確切的狀況。他們兩人大吵一架，埃奇瓦男爵就把他轟出了門。就是這樣。」

現在她緊閉雙唇，顯然不打算再多說什麼了。

我們和她談話的房間是在二樓。當我們離開時，白羅拉住我的胳膊。

「等一下，海斯汀，你在這裡待一下，好嗎？我現在和傑派一同下樓去。你看著我們走入書房後，再下來和我們會合。」

很久以來，我就不再問他以「為什麼」起頭的問題了。就像《輕騎兵》裡頭寫的那樣：

「我的問題不是為什麼，而是去戰或是去死。」幸虧還沒到去死的程度。我以為，他是懷疑管家會在暗中監視他，於是要我注意是否真是這樣。

我站在欄杆旁往下望。白羅和傑派先到前門處——這時候就看不見他們了。然後他們又重新出現，慢慢地沿著大廳走。我眼睛盯著他們的背影，一直到他們走入書房。我又等了一兩分鐘，以防那個管家出現。但沒人出現。因此我跑下樓去和他們會合。

當然，屍體已經移走了。窗簾統統都拉下來，屋裡開著燈。白羅和傑派站在屋子正中央，環視著四周。

「這兒沒有什麼。」傑派說道。

白羅笑著回答說：「哎呀！沒有菸灰，沒有腳印，沒有女人的手套，甚至沒有殘留的香味！沒有任何像小說中偵探很容易找到的東西。」

「在偵探小說中，警察總被寫得跟蝙蝠一樣瞎。」傑派咧嘴笑著說。

「我曾經找到一條線索，」白羅心不在焉地說，「但因為那線索是四英尺長，而不是四英寸長，所以沒人相信。」

我想起了那件事，不禁哈哈大笑。然後我想起他交代給我的任務。

「白羅，沒問題。」我說道，「我觀察過了，就我所看到的情形來說，沒人監視你。」

「有的，我的好友海斯汀的眼睛正盯著我們，」白羅帶著略微嘲弄的口吻說道，「告訴我，我的朋友，你注意到我的嘴裡噙著一朵玫瑰花嗎？」

「你嘴裡噙著玫瑰花？」我驚訝地問道。

傑派轉向一邊哈哈大笑。

「白羅先生，你快把我笑死了。」他說道，「一朵玫瑰花，接著又是什麼花樣嗎？」

「我是想假設我就是卡門。」白羅毫不在意地回答道。

我真弄不明白，是他們有毛病，還是我有問題。

「海斯汀，你沒注意到嗎？」白羅的話裡含有責備語氣。

「沒有。」我瞪著眼睛說道，「我根本看不清你的臉。」

「沒關係。」他輕輕地搖頭。

他們是在和我開玩笑嗎？

「得了，」傑派說，「我想這裡也沒什麼事。如果可能的話，我想再和他女兒談談。先前去問她話的時候，她太過傷心，什麼也沒說。」

他按鈴叫管家。

「去問問馬許小姐，我能不能和她談一會兒？」

管家去了。幾分鐘後，走進來的不是他，反而是卡羅爾小姐出現了。

「婕拉汀在睡覺。」她說道，「這可憐的孩子，她受的打擊太大了。你走了之後，我給她吃了點藥讓她睡覺，現在她睡得正香甜呢，大概一兩個小時後才會醒來。」

傑派點點頭。

「不過，總而言之，她能告訴你們的，我也能。」卡羅爾堅決地說。
「你對管家的看法如何？」白羅問道。
「我不太喜歡他，這是事實。」卡羅爾小姐說，「但我不能說出原因。」
這時我們已經走到前門。
「小姐，昨晚你是站在那上面，是不是？」白羅用手指著樓上問。
「是的。怎麼了？」
「那麼，你是看到埃奇瓦夫人穿過大廳、走入書房的？」
「是的。」
「她的臉，你看得很清楚嗎？」
「當然。」
「但是，小姐，你不可能看到她的臉。從你站的地方，你只能看見她的後腦勺。」
卡羅爾小姐氣得臉都紅了，她似乎很驚訝。
「她的後腦勺，她的聲音，還有她走路的姿態，統統都一樣！我絕對不會認錯的！我告訴你，我知道她就是珍．威金森，一個世上最可惡透頂的壞女人。」
於是她轉過身，氣沖沖地快步上樓去了。

08 幾種可能性

傑派不得不和我們分開了。白羅和我轉入攝政王公園，來到一個僻靜處，找了一個長椅坐下來。

「我現在明白你為何嘴上噙著一朵玫瑰了。」我笑著說，「那時候，我還以為你有毛病呢。」

他沒笑，只是點了點頭。

「海斯汀，你瞧，那位女祕書是個危險的證人。她之所以危險，是因為她的證詞不準確。你注意到她曾經肯定表示她看到來訪者的面孔嗎？那時候我想這是不可能的。如果是從書房裡走出來，這還有可能，但不會是走進書房。所以我就讓你試驗一下，結果證實了我的想法，然後我就給她設了個圈套，結果她立刻就改變立場。」

「但是她的想法很難改變。」我爭辯道，「況且，聲音和走路姿勢也不容易認錯。」

「不然，不然。」

「為什麼，白羅？我認為聲音和走路姿勢是一個人最重要的特徵。」

「這個我贊成，因此它們也是最容易偽裝。」

「你認為──」

「你回想一下前幾天的事。記得有一天晚上，我們坐在戲院裡──」

「卡洛塔・亞登絲？啊！她真是個天才！」

「一個名人是不難模仿的。當然我同意，她有不尋常的天賦。我認為沒有舞台燈光，不用從遠處看，她也能模仿得唯妙唯肖。」

我腦中突然出現一個念頭。

「白羅，」我喊道，「你不會以為……不，那樣就太巧合了。」

「海斯汀，這要看你怎樣想了。從某個角度來看，這絕非巧合。」

「但卡洛塔・亞登絲為什麼要殺埃奇瓦男爵呢？她甚至還不認識他咧。」

「你怎麼知道她不認識他？海斯汀，不要妄下定論。他們之間可能有某種關聯，只是我們不知道而已。這並不完全是假設。」

「那你有什麼想法？」

「嗯，從一開始我就覺得卡洛塔・亞登絲可能涉及此案。」

「但是，白羅──」

「等一下，海斯汀，先讓我把一些事實連結起來給你看。埃奇瓦夫人毫不保留地談論她與丈夫的關係，甚至揚言要殺掉他，聽到她這麼說的不只你我而已。一個服務生不小心聽到，她的僕人更可能聽過好多次，布萊恩・馬丁也聽到過，還有卡洛塔・亞登絲本人也聽到了。這些人再把這番話講給別人聽……就在那天晚上，卡洛塔・亞登絲把珍扮演得唯妙唯肖，大受好評。那麼，誰有殺害埃奇瓦男爵的動機嗎？他的妻子。

「現在假設有另外一個人想殺掉埃奇瓦男爵。那這裡正好有一個代罪羔羊可派上用場。那天，珍・威金森說她頭很痛，想在家靜靜休息一下時，殺人計畫就開始了。

「埃奇瓦夫人必須被人看見走進男爵公館。這下好啦，是有人看到她了。她竟然還自己通告大名。啊！這實在太過分了！怎能不讓人起疑呢？

「另外還有一點……我承認這是很微不足道的一點。昨晚來的女士身穿黑色外套。但是珍・威金森從不穿黑色衣服。我們親耳聽她這樣說的。那麼，我們可以假定：昨晚來男爵府的女士不是珍・威金森，而是一個冒充珍・威金森的女人。是那個女人殺了埃奇瓦男爵嗎？

「還有沒有第三個人進了房子，殺死了埃奇瓦男爵呢？如果有，那個人是在假的埃奇瓦夫人來訪之前，還是之後進門的呢？如果是之後，那麼這位女士對埃奇瓦男爵說了些什麼？她如何解釋自己的來意？她可以騙過管家，因為他不認識她；她也可以騙過女祕書，因為女祕書沒有從近處看她；但她不可能騙過男爵。或者，難道說房間裡已是一具屍體？莫非在她進來之前——在九點到十點間——男爵已經被殺了嗎？」

「白羅，別說了。」我叫道，「你說得我頭都大了。」

「別這樣，我的朋友。我們只是在考慮幾種可能性。就像試衣服一樣。這件合身嗎？不合適，肩部皺了點？那麼這一件呢？好，好多了，但還不夠大。這件太小了。一件一件地來，直到我們找到最合適的一件，也就是最終找出事實的真相。」

「你懷疑是誰想出這樣狠毒的計畫？」我問他。

「啊！現在說這個還太早。我們必須研究一下還有誰有動機希望埃奇瓦男爵死掉。當然啦，馬上就有一個，就是繼承家產的侄子。也許，這有些太明顯了。另外，雖然埃奇瓦夫人聲稱過要殺他，不過我們還要考慮他有沒有敵人。我的感覺是，埃奇瓦男爵這個人很容易樹敵。」

「是的，」我贊同道，「是這樣沒錯。」

「不論是誰，他一定認為自己相當安全。記住這一點，海斯汀，要不是珍・威金森在最後一刻改變了主意，否則她將無法證明自己不在現場。她可能是待在薩伏飯店的房間裡，但這是很難證實的。她可能會被捕、被審訊，搞不好還可能被絞死。」

我打了一個冷顫。

「可是，有件事我始終不明白。」白羅繼續說道，「有人要加罪於她，這是很明顯的。但那通電話又是怎麼回事？為什麼有人打電話到齊西克找她呢？而且確定她在後，又立刻把電話掛斷了。看起來，是不是有人想在下手前確定她是否在那個晚宴上？那是九點三十分的事，差不多是凶殺案之前發生的。照情況來看，目的似乎是——沒有其他的詞可用——善意的。不可能是凶手打的電話，因為他已經計畫好一切，要栽贓給珍。那麼，會是誰呢？我們可以猜出兩種完全不同的情況。」

我搖著頭，茫茫然猶如在霧中。

「也許只是巧合。」我提醒道。

「不，不會的，天下事並非都是巧合。六個月前，有一封信被扣留了，為什麼？這裡還有很多事情得不到解釋，其中一定有連結起來的因素。」

他嘆了一口氣。然後馬上接著說道：「布萊恩．馬丁和我們講的——」

「白羅，那和命案一定沒關係。」

「海斯汀，你太盲目了，盲目而且冥頑不靈。你難道看不出來這一切都是安排好的把戲嗎？目前我們還不知道他們要耍什麼花樣，但慢慢地，事情會明朗化。」

我覺得白羅太樂觀了。我可不覺得事情會水落石出。我的腦子實際上已經轉不過來了。

「沒有用的。」我突然說道，「我不相信卡洛塔．亞登絲會做出這種事。她是這樣一個……一個善良的女孩。」

儘管我嘴上這樣說，心裡卻想著白羅說過她貪錢的話。貪錢……這件表面上看來匪夷所思的事情，難道根源就是為了貪錢嗎？我覺得白羅那天晚上真是料事如神。他已經預見到珍處於危境之中——因為她那種以自我為中心的特殊個性。同時，他也預見到卡洛塔因貪婪而誤入歧途。

「我不認為人是她殺的，海斯汀。她太冷靜穩健，不會做出那種事。很可能她還不知道有人被殺了。她一定是被利用了，而自己還不知道呢。但是——」

他突然停頓不說話，眉頭皺了起來。

「就是這樣，她也是從犯了。我是說，她會看到今天的報紙。她就會意識到——」

白羅突然發出沙啞的喊聲。

「快！海斯汀。快！我太愚昧了，簡直跟白癡一樣。快叫計程車！快！」

我目瞪口呆地盯著他。

他揮手攔車。

「計程車——快！」

有一輛計程車駛過來。他叫住了車，我們立刻跳上去。

「你知道她的地址嗎？」

「你是說卡洛塔·亞登絲？」

「是的，是的。快，海斯汀，快，每一分鐘都很重要。你明白嗎？」

「不明白，」我說道，「我不明白。」

白羅低聲地罵了一句。

「查電話簿吧。不行，她的地址不在電話簿裡。到劇院去。」

去劇院裡，人家不肯告訴我們卡洛塔的地址，但最後白羅還是問到了。她住在斯薩廣場附近一幢大廈中的一間套房。我們搭車前往那個地點，白羅簡直是急得坐不住。

「但願我沒來遲，海斯汀，但願我沒來遲。」

「這麼著急是為了什麼？我不明白。這是什麼意思？」

「就是說，我已經遲了。明明白白的道理，我卻這麼晚才意識到。啊！我的天，但願我們還來得及。」

09 第二起命案

我雖然不明白白羅激動的原因，但我對他太了解了，我確信他這麼做是有道理的。

我們終於到了玫瑰露大廈。白羅跳下車來付了車資，匆匆走入大廈。亞登絲小姐的套房在二樓，我們是由一塊公告板上釘著的一張名片得知的。

電梯正在上面一層，白羅等不及電梯，就急忙步行上樓梯。

他又是敲門，又是按鈴。過了片刻，一位整潔的中年婦女開了門。她的頭髮向後梳，紮得緊緊的，但眼圈紅紅的像是剛哭過。

「亞登絲小姐在嗎？」白羅焦急地問道。

那婦女望著他。

「您還沒聽說嗎？」

「聽說？聽說什麼？」

他的臉突然變得如死灰一般，我意識到不論發生的是什麼事，那正是白羅所擔憂的。

那位婦女不停地慢慢搖頭。

「她死了，在睡夢中離開了人世，真是太可怕了。」

白羅倚在門柱上。

「太晚了。」他低聲說道。

他的激動是如此明顯，害得那位婦女更專注地望著他。

「對不起，先生。您是她的朋友嗎？我不記得曾看見您來過這裡。」

白羅沒有直接回答這個問題，卻說：「你請過醫生了嗎？他怎麼說？」

「服了過量安眠藥。噢！太可惜了！這麼好的一位小姐。這種安眠藥……真是危險的東西。醫生說是一種叫作佛羅若的安眠藥片。」

白羅突然站得挺直。他的態度變得很威嚴。

「我得進去看看。」他說道。

顯然那位婦女有些疑心。

「我想恐怕——」她開始慢慢說道。

但白羅執意要進去，於是他用了一種可能是唯一的辦法來達到目的。

「你必須讓我進去。」他說道，「我是偵探，我奉命來調查你女主人死亡一案。」

那位婦女吃了一驚，連忙閃到一邊。於是我們走進了套房。

從那時起，白羅便掌控整個場面了。

「我對你說的話，」他威嚴地對那位婦女說道，「要絕對保密，不能再對任何人提起。一定要讓每個人以為亞登絲小姐的死是意外。請把你找來的那位醫生的地址告訴我。」

「希思大夫，住卡萊爾街十七號。」

「你的名字是——」

「貝內特，愛麗絲．貝內特。」

「你和亞登絲小姐感情很好，我看得出來，貝內特小姐。」

「噢！是的，先生。她是位非常好的小姐。去年她搬到這裡時，我就開始為她工作。她不像那些女演員。她是位實實在在的小姐。她的舉止很優雅，也喜歡一切優雅的東西。」

白羅同情而認真地聆聽，沒有一絲不耐煩的樣子。我知道慢慢來、不急躁，是打探重要消息的最好辦法。

「這對你的打擊一定不小。」他溫和地說。

「噢！是的，先生。照例在九點半的時候，我給她端茶水進來。但她躺在那裡，所以我以為她睡著了。我把托盤放下，然後拉開窗簾。其中一個環卡住了，先生，我不得不用力抖動它，所以聲音當然很大。我回頭一望，很驚訝地發現沒把她吵醒。我忽然覺得有點不對勁。她躺在那裡的姿勢似乎不大對。我就走到床邊，摸摸她的手。那手是冰冷的，我嚇得大叫起來。」

她說到這裡，停了下來，眼淚不住地流下來。

「是的，是的，」白羅很同情地說道，「這對你來說太可怕了。亞登絲小姐經常服藥以便入睡嗎？」

「先生，她有時會因頭痛吃藥，是裝在一個瓶子裡的小藥片。但醫生說她昨天吃的是另一種藥。」

「昨天晚上有人來拜訪她嗎？有客人嗎？」

「沒有，先生。昨天晚上她出去了，先生。」

「她告訴你她去哪兒了嗎？」

「啊！她穿什麼衣服？」

「沒有，先生。她大約是七點出門的。」

「她穿著一件黑衣服，先生。黑套裝，黑帽子。」

白羅看了看我。

「她戴了什麼首飾嗎？」

「只戴了平常用的那串珠子，先生。」

「手套呢，是灰色的手套嗎？」

「是的，先生，她戴的是灰色手套。」

「啊！你能否告訴我她當時的態度。她是高興呢？還是興奮？悲哀？或是不安？」

「照我看，她好像對某件事很滿意，先生。她不停地微笑，好像有好玩的事似的。」
「她是什麼時候回來的？」
「先生，十二點左右。」
「那時候，她的態度怎樣？還是一樣嗎？」
「她累壞了，先生。」
「但是並不沮喪？或者很痛苦？」
「噢！不，先生。我想她是為某件事很得意，不過身體是太累了。不知道您是否明白我的意思。她拿起電話打給某人，然後又說不想麻煩了，她要第二天再打。」
「啊！」白羅的兩眼因興奮而炯炯有神。他俯過身來，用一種假裝不在乎的口氣問：「你聽到她打給誰嗎？」
「沒有，先生。她只是要了個電話號碼等著。然後交換台大概說了『我正在幫您接通』之類的話，先生。於是她說：『好吧。』後來，她又突然打哈欠說：『啊！我可等得不耐煩了，我太累了。』接著她就將話筒放回原處，開始脫衣服。」
「記得她要的號碼嗎？你還記得嗎？想一想，這事很重要。」
「對不起，先生，我想不起來了。我只記得那是一個維多利亞區的號碼。您知道，我根本沒特別留意。」
「她上床前，吃過什麼嗎？或者喝過什麼嗎？」

「像往常一樣，喝了一杯熱牛奶，先生。」
「誰煮的？」
「是我煮的，先生。」
「昨天晚上沒有人來過套房嗎？」
「沒有，先生。」
「白天呢？」
「我印象中沒人來過，先生。亞登絲小姐出去吃午飯、喝茶。她是六點鐘回來的。」
「牛奶是什麼時候送來的？我指的是她昨天晚上喝的牛奶。」
「是新送的，先生。那天下午送的。送牛奶的人四點鐘時放在門口。但是，噢，先生，我敢保證牛奶不會有問題。今天早晨我還喝過用它沖泡的奶茶。醫生很肯定她是自己吃了那致命的安眠藥。」
「可能我猜錯了，」白羅說道，「是的，可能我完全錯了。我要見見醫生。但是，你要明白，亞登絲小姐是有仇人的。在美國的情形可大不相同——」
「噢！我知道的，先生。我讀過關於芝加哥和槍手之類的東西。那一定是個邪惡的國家，那裡的警察能怎麼辦呢？我無法想像。大概不像我們的警察一樣。」
白羅停止問話，這樣已經讓他很感激了。他知道愛麗絲·貝內特有島國居民所特有的狹隘心理。他不必多費口舌向她解釋。

他一眼看到椅子上的一個小提箱——或者說，更像一個小型公事包。

「昨晚亞登絲小姐出去時，帶著這個包包嗎？」

「先生，上午出去時她帶過。但下午喝茶回來時卻沒帶。而夜裡回來時又帶回來了。」

「哦！你能讓我打開它嗎？」

其實他要做什麼，愛麗絲．貝內特都會允許的。就像所有小心多疑的女人一樣，她一旦打消了疑慮，就會像孩子一樣容易被操縱。因此她同意白羅的一切建議。

那皮包沒有上鎖，白羅打開了它。我走過去，隔著他的肩膀張望看看裡面究竟有什麼。

「你看，海斯汀，你看到了嗎？」他低聲激動地說道。

裡面的東西很有意思。

有一包化妝品，裡頭有兩件東西，我認得是鞋墊，用來放到鞋裡，使人把腳墊起而拉高一兩英寸。還有一副灰手套，以及用薄紙包好的一副精緻金色假髮套，那正是珍．威金森的髮色，髮式也像珍的頭髮一樣，從中間分開，頸後有許多鬈髮。

「海斯汀，現在你還懷疑嗎？」白羅問。

我知道在那之前，我的確是懷疑的，但現在我不再懷疑了。

白羅再次把皮包關上，轉向女僕。

「你知道昨晚亞登絲小姐和誰共進晚餐嗎？」

「不知道，先生。」

「你知道她和誰一起吃午飯或喝下午茶嗎？」

「先生，關於下午茶，我一點也不知道。先生，我想她午飯是和德蕾弗小姐吃的。」

「德蕾弗小姐？」

「是的，那是她的密友。她在莫法特街開了一家帽店，就在龐德街旁邊。店名叫做『吉娜薇芙』。」

白羅在本子上記下地址，就記在醫生住址的下面。

「還有一件事，女士。你還記得亞登絲小姐在六點鐘回來時，說過或做過什麼事情——任何事情，使你覺得和往日不同，或是有點特別？」

那位女僕想了一會兒。

「先生，我實在不覺得有什麼不同。」她最後說道，「我問她是否要茶，她說她已經喝過一些了。」

「噢。她說她喝過了。」白羅打斷道，「對不起，請你接著說。」

「然後她就寫信，一直寫到出門的時候。」

「寫信？呃，你知不知道是寫給誰？」

「知道，先生，是寫給她住在華盛頓的妹妹。她通常每週給她妹妹寫兩封信。她把信帶出去，因為要趕上郵班。但她後來忘了寄。」

「那麼，信仍然在這裡嗎？」

「不，先生，我把它寄了。她昨天上床睡覺前想起這封信來，我就說我會拿出去寄。再貼一張郵票，放入遲遞郵筒裡，就可以寄出。」

「啊，郵局遠嗎？」

「不，先生。郵局就在街道拐彎處。」

「你出去時是不是隨手把門關了？」

貝內特不解地盯著他。

「沒有，先生。我只是虛掩著。我出去寄信時總是這樣。」

白羅好像要說什麼，但又忍住沒說。

「先生，您要看看她嗎？」那位女僕含著眼淚問道。「她的模樣還是那麼美。」

我們和她走入臥室。

卡洛塔．亞登絲看起來出奇地平和，比那天在薩伏飯店看到的她更年輕。她好像一個熟睡的疲倦孩子。

白羅低頭望著她的時候，臉上有一種奇怪的表情。我看到他在胸前畫十字。

「我發了誓，海斯汀。」我們下樓的時候，他說道。

我沒問他發什麼誓，但我能猜到。

一兩分鐘後，他說：「現在至少有件事已經弄清楚。我是不可能救她的。當我聽說埃奇瓦男爵的死訊時，她已經死了。這還是讓我安心一點，是的，我感到心中平靜多了。」

10 甄妮・德蕾弗

我們下一步，就是按照女僕給我們的地址去拜訪那位醫生。

他是一位很愛小題大做的老人，態度上有點模稜兩可。他久仰白羅大名，現在見到他本人，大有三生有幸之感。

「白羅先生，我能為您做點什麼呢？」開場白後他這樣問道。

「今天早上，大夫您被叫去給卡洛塔・亞登絲看病。」

「啊！是的，可憐的女孩，也是一個聰明的女演員。我看過她的兩次表演。這樣的結局真是令人遺憾。真是可惜。我真不明白，為什麼這些女孩要服藥。」

「您認為她有服藥的習慣嗎？」

「從職業角度上來講，我不該這麼認為。不管怎樣，她沒有皮下注射的症狀，身上也沒有明顯的針孔。她是用口服的。女僕說她睡得很好，一切都很正常。但她其實什麼都不知道。我想她不會每晚都服佛羅若的。但是很明顯，她一定服用一段時期了。」

「你怎麼知道？」

「因為這個……啊，真是糊塗，我把東西放在哪裡了？」

他在一個小箱子裡尋找。

「啊！在這兒呢！」

他取出一個小小的黑色摩洛哥羊皮手提袋。

「當然是要驗屍。我把這個東西帶走，是怕女僕亂動它。」

他把手提袋打開，拿出一個小小的金匣子，匣子上面用紅寶石鑲著字首CA。這是一個很昂貴的裝飾品。醫生把匣蓋打開，裡面裝滿白色粉末。

「佛羅若。」他簡單地解釋道，「現在再看看裡面寫著什麼字。」

在匣蓋裡面，刻著這樣字：

CA留念，D敬贈。十一月十日於巴黎。甜蜜的夢。

「十一月十日。」白羅若有所思地說。

「沒錯。現在是六月。這似乎說明她服用這種藥至少六個月了。況且，沒有說年代，所以，也可能是十八個月或兩年半，時間長短可不一定。」

「巴黎，Ｄ。」白羅皺眉說道。

「是的。您覺得這有什麼含義嗎？說起這個，我倒要問問您，為什麼您對這案子有興趣呢？我猜您一定有很好的解釋。您是不是想知道這是不是個自殺事件？這個嘛，我不敢說，沒人能確定。按照女僕的說法，她昨天還興高采烈的。應該是意外致死。我想這是個意外事故。佛羅若是一種很難掌握用量的藥物，吃多了，也許還不會死去，但有時只吃一點反而會要命。基於這個緣故，這是種很危險的藥物。我敢肯定，他們調查的時候，會認定她是意外死亡。在這方面，我恐怕不能幫您什麼忙。」

「我可以看看亞登絲小姐的手提袋嗎？」

「當然可以。當然可以。」

白羅將手提袋裡的東西倒了出來。裡面有一塊很精緻的手帕，角上繡著ＣＭＡ，還有一個粉撲、一管唇膏、一張一英鎊的鈔票、一些零錢以及一副夾鼻眼鏡。

白羅對最後這件東西很感興趣。這副眼鏡是金邊的，戴起來有一種學者派頭。

「奇怪了。」白羅說道，「我不知道亞登絲小姐有戴眼鏡。大概只有看書時才用。」

醫生把眼鏡拿了起來。

「不是，這是外出用的眼鏡，」他肯定地說，「度數很深。戴這副眼鏡的人一定近視很深。」

「您知不知道亞登絲小姐——」

「我以前沒幫她看過病。有一次她女僕中毒，我曾去診療過，否則我不會去她那間套房。那次我看到的亞登絲小姐並未戴眼鏡。」

白羅先生向醫生道謝之後，我們便起身告辭了。

白羅滿臉迷惑不解的表情。

「我可能猜錯了。」他承認道。

「是關於假扮珍的事情嗎？」

「不，不是的。那一點我已經證實了。我是說她的死亡。現在很明顯，她自己有佛羅若。昨天晚上，很有可能她精疲力盡了，所以才吃了這藥，準備好好睡上一覺。」

他突然停了下來，一動不動地站在那兒，令路人極為驚訝。然後他兩手用力互相一擲。

「不，不，不！」他用力地說，「為什麼這件意外事故發生得這麼容易？這根本不是意外事故，不是自殺。不，她扮演了一個角色，結果為自己簽了死亡證明書。之所以會選佛羅若，是因為有人知道她偶爾服用此藥，而且手頭上有這東西。不過，如果是這樣，凶手一定是和她很熟的人。海斯汀。誰是那個『D』呢？我無論如何要查出來誰是『D』。」

「白羅，」我看到他仍然沉浸在思考中，便對他說，「我們還是向前走吧。路人在看我們呢。」

「呃？好吧，也許你是對的。雖然他們在盯著我看，但這並不妨礙我，他們根本沒有妨礙到我的思緒。」

我小聲地說道：「人家都快要笑你了。」

「這並不重要。」

我不太同意。我最討厭做出惹人注目的事。不過唯一讓白羅擔心的，是空氣中的熱度或溼度會影響到他那著名的小鬍子。

「我們叫一輛計程車吧。」白羅揮動他的手杖，向經過的車子示意。

一輛車停住了，白羅便吩咐司機開到莫法特街的吉娜薇芙帽店。

有些商店只在樓下的玻璃櫥窗裡擺一頂難以形容的帽子和披肩，要走上一層霉味很重的樓梯，上面一層才是真正的營業中心。吉娜薇芙帽店就屬於這類商店。

我們上了樓梯，看見一扇門上寫著「吉娜薇芙。請由此入」的字樣。我們按照指示走了進去，原來是一間小屋子，裡面全是帽子。一位身材高大、金髮碧眼的漂亮女子走了過來，她有些疑惑地望著白羅。

「是德蕾弗小姐嗎？」

「我不知道老闆娘現在能不能見您。請問您有何貴幹？」

「請告訴德蕾弗小姐，亞登絲小姐的一位朋友想見她。」

其實那位金髮碧眼的女子根本不用去通報，因為黑色的絲絨簾子猛然掀了起來，裡面走出一位身材嬌小、非常活潑的紅髮女士。

「怎麼了？」她問道。

「您是德蕾弗小姐嗎？」
「是的。卡洛塔怎麼了？」
「您已經聽說那不幸的消息了？」
「什麼不幸的消息？」
「亞登絲小姐昨夜一睡不醒。她服了過量的安眠藥。」
女孩的眼睛瞪得大大的。
「真可怕！」她叫道，「可憐的卡洛塔！我簡直無法相信，怎麼？昨天她還是活蹦亂跳的呢。」
「可是，小姐，這是真的。」白羅說道，「您看，現在是一點整。我想請您賞光和我以及我的朋友一塊去吃午飯。我想問您一些問題。」
那位女士上上下下打量了他一番。她是一位頗不好惹的女人。在某些方面我覺得她像一條狼狗。
「您是誰？」她突然問道。
「我叫白羅，赫丘勒·白羅。這位是我朋友，海斯汀上尉。」
我向她鞠躬致意。
她的眼光由我們一個人身上轉到另一個人身上。
「我聽過您的名字。」她毫不客氣地說，「我跟你們走。」

她叫那位金髮碧眼的女士。

「陶露希！」

「什麼事，甄妮？」

「萊斯特太太要來看她訂做的那頂羅斯．笛卡爾型的帽子，你讓她試試各種羽毛，看看哪種比較好。等會見，我想我不會去太久的。」

她拿起一頂黑色小帽，側戴在頭上，匆匆撲點粉，然後望著白羅，毫不客氣地說：「好了。」

五分鐘後，我們便在多佛街一家小餐館裡坐定。白羅向侍者點了菜。我們面前已經擺上了雞尾酒。

「現在，」甄妮．德蕾弗說道，「我想知道這到底是怎麼回事。卡洛塔闖了什麼禍？」

「那麼，小姐，原來她闖了什麼禍？」

「現在是誰提問題？是您？還是我？」

白羅笑著說：「我的想法是我來問。聽說您和亞登絲小姐是要好的朋友？」

「是的。」

「好吧，那麼，小姐，我可以鄭重地向您保證，我現在所做的一切都是為了您死去的朋友。請您相信我，事實是這樣的。」

甄妮．德蕾弗沉默片刻，考慮這個問題。最後她迅速地點頭同意。

「我相信您。說吧。您想知道什麼？」

「小姐，聽說您與您的朋友昨天一起吃午飯？」

「是的。」

「她有沒有對您說晚上打算做什麼？」

「她並未確實說是昨天晚上。」

「但她說過什麼話，是嗎？」

「呃，她提到一件事，也許是您想打聽的事。不過您得注意，這是她祕密告訴我的。」

「這個我明白。」

「好吧。讓我想想。我想我還是對您說個明白吧。」

「小姐，請說吧。」

「好吧。卡洛塔很興奮。她並不是常常會這樣興奮，她不是那種人。她不願意明說，她說她答應不洩漏祕密的。但是，她打算要做一件事。根據我的推測，這事是一個非常捉弄人的把戲。」

「捉弄人的把戲？」

「這是她說的。她並沒有說什麼時候、在什麼地方。只是——」她頓了一下，皺了皺眉。「唔，您要明白，卡洛塔不是喜歡戲弄人、開玩笑的那種人。她是一個認真、心眼好、工作勤奮的女孩。我的意思是，應該是有人鼓吹她去展示自己的本事。但是我認為——她並沒有這樣說，請您注意——」

「是的，是的，我明白。您認為什麼呢？」

「我認為……我很確信，這裡面多多少少有牽涉到金錢。除了錢以外，沒有什麼能真讓卡洛塔激動興奮，她天性如此。在我認識的人當中，她是最有生意頭腦的。除非因為錢，一筆數目相當大的錢，否則她是不會那樣興奮，也不會那麼得意。我的感覺是她在打什麼賭，而她確信她會贏。我從未見過她和別人打賭。但不管怎麼說，我確信和錢有關。」

「她確實並沒有這麼說嗎？」

「沒有。她只是說她將來要如何如何。她要把妹妹從美國接來，到巴黎與她會面。她非常愛護妹妹。她的妹妹好像身體很弱，而且很有音樂天賦。我所知道的就這些。這些是您想要知道的嗎？」

白羅點點頭。

「是的，我想這可以證實我的想法。但是我承認，我希望您能多告訴我一些。我相信亞登絲小姐一定會嚴守祕密，不過我希望，既然她是個女人，也許會把自己的祕密告訴她的好友。」

「我試圖讓她告訴我，」德蕾弗小姐承認道，「但她只是笑著對我說，總有一天她會告訴我。」

白羅沉默片刻，接著說：「您聽說過埃奇瓦男爵這個名字嗎？」

「什麼？那個被謀殺的人？半個小時前，我在一張招貼上看到了。」

「是的。您知道亞登絲小姐認識他嗎？」

「我想應該不認識。我確定她不認識。噢！等等——」

「怎麼了，小姐？」白羅急切地問道。

「是什麼來著？」她眉頭緊鎖，竭力回憶著。「啊！我想起來了。她曾經提過他一次，口氣非常怨恨。」

「怨恨？」

「是的。她說……說什麼來著？她說像他那樣的男人，不該那麼殘酷，那麼不懂得體諒別人，把別人的一生都毀了。她說——啊，是的，她這樣說過——她說：『像這樣的男人，要是死了，也許對人人都有好處。』」

「小姐，她是什麼時候說這話？」

「噢！我想大約是一個月之前。」

「她怎麼說起這個話題？」

德蕾弗小姐絞盡腦汁想了幾分鐘，後來還是搖了搖頭。

「我不記得了，」她說道，「好像是他的名字突然出現，可能是在報紙上。總之，我還記得自己當時覺得很奇怪，卡洛塔根本不認識那個人，怎麼一提起他就變得那樣激動？」

「的確很奇怪。」白羅若有所思地說。隨後他又問道：「您知道亞登絲小姐有服用佛羅若的習慣嗎？」

「據我所知沒有，我從未見過她吃這種藥，也沒聽她提起過。」

「您有沒有看過她手提袋裡有個小金匣子，裡面用寶石鑲著ＣＡ的字樣？」

「一個小金匣子？沒有，我沒見過。」

「那麼，您知不知道去年十一月間亞登絲小姐人在哪裡？」

「讓我想想。她在去年十一月回了美國，我想……那是在月底的時候。在那之前她人在巴黎。」

「一個人嗎？」

「當然是一個人！對不起……也許您並沒有那個意思。我不知道為什麼一提起巴黎，人們就往壞的方向想。其實那是一個很好、很高尚的地方。不過，卡洛塔並不是那種喜歡週末找樂子的人，您要是有那種想法可就錯了。」

「小姐，現在我要問您一個很重要的問題。亞登絲小姐是否對某個男人有特別的興趣？」

「答案是『沒有』。」甄妮慢條斯理地說，「從我認識卡洛塔的時候開始，她總是忙忙碌碌地工作，惦記著自己那嬌弱的小妹。她有一種很強烈的『家人全指望我』的想法。所以嚴格來講，答案是『沒有』。」

「啊，如果不那麼嚴格呢？」

「近來，卡洛塔恐怕是逐漸對什麼男人產生興趣了。」

「啊！」

「您要知道，這是我自己的推測，我只是由她的態度判斷得來。她近來有些異樣。不一定是像在作夢，倒有點像是心不在焉。噢！我沒辦法解釋清楚。這只是旁邊另一個女人才會注意到的感覺，當然可能完全是錯誤的。」

白羅點點頭。

「小姐，非常感謝您。還有一個問題，亞登絲小姐有沒有一個朋友的名字是以『D』起頭？」

「D，」甄妮·德蕾弗用心想了想，然後說：「D？沒有。對不起，我想不起來有這麼一個人。」

11 自我主義者

我以為白羅早已料到會有這樣的回答。但是他卻失望地搖搖頭，又陷入沉思中。德蕾弗小姐雙肘抵著桌子，兩手托腮，身體前傾過來。

「現在，」她說道，「您是不是要告訴我什麼？」

「小姐，」白羅說，「首先讓我向您致敬。您的答覆非常理智。很顯然的，您是一位有頭腦的人。您問我是否要告訴您些什麼？我可以回答您——可以奉告的並不多。小姐，我只能告訴您一些明顯的事實。」他停頓了一下，然後冷靜地說：「昨天夜裡，埃奇瓦男爵在書房被人殺害。昨天晚上十點鐘的時候，有一位女士到男爵府上，自稱是埃奇瓦夫人，並且要見男爵。我認為這位女士是您的朋友亞登絲小姐。她戴著金黃色假髮，裝扮成埃奇瓦夫人的樣子。埃奇瓦夫人，您可能知道，就是女演員珍·威金森。假定那個人就是亞登絲小姐，她只在那裡逗留片刻，十點過五分的時候就離開了那幢房子。但是，她午夜過後才回到家裡，服了過量的佛羅若以後便上床睡覺了。現在，小姐，您也許可以了解為什麼我問您那些問題了。」

甄妮深深地吸了口氣。

「是的，」她說道，「我現在明白了。我想您是對的，白羅先生。我是說關於那人就是卡洛塔的猜測。有件事可以提出證明，她昨天從我店裡買走一頂新帽子。」

「一頂新帽子？」

「是的，她說要買一頂能遮住左臉的帽子。」

寫到這裡，我要插入一點說明，因為，不知道我寫的這些文字什麼時候會有人讀。我一生中看過多種帽子，比如，有一種鐘形的帽子，能把人的臉完全遮住，讓你不必擔心被你的朋友認出來；有的帽簷向前傾；有的婀娜多姿地戴到腦袋後面；有的是扁圓形的貝雷帽；另外還有好多種其他樣式。在案發當年的六月間，最時髦的帽子就像一個倒置的湯盆，戴的時候會斜斜地遮住一隻耳朵，好像有什麼吸力附在頭上似的。那麼一來，另一邊臉和頭髮就露在外面了。

「這類帽子通常是戴在右邊啊。」白羅說。

那位小老闆娘點點頭。

「但我們也有少數幾頂是可以戴在左邊的帽子。」她這樣加以解釋，「因為有些人喜歡讓人看她的右臉，也有人只喜歡將頭髮分到一邊。那麼，卡洛塔想將左邊那側臉遮起來，是有什麼特殊的原因嗎？」

我記起男爵府邸的門是向左開的，所以，任何人走進去，管家都只能看到他左側的臉。我還記得（這是那天晚上注意到的）珍．威金森左眼角上有一顆小小的痣。我很興奮地將自己的想法說出來。白羅用力點著頭，表示深有同感。

「沒錯，是這樣的。你有很好的判斷力。啊，海斯汀，是的，這就說明為什麼她要買那頂帽子了。」

「白羅先生？」甄妮突然坐直身體。「您不會以為……是卡洛塔幹的吧？我是說殺害他。您可不能那樣想。不能只是因為她說過怨恨他的話，就有那樣的懷疑。」

「我並沒有這樣想。但是，我仍然覺得奇怪。我是說，她怎麼說那種話。我想知道原因。他做了什麼事，她究竟了解什麼內情，才使她這樣說？」

「我不知道，但是她不會殺他。她……噢！她是，呃，我該怎麼形容她呢……她太高尚了。」

白羅贊同地點著頭。

「是的，是的，您說得很中肯。我同意，這是心理上的問題。這是一個很專業的殺人案，但是手段並不高尚。」

「專業的？」

「凶手刀子刺入的部位很精準，頭蓋骨底部和脊髓相接的地方，正是致命的神經中樞。

他知道從哪裡下手才能正中要害。」
「看樣子是醫生幹的。」德蕾弗小姐若有所思地說。
「亞登絲小姐認識什麼醫生嗎？我是說她有什麼特殊的醫生朋友？」
德蕾弗小姐搖搖頭。
「沒聽說過。總而言之，在這兒是沒有。」
「另外還有一個問題，亞登絲小姐戴夾鼻眼鏡嗎？」
「眼鏡？不戴呀！」
「啊！」白羅皺著眉。
這時候，我腦海裡浮現出一個影像。一個渾身石炭酸味的醫生，近視眼，戴著度數很深的眼鏡。這種想法真可笑！
「順便問您一下，亞登絲小姐認識布萊恩．馬丁嗎？那個電影演員。」
「啊！認識的。她對我說，她從小就認識他。不過我想他們並不經常見面，只是偶爾碰碰頭。她對我說，他那個人很自負。」她看了看錶，立刻叫道：「天哪！我得走了。白羅先生，我說的事情對您有用嗎？」
「很有用。以後我還要請您多幫忙。」
「好的。既然有人設下這樣惡毒的計謀，我們就得設法查出來他究竟是誰。」
她匆匆忙忙與我們握手，忽然嫣然一笑，露出潔白的牙齒，帶著那種特有的直率態度離開了我們。

「真是一個有趣的人！」白羅付帳的時候說。

「我喜歡她。」我說。

「認識一位思維敏捷的人是件開心的事。」

「也許，心腸有點硬。」我想了想說，「她聽到好朋友去世，並不如我想像中的那樣難過。」

「當然了，她不是那種會哭哭啼啼的人。」白羅淡然贊同道。

「這次會面，你了解到你想知道的狀況嗎？」

他搖了搖頭。

「沒有。我本來希望能找到一點那個D的線索，也就是那個送她金匣子的人。但我沒找到。可惜啊，卡洛塔·亞登絲是個謹慎的女子。關於她的朋友，和可能碰上的愛情狀況，她從不饒舌亂講。從另一方面來看，那個建議戲弄別人的人，也許並非她的朋友。可能只是剛好認識而已——不用說，建議的動機只是捉弄人——用錢來打個賭。這個人也許看過她隨身攜帶的那個金匣子，或許還趁機看到裡面有什麼東西。」

「但是，他們究竟是怎樣讓她吃那種藥的？是在什麼時候呢？」

「唔，那個女僕出去寄信的時候，大門是開著的。但是這個解釋並不令我滿意。因為其中的意外狀況太多。但是現在……我看我們還是開始行動吧。我們還有兩條線索。」

「是什麼？」

「第一條線索是打到維多利亞區的電話號碼。我認為很可能是卡洛塔．亞登絲回家後打電話報告她的行動成功。另一方面，在十點五分到午夜的那段時間裡，她人在何處？她也許和那個陰謀主使人有約定。如果是那樣的話，那通電話可能只是打給一個朋友而已。」

「那麼第二條線索呢？」

「啊，我對這條線索抱很大希望。關於那封信，海斯汀，那封寫給她妹妹的信。很可能──我是說很可能──她在那封信裡巨細靡遺地描述了整件事情。由於那封信要在一週後才郵寄到另一個國家被人讀到，所以她認為這並不算是違背約定。」

「若是這樣，那就太好了。」

「我們不能抱太大希望，海斯汀。這只是一種可能性。是的，我們必須從事情的另一端著手。」

「你所說的另一端是指什麼？」

「仔細研究一下，埃奇瓦男爵死後，有誰會從中得到各種好處？」

我聳聳肩膀。

「除了他的侄兒和太太以外──」

「還有他太太想改嫁的男人。」白羅補充道。

「公爵？他人在巴黎啊。」

「沒錯。但你不能否定，他也是一個關係人。還有男爵府裡的人——管家和僕人。誰知道他們對男爵有什麼怨恨。但我個人認為，我們首先要做的事是與珍・威金森女士再談一談。她這個人很精明。也許她能提供點什麼訊息。」

我們又一次來到薩伏飯店。我們看到這位女士周遭都是紙盒和包裝紙，每個椅背上都掛著精緻的黑色衣飾。珍臉上帶著全神貫注、一本正經的表情，正在試衣鏡前試戴另一頂黑色帽子。

「啊！白羅先生，請坐。當然，如果還有地方可以坐的話。艾莉絲，清理一下東西好嗎？」

「女士，您看起來很迷人。」

珍的表情看來很嚴肅。

「白羅先生，我並不想裝什麼假道學。但您知道，一個人總得要注意儀表。我是說我得謹慎些。噢！順便告訴您，我接到公爵發來一封很親切的電報。」

「從巴黎打來的？」

「是的，是從巴黎打來的。當然，措辭是很小心，表面上是弔喪的電報，不過從他的字裡行間，我可以感受到他的親切之意。」

「女士，我向您致賀。」

「白羅先生，」她拍著手，壓低她那沙啞的嗓音，那樣子就像一位天使要吐露聖潔的心意似的，「我一直都在想，這一切似乎是太神奇了。您知道我的意思。現在我的一切麻煩都沒了。也沒有那個討厭的離婚難題了。再也沒有麻煩了。我的路上已經毫無障礙，日後將可以通行無阻了。這樣一來，我幾乎成了一個虔誠的好人，您應該明白我的意思吧？」

我屏住呼吸。白羅側著頭望著她。她的樣子很肅穆。

「女士，您就是這樣想的，呃？」

「事情的演變對我很有利。」珍懍然地低聲說，「我近來常常想，埃奇瓦會不會死掉。現在，他已經死了，這……這簡直就好像我的禱告應驗了。」

白羅清了清嗓子。

「女士，我對這件事的看法可跟您不同。現在，是有人殺害了您的丈夫。」

她點點頭。

「是啊。那又怎麼了？」

「您沒想過，這個人會是誰嗎？」

她瞪著眼睛望著他。

「那有什麼關係？我是說，那又有什麼關係呢？反正公爵和我再過四、五個月就可以結婚了。」

白羅極力控制住自己的情緒。

「是的，女士，這個我知道。但除了這個以外，您就沒想過是誰殺了您的丈夫？」

「沒有。」她似乎對這個想法感到驚訝，我們可以看出她正在思索。

「您是不是有興趣想要知道？」白羅問道。

「恐怕不太感興趣。」她承認道，「我想警方會查個水落石出。他們很聰明，不是嗎？」

「人們是這樣說。同時我本人也要負責將此案查個水落石出。」

「是嗎？真滑稽！」

「為什麼滑稽？」

「呃，我也不知道。」

這時候，她的眼光又回到衣服上。她披上一件緞質上衣，對著鏡子仔細端詳。

「您反對嗎，呃？」白羅眨著眼睛問道。

「啊！當然不反對，白羅先生。我很高興您能夠運用機智調查這件案子。我希望您成功。」

「夫人，我不僅僅希望得到您的祝福，還希望聽聽您的見解。」

「見解？」珍扭動著頭照鏡子，漫不經心地說話。「關於什麼的見解呢？」

「您認為誰會殺埃奇瓦男爵？」

珍搖頭說：「我不知道。」

她試著扭動肩膀，從各個角度來看衣服合不合適，同時還拿著一把帶柄的小鏡子從背面看。

「夫人，」白羅大聲用力地說道，「您認為是誰殺害了您的丈夫？」

這一次她回過神來，向白羅投射出吃驚的目光。

「我想，是婕拉汀吧。」她說道。

「婕拉汀是誰？」

但珍的注意力又分心了。

「艾莉絲，替我往上拉拉右肩上的衣服。白羅先生，您剛剛說什麼來著？婕拉汀是他的女兒。不是，艾莉絲，是右肩。這樣就好多了。噢！白羅先生，您要走了嗎？我真要感謝您，我是指離婚的事。現在雖然不需要了，我還是要感謝您。我永遠會記得您有多棒！」

在那以後，我只再見過珍．威金森兩次。一次是在舞台上，另一次是在某個午宴中坐在她對面。我一見到她就想起當時的情景：全神貫注地試穿衣服，嘴裡漫不經心地說著幾句話，惹得白羅還得一問再問，而她的心呢，則牢牢的放在自己的美姿上。

「真是了不起。」當我們走出飯店到河濱大道上時，白羅這麼說道。

12 ／ 女兒

我們回到自己的住所後，發現桌上有封信。白羅拿起信來，照例整整齊齊地將信剪開，然後哈哈大笑起來。

「你猜是什麼——說曹操，曹操就到了。海斯汀，看看這個。」

我從他手中接過信箋。

信紙上印著「攝政門十七號」的字樣。信上的筆跡直直的，看似很容易閱讀，但實際上字並不好認。

內容如下：

親愛的先生：

說您今早與探長來過舍下。很遺憾，我沒有機會與您談話。如果您方便的話，請在今天下午任何時候光臨寒舍，不勝感激。

婕拉汀・馬許敬上

「奇怪了。」我說道，「不知道她為什麼要見你。」

「你覺得她要見我是很奇怪的事嗎？你可真不禮貌啊，我的朋友。」

白羅的玩笑總是開得不是時候。

「我們馬上就去，我的朋友。」他說道，並且小心翼翼地用手拂去帽上根本不存在的灰塵，然後將帽子戴在頭上。

珍曾漫不經心地說過婕拉汀也許會殺害她的父親，我覺得這個想法很荒謬。只有特別沒頭腦的人才會這麼說。我對白羅說出自己的想法。

「頭腦，頭腦。我們又該怎樣理解這個名詞呢？用你的習慣術語來說，珍也許是兔子腦袋，而這是一種輕視的含義。但想想兔子這種動物。它不斷生殖、繁衍，不是嗎？這在自然界是一種精神優越的象徵。可愛的埃奇瓦夫人並不懂歷史、地理或是任何古典作品。說到老子，她可能會以為是一隻獲獎的小獅子狗。提到莫里哀，她會以為是間女士服裝店。但談到挑選衣服、嫁入豪門、發大財、自行其是……那麼，她的成功顯而易見。假如我從一個哲學家的角度來推斷誰是殺人凶手，那將是無解的。因為從哲學家的角度來看，殺人動機是為了大多數人的最大利益。然而這是很難斷定的，因此哲學家當殺人凶手的還真少。埃奇瓦夫人無意間說出來的想法，也許對我們很有用，因為她的觀點是物質方面的，是根據對人類最醜惡一面的認識而產生的。」

「也許其中確實有些道理。」我也承認道。

「這正是我們需要的，」白羅說道，「現在我很想知道，為什麼這位小姐急於見我。」

「這是個很自然的願望。」我也找到自己的根據。「你剛才還說過，想在近處看特別的東西，是很自然的願望。」

「我的朋友，那天看出她心事重重的人，還是你啊。」白羅說著，一邊按了門鈴。

想起那天她站在房門口一副受驚的模樣，我還依稀記得那張蒼白的面孔上，有一雙炯炯有神的黑眼珠。那瞬間的一瞥，給我留下很深的印象。

我們被請進樓上一間大客廳，過了不久，婕拉汀．馬許進來了。

我上次見到的那種緊張神情似乎更加嚴重了。這個面色蒼白的修長女子，加上那雙令人難忘的黑色大眼睛，很引人注目。

「白羅先生，您能馬上就到，真是太賞臉了。」她說道，「很抱歉，今天早晨未能與您相見。」

「當時您正在休息嗎？」

「是的。卡羅爾小姐——我父親的祕書，您認識的——堅持讓我休息。她對我非常體貼。」

那女孩說話時似乎有點勉為其難的味道，令我覺得迷惑不解。

「小姐，我可以在哪些方面為您效勞呢？」

她猶豫了一下，接著說：「先父被殺之前，您曾見過他？」

「是的，小姐。」

「為什麼呢？是他……叫您來的嗎？」

白羅沒有立刻回答。他好像在考慮什麼。我相信那是他聰明的算計。他是想讓她繼續接著說。他意識到她是個急性子。她想立刻知道自己想要弄清楚的事情。

「他在害怕什麼嗎？告訴我，告訴我，我一定要知道。他怕誰？為什麼？他對您說了些什麼？噢！您為什麼不說話呢？」

我早就覺得她那種強作鎮定的態度很不自然，果然她很快就崩潰了。她身子向前彎，雙手在膝前不停地扭動。

白羅慢吞吞地說：「我和埃奇瓦男爵之間的事是祕密。」

他的眼睛一直盯著她的臉。

「那麼，必定是關於——我是說，一定是關於——我們家裡的問題了。噢！您只坐在那兒折磨我。您為什麼不告訴我呢？我有必要知道。有必要，這點請您明白。」

白羅再一次慢慢地搖頭，顯得為難和困惑。

「白羅先生，」她突然振作起來。「我是他的女兒，我有權利知道，我父親死的前一天究竟在怕什麼？把我蒙在鼓裡是不公平的。不告訴我，對他也不公平。」

「那麼，您很愛您的父親了，小姐？」白羅溫和地問道。

她像是受到傷害般地往後一縮。

「很愛他？」她小聲地重複。「很愛他，我，我——」

突然她的自制力崩潰了，放聲哈哈大笑起來。她靠在椅子上笑個不停。

「真是好笑，」她喘著氣說，「這真是好笑，竟有人問我這個問題。」

她那種歇斯底里的笑聲並非無人聽見。門開了，卡羅爾小姐走了進來。她的樣子很堅定幹練。

「好了，好了，婕拉汀，親愛的，這樣是不對的。不，不要這樣笑，噓，我絕不能讓你這樣。別這樣，別笑了。我是認真的，立刻停下來！」

她那堅定的態度果然有效。婕拉汀的笑聲小多了。她擦擦眼睛，坐了起來。

「對不起，」她低聲說，「我以前從未這樣過。」

卡羅爾小姐仍然焦慮地望著她。

「我現在好了，卡羅爾小姐。這真是傻透了。」

她的嘴角帶著一種奇怪的苦笑，笑起來嘴唇彎彎的。她直直地坐在椅子上，眼睛似乎沒看任何人。

「他問我，」她用冷漠而清晰的語調說道，「是不是愛我的父親。」

卡羅爾小姐發出一種含糊曖昧的咯咯聲。這意味著她的態度是猶豫不決。而婕拉汀語帶譏諷地高聲說道：「我不知道是該撒謊，還是該說實話。我想我該說實話。我不愛我父親，我恨他！」

「親愛的婕拉汀！」

「為什麼要裝呢？你不恨他，因為他不惹你！你是世上少數那幾個他不惹的人。你只把他當作雇主來看，他和你的關係只是一年付你一些錢而已。無論他怎樣發脾氣，怎麼古怪，你都可以無所謂，因為你不用關心這些。我知道你會怎麼說：『每個人都該容忍些事情。』你是樂觀但無動於衷的，你是一個很堅強的女人。其實你有些不通人情。而且你可以隨時離開這個地方，我卻不能，我屬於這個家。」

「真的，婕拉汀。我認為沒有必要提這些。父女之間往往很難相處，不過我發現生活中說得愈少愈好。」

婕拉汀背過身來，不理她，並對白羅說：「白羅先生，我恨我父親，現在他死了，我才高興呢！我可以自由了——自由、獨立。我一點也不急著找出凶手是誰。我們都知道那個殺死他的人，必定有充分的理由——充分的理由，證明他是該死的。」

白羅若有所思地望著她。

「小姐，採用那種主張是很危險的。」

「難道絞死凶手，就能讓我父親起死回生嗎？」

「不能，」白羅淡淡地說，「但可以避免其他無辜的人繼續受害。」

「我不明白。」

「小姐，一個殺過人的凶手，總是會再殺人的——有時候，他會一殺再殺。」

「我不相信，不會的，不會有人這麼做。」

「您是說不會有殺人狂嗎？但是，會的，事實上真的會如此。現在已經殺了一個人——殺人之前，凶手也許會經歷一番良心的掙扎，但是，危機仍然存在——在道德上，再殺個人就比較容易多了。會動手殺第三個人，可能只是稍微對危險有些疑心。於是漸漸地，殺人變成一種能帶來藝術性虛榮的行為。當殺人成為一種專門技能時，到了最後，殺人幾乎只為了尋求快感。」

女孩用兩手掩住面孔。

「可怕，可怕，這不會是真的。」

「如果我告訴您，這種事又發生了呢？為了自保，那個凶手又一次殺人了。」

「什麼？白羅先生？」卡羅爾小姐喊道，「又殺人了？在哪兒？是誰？」

白羅溫和地搖搖頭。

「這只是舉例說明而已，請原諒。」

「我明白了。剛才我還以為……現在，婕拉汀，你那套無聊的話若是說完了——」

「我可以看得出來，您是站在我這一邊的。」白羅向她鞠躬說道。

「我不主張死刑，」卡羅爾小姐輕快地說，「否則，我一定站在您這一邊。社會治安總要維持啊。」

婕拉汀站了起來，用手順了順頭髮。

「對不起，」她說，「我大概是自討沒趣了。您仍不想告訴我先父為何找您來？」

「找他來？」卡羅爾小姐很驚訝地說。

「您誤會了，馬許小姐，我不是不想告訴您。」

白羅不得不打開天窗說亮話了。

「我只是在想，那次的談話本來是個祕密。您父親並沒找我來。我是代表一個人來找他談話的。那位當事人就是埃奇瓦夫人。」

「噢！我明白了。」

那女孩臉上露出一種特殊的神情。起初我以為那是失望，後來才明白，那是一種寬慰的表情。

「我真傻。」她慢慢地說，「我以為先父大概預感到自己有危險。這種想法真傻。」

「白羅先生，您剛才說到那女人又犯下第二樁命案時，」卡羅爾小姐說，「真是把我嚇了一跳。」

白羅沒回答她，卻對女孩說：「小姐，您認為埃奇瓦夫人會殺人嗎？」

她搖搖頭。

「不。我認為不會。我無法想像她會那樣做。她太……唔，太矯揉造作了。」

「我倒看不出還有誰會這麼做，」卡羅爾小姐說，「我認為她那種女人毫無道德感。」

「不一定是她，」婕拉汀爭辯道，「她也許只是過來見他一面就走，真正的凶手是之後進來的神經病。」

「所有的殺人犯都是神經不健全的人。對於這一點，我是絕對相信的。」卡羅爾小姐說，「是內分泌的問題。」

這時門開了，走進來一個人，然後很窘地站在那兒。

「對不起，」他說道，「我不知道這兒有人。」

婕拉汀面無表情地替我們互相介紹。

「這是我堂兄，埃奇瓦男爵。這是白羅先生。好了，羅納德，你並沒有妨礙我們。」

「真的嗎，小妹？您好，白羅先生。您在為我們這個特殊家庭的祕密動腦筋嗎？」

我竭力回憶往事。那張愉快而空虛的圓臉，眼睛下面輕微的水泡，還有那一小撮鬍子像汪洋大海中的一座孤島。

沒錯！正是那天晚上在珍．威金森套房裡一塊用餐的人，他是卡洛塔．亞登絲的男伴。

原來他是羅納德．馬許上尉。現在則是埃奇瓦男爵了。

13／侄兒

新任的埃奇瓦男爵眼睛很尖。他注意到我看見他時略微吃驚的表情。

「啊！你想起來了嗎？」他友善地說道，「在我嬸嬸的小宴會上，我多喝了幾杯，是不是？但我想別人是看不出來的。」

白羅正在向婕拉汀・馬許和卡羅爾小姐告別。

「我跟你們一起下去。」羅納德爽快地說。

他領著我們下樓，邊走邊談。

「人的一生充滿了怪事。今天被踢出家門，明天卻成了主人。你們知道，三年前，我那位剛死去的叔叔將我逐出大門。他的死有誰會悲哀呢？白羅先生，我想這一切您大概都很清楚。」

「是的……我聽人提起過那件事。」白羅平靜地回答道。

「那是當然的，像那樣的事一定會被抖出來，熱心的偵探先生絕不會錯過這種機會。」

他咧嘴笑了，然後將餐廳門打開。

「走之前再喝一杯吧。」

白羅謝絕了，我也一樣。但年輕人給自己調了一杯酒，繼續說下去。

「為謀殺乾杯。」他高興地說道，「才不過短短一夜的工夫，我本來是個讓債主搖頭的窮小子，現在突然搖身一變，成了商人們爭相巴結的對象。昨天還窮困潦倒，而今卻成了富翁。上帝保佑我的嬸嬸！」

他乾了一杯，然後稍稍改變了態度，對白羅說：「不過，說正經的，白羅先生，您在這兒做什麼？四天前我的嬸嬸還在唸台詞似的說：『誰能替我除掉這個蠻橫的暴君？』而現在，請看，她已經除去她的眼中釘！我想，不是由您代辦的吧？不是前警探白羅先生一手包辦的周密謀殺案吧。」

白羅笑了。

「我今天下午來，是因為婕拉汀．馬許小姐寫了封信約我來的。」

「這是個謹慎的回答，呃？不，白羅先生，您到底在這裡做什麼？不管是為了什麼原因，您好像對我叔叔的死很感興趣。」

「埃奇瓦男爵，我對謀殺案一向很感興趣。」

「但是，您不會去殺人，您是很謹慎小心的人。您應該教珍嬸嬸如何小心謹慎才是。小心，外加一點偽裝。您得原諒我稱她珍嬸嬸。我覺得很有趣。您記得那天晚上我這樣叫她時，她那張毫無表情的面孔嗎？她根本不知道我是誰。」

「真的嗎？」

「是的。她來這裡三個月之前，我就被逐出家門。」

他臉上那種好脾氣的傻勁暫時不見了。他又輕鬆地說了下去。

「她是個漂亮女人，但不夠細膩。她的手法有些粗糙，是不是？」

白羅聳了聳肩。

「可能是吧。」

羅納德好奇地望著他。

「我想，您也許認為這案子不是她幹的。她把您也耍得團團轉，是不是？」

「我對美女一向是很仰慕的，」白羅平靜地說，「但我對證據亦是如此。」

他說到後面那句話時，口氣非常鎮定。

「證據？」羅納德猛然問道。

「埃奇瓦男爵，您大概不知道，有人以為她在這裡出現的時候，她其實正在齊西克的宴會上。」

羅納德罵了一句。

「原來她還是去了。真是個不折不扣的女人。六點的時候，她還說無論如何她都不會去呢，但恐怕十分鐘後就改變主意了。當計畫謀財害命時，千萬不要相信一個女人；不要以為她會言出必行。謀殺計畫再周全也會出問題，原因就出在這裡。不過，白羅先生，我並非自投羅網。噢！是的。別以為我沒看透您心裡想什麼。誰是當然的嫌疑犯？就是那個不務正業的壞侄兒。」

他靠在椅子上咯咯直笑。

「白羅先生，我替您省省腦筋吧。您不必調查珍嬸嬸說她絕對不去赴宴的時候，究竟有誰看到我在附近。我是在那兒。於是您就會想，那個壞侄子會不會在昨天晚上戴上褐色假髮和巴黎帽，來到這裡呢？」

他似乎對這種情形很得意，同時留意觀察我們倆的反應。白羅歪著頭，也在仔細觀察他。我感覺很不自在。

「我也有我的動機……噢！是的，我認為我有。我要給你一條很有價值的重要情報：昨天上午我去見叔叔。為什麼呢？向他要錢。是的，您可以偷笑了。去要錢。我一分錢也沒弄到手，失望地走了。後來，在同一天晚上——正是同一天晚上——埃奇瓦男爵死了。說起來，這倒是個好標題：『埃奇瓦男爵逝世』。放在書攤上一定很醒目。」

他停了下來。但白羅仍然一語不發。

「白羅先生，承蒙您看得起我。海斯汀上尉聽我的話，像見了鬼似的。朋友，不用太緊張。聽聽故事的高潮之處吧。唔，我們說到哪兒了？噢！對了，這案子對壞侄兒不利。他要將罪過推到那位可恨的嬸嬸身上。那個侄兒曾一度以扮演女性角色而聞名，現在又一次大顯身手了。他裝出女人的聲音，自稱是埃奇瓦夫人，然後模仿女人走路的姿勢，從管家身側經過，結果沒有引起疑心。我那慈愛的叔叔叫了一聲『珍』，我尖叫一聲『喬治』，然後拽住他的脖子，將刀插了進去。其餘的細節完全是醫學上的，可以略去不講。那個偽裝的女人走了出去。一切大功告成，可以回家睡覺了。」

他哈哈大笑站了起來，又給自己倒了一杯威士忌加蘇打水，然後慢慢踱到座位旁。

「計畫很成功，是不是？但是您知道，我們就要談到這件事中的困難部分了。那就是失望的情緒！那種受到誘惑後所衍生的厭煩感。因為現在，白羅先生，我們要談到我的不在場證明了。」

他將酒一飲而盡。

「我始終覺得不在場證明是很有意思的東西。」他說道，「我讀偵探小說時總愛熬夜，為的是要等著看嫌犯的不在場證明何時會出現。這一次能證明我不在現場的證據很充分。光是證人就有三個。說明白點，您可以找多賽默夫婦和小姐詢問。他們很富有，而且喜歡聽音樂。他們經常在科文特大戲院訂包廂，專門請有望繼承遺產的年輕人去聽戲。白羅先生，我就是這種典型的年輕人啊——我們可不可以這樣說呢，我就是他們要找的類型。至於說我喜不喜歡歌劇呢？坦白說，不喜歡。但我喜歡先去格羅夫納廣場吃一頓上等晚餐，散場以後，再去別處吃頓豐盛的消夜，即使不得不陪著蕾秋·多賽默跳舞，累得胳膊兩天都舉不起來。所以白羅先生，我的不在場證明就在這兒。當我叔叔鮮血湧出來的時候，我正在包廂裡，依偎在白皙漂亮——恕我失言，她有點黑——的蕾秋身旁，在她那戴著鑽石的耳畔低聲細語些無意義的話呢，而她那長長的猶太人鼻子正激動地顫動著。白羅先生，現在您明白我為什麼這樣坦誠了吧？」

他靠坐在椅背上。

「我希望沒有讓您感到厭煩。還有什麼問題要問嗎？」

「我可以向您保證，我一點也沒有厭煩，」白羅說，「您既然如此幫忙，我倒有個小問題想請教你。」

「很高興效勞。」

「埃奇瓦男爵，您認識卡洛塔・亞登絲小姐有多久了？」

很顯然的，這個年輕人沒想到白羅會問這個問題。他突然坐了起來，臉上的表情迥然不同了。

「您到底為什麼要問這件事？這與我們剛才談的話題有什麼關係？」

「我只是好奇而已。關於剛才談過的話題，您該說的都說了，我沒必要再問什麼。」

羅納德迅速地看了白羅一眼。對於白羅的和藹表情，他根本不奢望企求。我倒覺得他寧願看到白羅起了疑心。

「卡洛塔・亞登絲？讓我想想。大約一年前，或者更早些。去年她第一次登台時，我認識了她。」

「您和她很熟嗎？」

「相當熟。不過，她不是那種可以和別人混得很熟的女人。比方說，她個性很謹慎。」

「但您喜歡她，是不是？」

羅納德瞪著他。

「我想知道您為什麼對這位小姐感到興趣。是因為那天晚上我和她在一起嗎？是的，我很喜歡她。她很有同情心，肯耐心聽人講話，並且讓你覺得自己畢竟還有點價值。」

白羅點點頭。

「這個我理解。那麼您可能要難過了。」

「難過？為什麼？」

「她已經死了。」

「什麼？」羅納德驚訝地跳起來。「卡洛塔死了？」

他聽了這消息全然愣住了。

「白羅先生，您在開玩笑吧？我上次見到她還好好的呢。」

「那是在什麼時候？」白羅很快地問道。

「前天吧，我不記得了。」

「可是，她還是死了。」

「那一定是突如其來的悲劇。她是怎麼死的？車禍嗎？」

白羅望著天花板。

「不是，是服了過量的安眠藥。」

「啊！真是，可憐的孩子！多悲慘啊。」

「是很令人難過？」

「我很難過。她本來過得好好的。她打算把她的小妹接來，而且還有很多美好的計畫。他媽的，我真是太難過了，我簡直無法用言語來形容。」

「是的，」白羅說，「一個人年紀輕輕就死去，實在是夠慘了，尤其是在你還不想死去的時候……人生的康莊大道就展現在你面前，凡事都值得眷戀。」

羅納德迷惑地望著他。

「白羅先生，我好像沒懂您的意思。」

「沒懂我的意思？」白羅起身並伸手。「我表達自己想法的口氣也許太重了些。因為我不想看到年輕人失去生存的權利。埃奇瓦男爵，我這種想法非常強烈。再見。」

「呃……再見！」

他顯得相當驚訝。

我開門的時候，幾乎與卡羅爾小姐撞個滿懷。

「啊！白羅先生，他們說您還沒走。如果可以的話，我想和您談談。請上樓來我的房間，您不介意吧？」

「是關於那個孩子，婕拉汀的事情。」我們走進她的臥室，她關上房門後說道。

「怎麼了，小姐？」

「她今天下午說了很多無聊的話，您不用先反駁我。是的，無聊的話！我就叫它無聊的話，事實上確實是很無聊。她一直愁眉不展。」

「我看得出來，她實在是過於緊張了。」白羅溫和地說。

「唔，說實話，她的生活並不快樂。事實就是這樣，我們不能假裝她是快樂的。坦白說，白羅先生，埃奇瓦男爵是個很古怪的人——對子女的教養並不重視。再坦白地說，他只會讓女兒怕他。」

白羅點點頭。

「是的，我可以想像。」

「他是個怪人。他……我不知道該怎麼說，他喜歡看到別人怕他。好像那會帶給他一種病態的快感。」

「的確如此。」

「他書看得非常多，是個相當聰明的人。但在某些方面……我本人並沒有直接碰過，他是有點怪。他的妻子離開他，我並不覺得奇怪。我是說第二任妻子。您要知道，我並不認同她。我不喜歡那女人。與埃奇瓦男爵結婚，對她來說是高攀了。但她還是離開了他。一般來說，這種事情沒什麼大不了。但婕拉汀無法離開他。有好長一段時間，他早把她忘掉了。後來他又突然想到了她。我有時候覺得……我想也許我不該說出來——」

「說吧，女士，說出來。」

「好吧，我有時候在想，他是透過那種方式來報復她母親——他的前妻。她是個很溫和的女人，舉止很優雅，我一直替她難過。白羅先生，我本不該提這個的。要不是剛才婕拉汀突然說那些傻話，我是不會提這個的。她所說的，即關於恨她父親的話，要是不了解內情的人，聽了也許會覺得奇怪。」

「多謝，小姐。我想，要是埃奇瓦男爵不結婚就好了。」

「是啊，那就好多了。」

「他沒考慮過三度結婚嗎？」

「那怎麼可能呢？他的太太還活得好好的呢！」

「但給了她自由，他自己也跟著自由了。」

「按照過去的情形來看，兩任太太已經夠他煩了。」卡羅爾小姐冷冷地說。

「所以您認為他不會三度結婚？他沒有人選嗎？想想看，小姐，真的沒有嗎？」

卡羅爾小姐的臉脹紅了。

「我不明白您為什麼一再重複這點。當然沒有。」

14／五個問題

「你為什麼要問卡羅爾小姐埃奇瓦男爵是不是可能再娶呢？」在我們乘車回家的路上，我好奇地問他。

「我的朋友，我只是突然想起可能有這種狀況。」

「為什麼？」

「我一直在想，埃奇瓦男爵為什麼在離婚問題上完全改變態度呢？我的朋友，這點很奇怪啊！」

「是的，」我也思索著說，「的確有些古怪。」

「海斯汀，你看，埃奇瓦男爵證實了他太太說過的話。她請了各種律師與他交涉，但他絲毫不肯讓步。他不同意離婚。但是突然間，他又讓步了。」

「也許他只是說說而已。」我提醒他道。

「沒錯，海斯汀，你的想法是正確的。他只是說說而已。不管怎麼說，我們沒有證據證明他寫過那封信。很好，從某方面來說，可能是我們這位先生在撒謊。因為某種原因，他只好告訴我們一些捏造、誇張不實的話。是不是這樣呢？呃，我們也不知道。但是假定他的確寫了那封信。那麼他既然這樣做，一定有個理由。現在我們可以想像出來一個顯而易見的理由，就是他突然遇上了滿意的結婚對象。這麼一來，就可以解釋他的態度為何突然轉變了。所以很自然的，我必須得查清楚。」

「卡羅爾小姐很堅決地否認了。」我說道。

「是的，卡羅爾小姐——」白羅帶著沉思的口氣說。

「你究竟想說什麼？」我迫切地問道。

白羅是個會以特別語調引人疑竇的專家。

「她有什麼理由撒謊呢？」我問道。

「沒有，當然沒有。但是，你看，海斯汀，我們很難相信她所提供的證據。」

「你認為她在撒謊？為什麼？她看起來像是一個非常正直的人。」

「就是因為這樣。故意說謊和漠不關心而搞不清楚狀況，這兩者之間有時候是很難釐清的。」

「你是什麼意思呢？」

「故意欺騙是一回事，然而，特別誠實的人，就是對自己的行動、想法和主要事實都有充分的把握，那麼一來，細枝末節也就不重要了。你要注意，她已經對我們撒過一次謊。她說她看見了珍．威金森的臉，但實際上她根本看不到。那為什麼會這樣呢？她往下看到珍．威金森走進大廳，毫無疑問地，她腦子裡就想到珍．威金森，她就斷定是珍了。她說自己清楚看到珍的臉——這是因為她對事實太有把握——枝節的東西她就不顧及了。根據實際情況來判斷，她根本看不到珍的臉，是不是？可是，她是否看到珍的臉又有什麼關係呢？她主觀地認定那就是珍。對於別的任何問題也是如此。反正她以為自己已經確定了。所以無論遇到什麼問題，她都按照自己的想法來回答，並非根據她所看到的真相。朋友啊，我們對那種說話太肯定的證人得抱持懷疑的態度。那種不肯定的證人，那種總是記不清楚，或是說沒有把握、必須想想才能答覆的人，其實要可靠得多——是的，情形確實如此。」

「天哪！白羅，」我說，「你把我以前對證人的觀念完全推翻了。」

「當她聽我問到埃奇瓦男爵會不會再婚的事，便認為我的想法太可笑，原因是她根本沒料到會有這種情況。她也不會費盡心思去找尋任何一絲符合此種可能性的跡象。所以我們和她談過之後，有說等於沒說，仍然沒有收穫。」

「當你提到她不可能看到珍．威金森的面孔時，她毫不驚訝。」我回憶著說道。

「是的，這也是為什麼我認為她不是那種故意說謊的人，而只是個正直、但說話不精確的人。我實在看不出她有故意說謊的動機，除非是……真的，這倒是一個很有意思的猜測。」

「什麼猜測？」我急切地問。

但是白羅又搖了搖頭。

「我只是突然有這種想法，但這實在不太可能——是的，不太可能。」

於是他不再多說了。

「她似乎很喜歡那個女孩子。」我說。

「是的，她在我們和那女孩說話的時候，的確想從中幫忙。海斯汀，你對婕拉汀．馬許小姐印象如何？」

「我為她難過，深深地為她難過。」

「海斯汀，你總是那麼有同情心。每逢美人落難時，你總是為之哀戚。」

「你難道沒有同感嗎？」

他肅穆地點點頭。

「是的，她的生活太不幸了。那些不快樂都清晰地寫在她臉上。」

「無論如何，」我熱心地說，「珍．威金森曾表示這女孩與凶殺案有關。你看她的話有多麼荒唐。」

「毫無疑問，她不在現場的說法是成立的，但到目前為止，傑派還沒和我們聯繫。」

「我親愛的白羅，你是說和她見面談過之後，你對她不是凶手的想法仍不滿意，而且還想要找她的不在場證明嗎？」

「唔，我的朋友，我們與她見面和談話的結果又是怎麼樣呢？我們發現她有很不幸的童年；她自承恨她的父親，現在他死了，她反而覺得高興；同時她不知道她的父親昨天對我們說了什麼，所以很不安。經過這樣的談話後，你就認為她不需要『不在場證明』了？」

「她坦白的態度可以證明她的清白。」我熱心地說。

「坦率可以說是他們一家人的特點。瞧那位新的埃奇瓦男爵，看他公開一切的時候是什麼態度。」

「他確實是公開一切。」我回想起剛才的情景，笑著說，「他的方式相當有獨創性。」

白羅點點頭。

「他……你覺得怎麼樣？他把我們的下一步計畫揭穿了。」

「是讓我們沒轍了。」我糾正道，「是的，這讓我們顯得像傻瓜一樣。」

「你這想法多奇怪啊。也許你露出了傻瓜模樣，但我可一點也沒那樣。我認為我並沒有露出那種呆樣。相反的，朋友，我使他下不了台。」

「是嗎？」我懷疑地說道，因為好像不記得看到這種跡象。

「是啊！我聽……只是聽而已。最後我問了他一個完全不同的問題，你可能有注意到，這使得我們那位勇敢的朋友不知所措。海斯汀，你這個人老是不留心觀察。」

「我認為他聽到卡洛塔死亡的消息後，那吃驚和恐怖的表情是真的。」我說，「我想你也許會說他又裝得跟真的一樣。」

「是不是真的，我們並不知道。不過我同意，他的表情似乎是真的。」

「你認為他為什麼用那種嘲笑的方式把事實統統說給我們聽？只是為了好玩嗎？」

「那不是不可能。你們英國人都有一種特別的幽默感。但是他也許要了什麼手段。事實愈是隱瞞，就愈加令人懷疑，公開反倒使人低估它的重要性。」

「比如說，那天早上與他叔叔的爭吵？」

「一點也沒錯，他知道這件事早晚會曝光，所以索性將它公開了。」

「他並不像表面上那麼傻。」

「啊！他根本一點也不傻。他要是肯動腦筋的話，會是很聰明的傢伙。他能清楚看出自己的處境，我剛才不是說過嗎？他已經向我們攤牌了。海斯汀，你不是會打橋牌嗎？告訴我，什麼時候該攤牌呢？」

「你自己也打橋牌啊，」我笑著說，「你也很清楚。當其餘的牌都歸你，而且你想節省時間玩下一局的時候，你就攤牌。」

「是的，我的朋友，你說得對。但是，偶爾還會有其他原因。我以前與夫人們打牌的時候，曾經留意過一兩次。不過，並不十分肯定。曾有那麼一位夫人將牌向桌上一扔說：『其餘的牌都歸我贏了。』然後她將牌全部收起，再另外分牌。也許其他打牌的人都同意，特別是那些沒多少經驗的牌友。但是你要注意，這種事是不能馬上看清楚的，必須仔細追究才可能發現另有蹊蹺。等到另一局打到途中時，其中也許有人會想：『是的，但她應該將亮出來的第四張方塊牌拿過來，不管她想不想要，那麼她就不得不先打出一張梅花，而我就可以吃到一張九了。』」

「你認為——」

「海斯汀，我認為虛張聲勢是一件很有趣的事。同時我還覺得我們該吃飯了。Une petite omelette, n'est ce pas[9]？然後九點的時候，我還要再拜訪一個人。」

「去哪兒？」

「海斯汀，我們先去吃飯。喝咖啡之前，我們不再談這個案子了。吃飯的時候，大腦應該伺候我們的腸胃。」

白羅說話算話。我們去了蘇活區的一家小飯店，他是那裡的常客。我們在那裡吃了一份味美的煎蛋捲、一碟板魚、一碟雞肉和葡萄酒，這是白羅最喜歡的點心。

飯後我們喝咖啡的時候，白羅隔著桌子親切地對我笑著說：「我的好朋友，我對你的依賴遠比你想像的多。」

對於這突如其來的恭維，我既迷惑不解，又受寵若驚。他以前從未對我說過這類的話。有時候我還暗自覺得有點難過，因為他好像瞧不起我的智力。

儘管我並不認為他自己的智力已懈怠了，但我忽然覺得他現在大概需要我的協助才行，只不過他不自覺罷了。

「是的，」他夢幻般地說，「你也許一直不明白這是怎麼回事，但你的確常常為我指點迷津。」

我幾乎不能相信自己的耳朵。

「真的，白羅？」我結結巴巴地說，「白羅，我真是高興極了，我想我從你那裡總算學到些東西了。」

他搖搖頭。

「不是的，不是這樣。你從我這兒什麼也沒學到。」

「噢！」我覺得相當驚訝。

「這是理所當然的。沒有人應該從另一個人身上學到什麼。每個人都應該盡量發揮自己的能力，而不應該模仿別人。我不希望你成為第二個白羅，或次一等的白羅。我希望你成為至高無上的海斯汀。其實，你就是至高無上的海斯汀。海斯汀，我覺得從你身上，差不多可以充分表現出一個有正常頭腦的人所應該有的特點了。」

「我希望自己不是不正常。」我說。

「不，不，你相當正常，左右腦完全均衡。你就是健全心態的化身。你知道這對我來說有多重要嗎？當歹徒著手犯罪的時候，他的第一步就是欺騙。他打算要欺騙誰呢？在他心

9 法語，意思是「來一份煎蛋捲，好不好」。

目中，他要找的對象就是正常人。也許實際上並沒這回事——這純粹是一個數學上的抽象概念。但是，你差不多盡可能地將這個抽象概念具體化了。你某些時候在那一瞬間會有超乎常人的才華表現出來——希望你原諒我這樣說——有時你卻會陷入很奇怪的愚昧深淵。但大體上說來，你有驚人的正常頭腦。那麼，為什麼這會對我有利呢？很簡單，那就是我可以把你當成一面鏡子，在你的心裡可以確切反映出那個罪犯想要我相信什麼。這非常有用，非常有參考價值。」

我不大明白。我覺得白羅說的根本不是在恭維我。不過他很快矯正了我這種印象。

「我自己的意思表達得不好。」他連忙說，「你有對罪犯的洞察力，而我沒有。你可以指出罪犯要騙我相信什麼。這是一種偉大的天賦。」

「洞察力，」我思索著說，「是的，也許我有洞察力。」

我望著坐在桌子對面的白羅，他正在抽著他的小菸捲，帶著懇切的態度打量我。

「親愛的海斯汀，」他小聲地說，「我實在很喜歡你。」

我很高興，也很難為情，於是趕緊轉變話題。

「好吧，」我一本正經地說，「我們還是來討論這個案子吧。」

「那麼，」白羅把頭向後一仰，眼睛瞇成一條縫，慢慢地一口一口吐著菸圈。「Je me pose des questions[10]。」他說道。

「什麼？」我急切地問道。

「毫無疑問，你也這麼問自己。」

「當然啦，」我也將頭向後一仰，瞇著眼睛說道，「比如說，誰殺了埃奇瓦男爵？」

「不，根本不是這種問題。那是問題嗎？你好像是一個看偵探小說的人，沒頭沒腦地把小說中的人物一個個地猜下去。我承認，有一次我不得不這樣做。那是件很特殊的案子。將來有時間我會講給你聽。當時破了那案子，我是非常感到驕傲呢。對了，我們剛才在談什麼來著？」

「正談到你問了自己幾個問題。」我冷淡地說道。我本想脫口說出我的真正用途是陪著他，好讓他有炫耀吹噓的對象，但我還是忍住了。他既然想教訓別人，就隨他吧。「說吧，」我說道，「我正洗耳恭聽呢。」

他的虛榮心就是想要這個。他又將身子往後一靠，恢復了以前的態度。

「第一個問題，我們剛才已經討論過了。為什麼在離婚問題上，埃奇瓦男爵改變了主意？我腦子裡面有一兩個想法。其中一個你知道了。

「我問自己的第二個問題是，那封信到底怎麼了？如果埃奇瓦男爵和他的太太繼續在一起，對誰會有利？

10 法語，意思是「我就問自己幾個問題」。

「第三，昨天上午離開那間書房時，你回頭看了一下，你看到他臉上有一種表情，那個表情意味著什麼呢？海斯汀，你有什麼答案嗎？」

我搖搖頭。

「我不明白。」

「你確定不是你自己的想像嗎？海斯汀，有時候，你的想像力是很敏銳的。」

「不，不，」我極力搖著頭。「我確信自己沒看錯。」

「好。那麼這件事還有待解釋。我的第四個問題與那副夾鼻眼鏡有關。珍．威金森和卡洛塔．亞登絲都不戴眼鏡。那麼為什麼那副眼鏡會出現在卡洛塔．亞登絲的手提袋裡呢？

「我的第五個問題：為什麼有人打電話找珍．威金森以確定她是否在齊西克？那個人又是誰呢？

「我的朋友，這就是我拿來折磨自己的一些問題。要是能夠解答這些問題，我心裡才會覺得舒服些。甚至只要能夠推斷出一種解釋這些問題的理論，我的自尊心也不會受傷得這麼嚴重。」

「還有其他幾個問題呢。」我說道。

「比如說？」

「是誰唆使卡洛塔．亞登絲去捉弄人？那天晚上十點左右她在哪兒？誰是D？誰給她那只金匣子？」

「那些問題是不證自明的。」白羅說，「這些問題並不複雜，只不過我們不知道罷了。它們只是事實面的問題。我們隨時隨地都可能找到答案。我的朋友，我的問題是心理方面的，這是需要運用腦細胞的——」

「白羅，」我不顧一切地打斷他，我覺得無論如何，不能再讓他提起腦細胞了，他要再舊話重提，我可實在受不了了。「你不是說今晚要去拜訪什麼人嗎？」

白羅看了看錶。

「是啊！」他說，「我要先去打個電話，看人家方不方便。」

他去打電話，過了幾分鐘回來了。

「走吧，」他說，「一切順利。」

「我們要去哪兒？」我問道。

「去齊西克，蒙塔古．科納爵士的公館。對於那通電話，我想多了解一些。」

15 蒙塔古・科納爵士

我們抵達齊西克河邊的蒙塔古・科納爵士府上時，大約是十點。那是一棟矗立在自家庭院上的大宅邸。我們獲准進入牆上嵌著精美鑲板的大廳。從我們的右手邊那扇開著的門望去，可以看見餐廳，裡面的長桌擦得亮晶晶，上面擺著燭台。

「請往這邊走。」

管家領我們登上一座寬闊的樓梯，走進二樓一間可以俯瞰河水的大房間。

「赫丘勒・白羅先生到。」管家通報道。

這是個比例完美的房間，仔細罩起的燈盞發出幽暗的光亮，讓它帶有一種舊世界[11]的氣氛。房間靠窗的角落擺著一張橋牌桌，並有四個人坐在那裡打橋牌。當我們走進去的時候，其中一人起身迎上前來。

「白羅先生，很榮幸見到您。」

我饒有興趣地打量著蒙塔古・科納爵士。他生就一副標準猶太人的模樣，一雙又小又聰明的黑眼睛，頭上戴著精心梳理過的假髮。他個子很矮，至多不過五英尺八英寸高。他的舉止極為矯揉造作。

「容我向您介紹一下。這是威德朋先生和威德朋夫人。」

威德朋夫人愉快地說：「我們見過。」

「這是羅斯先生。」

羅斯是個年約二十多歲的青年，有一副討人喜歡的面孔和金色的頭髮。

「打擾各位玩牌了。我萬分抱歉。」白羅說。

「沒關係。我們還沒開始玩呢，才剛分牌而已。白羅先生，來點咖啡嗎？」

白羅婉謝，但卻另外要了一杯陳年白蘭地。僕人用大高腳杯盛酒端給我們。

當我們啜飲白蘭地時，蒙塔古爵士開口了。

他談論日本版畫，中國漆器，波斯地毯，法國的印象派畫家，現代音樂，還提到愛因斯坦的學說。

然後他靠回椅背上，親切地對我們微笑。不消說，他對自己的表演相當自得其樂。在那

11 指歐、亞、非洲，尤其是歐洲。

昏暗的燈光下，他的模樣很像中世紀時代的神怪。室內的擺設處處都代表著高度的藝術和文化趣味。

「那麼，蒙塔古爵士，」白羅說道，「我不會叨擾您太久，說明此行來意後就告辭。」

「不用急，時間充裕得很。」

「我們在你家都感覺得到這一點，」威德朋夫人喟嘆道，「真是妙極了。」

「就算給我一百萬英鎊，我也絕不願意住到倫敦去。」蒙塔古爵士說道，「這裡可以讓人享受到舊世界的寧靜氣氛……可是，唉，這種寧靜，在現在這種熙熙攘攘的年頭，大家早就拋諸腦後了。」

此時，我心中突然閃過一個頑皮的念頭，如果真有人願意出一百萬英鎊，或許蒙塔古爵士會願意把舊世界的寧靜拋諸腦後，但我趕緊壓抑住這種胡思亂想。

「錢，到底是個什麼東西啊？」威德朋夫人喃喃自語道。

「啊！」威德朋先生若有所思地嚷著，漫不經心地將褲袋裡的硬幣搖得咯咯作響。

「查爾斯！」威德朋夫人斥責道。

「抱歉。」威德朋先生說著，停止了搖動。

「在這種氛圍下談論犯罪，我覺得實在不可饒恕。」白羅致歉地說。

「沒什麼，」蒙塔古爵士優雅地擺擺手。「犯罪可以是一件藝術品，偵探可能是一位藝術家。我所指的當然不包括警察。今天有一位警察來這裡，他是個很奇怪的人，比如說，他從未聽說過本韋努托·切利尼[12]。」

「他是來調查珍·威金森一案的，我想。」威德朋夫人立刻十分好奇地說。

「幸好昨晚男爵夫人是在您府上。」

「的確，」蒙塔古爵士說，「我請她來我家，因為我知道她既漂亮又多才多藝，希望我能對她有所助益。她正在考慮經商。但似乎是命中注定，我要以極為不同的方式幫她。」

「珍相當好運。」威德朋夫人說，「她一直想擺脫埃奇瓦男爵，現在有人為她除去障礙，省卻麻煩。她將要嫁給年輕的默頓公爵了，每個人都這麼說。他母親簡直氣瘋了。」

「我對她印象甚佳。」蒙塔古爵士和藹地說，「關於希臘藝術，她說過許多很有見地的話。」

想像珍以低啞迷人的音調說著「是的」、「不」或「真的嗎！了不起！」之類的話，我心中暗自好笑。對於蒙塔古爵士這種人，聰明人就得洗耳恭聽，並投以適當的注意。

「據說埃奇瓦是個怪人。」威德朋先生說，「我敢說，他有不少敵人吧。」

「白羅先生，這是真的嗎？」威德朋夫人說，「果真有人持刀刺入他的後腦勺嗎？」

「千真萬確，夫人，手法乾淨俐落，甚至算得上技術精良。」

12 本韋努托·切利尼（Benvenuto Cellini），義大利金匠、雕刻家，曾在自傳中表示對謀殺或殘害競爭對手毫不內疚。

「我注意到您頗有藝術品味，白羅先生。」蒙塔古爵士說。

「那麼，」白羅說，「讓我說出此行的目的吧。聽說埃奇瓦夫人在這裡享用晚餐的時候，有人請她接電話。那通電話正是我要調查的。也許您可以允許我和府上的僕人談談這個問題？」

「當然，當然可以。羅斯，請按一下鈴，好嗎？」

管家應鈴聲而入。他是一位身材高大的中年男子，長得一副神職人員的模樣。蒙塔古爵士向他說明白羅的來意，他便很有禮貌地轉身面對白羅。

「當電話響起時，是誰去接電話？」白羅問。

「先生，是我親自去接的。電話位於通往大廳的壁櫥上。」

「對方指名要和埃奇瓦夫人講話，還是珍．威金森小姐？」

「對方指名和埃奇瓦夫人談話，先生。」

「他們確確實實說了哪些話？」

管家想了片刻。

「我記得是這樣的，先生。我說：『您好。』電話那端有個聲音問我這裡是不是齊西克四三四三四。我回答『是的』。對方便要我等一下。然後另一個聲音又問我是不是齊西克四三四三四。等我答道『是的』後，那邊又問道：『埃奇瓦夫人在那裡進晚餐嗎？』我說夫人的確在這裡用餐。那個聲音說：『我想和埃奇瓦夫人講話，請她接電話。』我就進去通報正在用餐的夫人。夫人站起來，我便帶她到電話旁邊。」
「然後呢？」
「夫人接起電話筒問道：『您好，請問是哪一位？』然後她說：『是的，沒錯。我是埃奇瓦夫人。』當我正要離開時，夫人叫住我表示電話斷線了。她說聽到電話那一頭有人笑，然後便很明顯地掛上電話。她問我對方有沒有報上姓名？我說沒有。這就是整件事的經過，先生。」
白羅皺著眉。
「您真的認為那通電話和謀殺有關嗎，白羅先生？」威德朋夫人問道。
「很難說，夫人。這只是一件很奇怪的事。」
「有時候就是有人愛打電話惡作劇。我就碰過這種事。」
「這也是有可能的，夫人。」
他又問管家：「對方是男是女？」
「我想是一位女士，先生。」
「哪種聲音，音調是高是低？」
「很低，先生。很小心謹慎，而且相當清楚。」他頓了頓。「或許這只是我的奇想，先生，我覺得對方聲音聽起來好像是個外國人，R這個音發得特別清楚。」
「照他這麼說，很可能是蘇格蘭口音喔，唐納德。」威德朋夫人笑著對羅斯說。

羅斯大笑。

「我可是清白的，」他說，「當時我在餐桌上。」

白羅再問了管家一句。

「你認為，」他問道，「如果再度聽到那個聲音，你辨識得出來嗎？」

管家猶豫了一下。

「我不敢打包票，先生，也許可以吧，我想我也許可以認得出來。」

「多謝了，我的朋友。」

「謝謝，先生。」

管家低頭告退，始終一副主教派頭。

蒙塔古．科納爵士仍然很親切，繼續扮演舊世界魔力的讚美者。他勸我們留下來打橋牌，我婉拒了，因為我嫌賭注太大。年輕的羅斯眼見有人接手，似乎也覺得輕鬆不少。當另外四人打牌時，我則和羅斯在一旁觀戰。那個晚上結束時，白羅和蒙塔古爵士贏走不少錢。

於是我們謝過主人後便告辭了。羅斯和我們一起離開。

我們邁步出來，走入夜色中。

「好一個怪人。」白羅如是說。

夜晚天氣很好，我們決定先走一會兒再叫計程車，並未先打電話叫車。

「是啊，好一個怪人。」白羅又說了一次。

「一個十分富有的人。」羅斯深有所感地說。

「沒錯。」

「他好像滿喜歡我的。」羅斯說，「希望這能持續下去。有這種人在後面當靠山可是很重要的。」

「羅斯先生，您是演員嗎？」

羅斯表示他是演員。他似乎很不愉快，因為我們沒有馬上認出他來。很顯然，他最近演了一部譯自俄文劇情的戲，獲得廣泛好評。

白羅和我設法讓他的情緒緩和下來，白羅若無其事地問道：「你認識卡洛塔．亞登絲，是嗎？」

「不認識。我是在今天晚報上看到她的死訊，好像是服藥過量之類的。這些女孩老愛做出吸毒這種傻事。」

「是的，真是悲哀。但她是個聰明的女孩。」

「我想是的。」

他一副只關心自己的表演，對別人的一切都漠不關心的模樣。

「您看過她演的戲嗎？」我問道。

「沒有。她那種表演和我不是同一路。雖然時下好像很風行，但我想不會持久。」

「啊！」白羅說：「有一輛計程車開過來了。」

他揮動手杖。

「我想我還是步行好了，」羅斯說，「我可以從哈默史密斯站搭地鐵直接回家。」

突然間，他很緊張地笑了。

「怪事一樁，」他說道，「昨晚的那場晚宴。」

「怎麼？」

「我們總共十三個人。某位客人因故臨時缺席。我們直到晚宴結束才注意到這一點。」

「誰最先離席的？」我問道。

他發出一陣既詭異又神經兮兮的咯咯笑聲。

「是我。」他說。

16
以討論為主

當我們回到家時，發現傑派正在等我們。

「白羅先生，我剛過來，想和你們聊聊再回去睡覺。」他興致很高地說。

「那麼，我的好友，案子進展如何？」

「嗯，沒什麼大進展，實情就是這樣。」

他顯得很苦惱。

「白羅先生，我能幫上什麼忙嗎？」

「我有一兩個小小的想法，想說給你聽聽看。」白羅說。

「你要說說你的想法！你知道，就某方面而言，你實在很滑稽。可不是我不想聽，我想聽得很。你那形狀好笑的腦袋瓜裡，總是有些好東西。」

白羅很冷淡地對這恭維致了謝。

「關於那個雙重女郎的事，你有何高見？我很想知道。啊！白羅先生，怎麼回事？她是誰？」

「這正是我想和你談一談的事。」

他問傑派是否聽過卡洛塔．亞登絲這個名字。

「我聽過，不過這會兒我記不起來了。」

白羅解釋一下。

「是她啊！她專門模仿別人，不是嗎？那麼，為何你會盯上她呢？有什麼證據讓你這樣認為呢？」

白羅將我們採取的行動和得到的結論都告訴他。

「天哪！看起來你好像是對的。衣服、帽子、手套等等，還有那頂金色假髮。是的，想必是這樣。白羅先生，你真厲害！調查得真不賴！我並不認為有任何東西足以證明有人要殺她滅口，這好像有點牽強附會。對於這一點，我的想法和你不盡相同。對我而言，你的推論太富於想像力了。我的經驗比你豐富，我不相信有藏鏡人這項假設。不錯，卡洛塔就是那名女子，但是我認為有兩種可能。她去那裡自有目的——也許是敲詐，因為，她曾經暗示她將要賺一筆錢。他們可能發生爭吵，他發火了，她也生氣了，於是，她就把他殺了。我認為，當她回家後就徹底崩潰了，因為她並未蓄意殺人，所以我認為她是故意服藥過量，以求輕鬆解脫。」

「你認為這就可以解釋所有的事實嗎？」

「唔，當然有許多事情我們現在還不知道。不過，這是一個很好的假設，可以以此為依據。另外一個解釋就是惡作劇和凶殺案根本無關，只是他媽的巧合而已。」

白羅不同意這種觀點，這我知道。但他只是含糊地說：「是的，這是可能的。」

「或者，你聽我說，看看這樣解釋如何？也許惡作劇本身是清白的，並無犯罪企圖。但是有人無意中聽到了，認為這十分符合他們的目的。這種解釋不錯吧？」他頓了一下，又接著說：「但是，就我個人而言，我寧可採用第一種說法。至於男爵先生和那個女孩之間有何關係，我們總是可以設法調查出來。」

白羅將女僕寄信到美國一事告訴傑派，他也認為這可能對破案大有幫助。

「我馬上著手調查這件事。」傑派邊說邊在他的小本子上記了下來。

「我比較相信那女子就是凶手的說法，因為我找不到其他嫌疑犯。」他將小本子收好，又說：「至於馬許上尉，現任男爵，他是有殺人動機，這一點很清楚。同時，他以前也有不良紀錄。他窮得要命，而且缺乏金錢觀念，何況他昨天還和他叔叔吵了一架。這是他親口告訴我的——真洩氣。是的，他也可能是凶手。不過，他可以提出不在場證明，昨天晚上，他與多賽默一家人去聽歌劇。他們是很富有的猶太人。當時他人在格羅夫納廣場，我調查過了，這倒是真的。他跟他們一塊用餐，然後去聽歌劇。隨後，他們又去索布蘭尼斯飯店吃飯。他的行程就是這樣。」

「那位千金小姐呢？」

「你是指男爵的女兒嗎？她那天晚上也不在家。她和卡休．韋斯特一家人出去吃飯。他們帶她去歌劇院，散場後送她回家。進門的時候是十二點差一刻。這麼說來，她應該沒有嫌疑了。女祕書看起來沒有異狀——她是個相當能幹、和氣的女人。還有那個管家。我實在不是很喜歡他。男人長得像他那樣漂亮並不常見，我老覺得他很可疑，還有，他受雇於埃奇瓦的過程也很奇怪。是的，我正在調查他的一切。不過，我還看不出他有什麼殺人動機。」

「你還有什麼新發現嗎？」

「有，一兩件。很難說這幾項發現重不重要。首先，埃奇瓦男爵的鑰匙不見了。」

「大門的鑰匙嗎？」

「是的。」

「這件事的確很有趣。」

「正如我所說的，也許很重要，也許根本不重要，得視情況而定。我認為更重要的是這件事：埃奇瓦男爵昨天兌現了一張支票——款項並不大——其實只有一百英鎊。他兌換成法郎現鈔，原因是他準備今天去巴黎。可是，那些錢卻不翼而飛了。」

「這是誰告訴你的？」

「卡羅爾小姐。是她將支票兌換成現金。她向我提起這件事，我才發現錢不見了。」

「昨天晚上錢放在哪裡？」

「卡羅爾小姐並不知道。她在三點半把錢交給埃奇瓦男爵，錢放在一個銀行信封裡。當時他人在書房，他接過錢去，放在身旁的桌子上。」

「這真是傷腦筋，這讓案情更複雜了。」

「或是更簡單也說不定呢。對了，還有那個傷口。」

「怎麼說？」

「醫生說，不是普通小刀刺傷的，形狀類似，但刀刃完全不同，是相當鋒利的刀。」

「不是剃刀吧？」

「不，不是，比剃刀小得多。」

白羅皺眉沉思。

「新埃奇瓦男爵似乎很愛開玩笑。」傑派說，「我們懷疑他是凶手，他似乎反倒覺得很有意思。甚至他非要我們懷疑他是凶手不可！這實在有點詭異。」

「也許他只是在耍小聰明。」

「更可能是他良心發現。對他來說，他叔叔之死來得正是時候。你知道嗎？他已經搬進來了。」

「他以前住在哪兒？」

「住在馬丁街，聖喬治路。並不是一個很好的地段。」

「海斯汀，請將這件事記下來。」

我雖然有點納悶，但還是記了下來。我想，既然羅納德已經住進了攝政門的大豪宅，他以前的地址似乎就沒什麼用了。

「我認為是那個姓亞登絲的女孩幹的。」傑派說，然後站了起來。「白羅先生，你那邊的成績也不錯，居然碰巧找到這個線索。不過，你親自察訪戲院和娛樂方面的消息，當然線索會落到你頭上，而不會被我撞見。可惜找不出什麼明顯的殺人動機，不過我相信再略加深入挖掘一番，就會真相大白。」

「還有一個人有殺人動機，但你沒注意到。」白羅說。

「先生，是誰啊？」

「那位據說要娶埃奇瓦男爵夫人的男士，就是默頓公爵。」

「是的，我認為他是有動機。」傑派大笑。「但是像他那種身分的紳士，不太可能行凶殺人吧？再者，無論如何，他遠在巴黎呢。」

「那麼，你並不認真考慮他可能涉嫌囉？」

「唔，白羅先生，那你呢？」

於是，傑派訕笑著這荒誕的想法，便告辭了。

17 管家

第二天，我們閒閒沒事，傑派卻忙得不可開交。大約午茶時分，他跑來見我們，氣得滿臉通紅。

「我犯了大錯。」

「不可能吧，我的朋友。」白羅安慰他。

「是的，我犯下大錯。我讓那個……管家（說到這裡，他忍不住說出髒話）從我手上開溜了。」

「他不見了嗎？」

「是的，他逃走了。這讓我不由得直罵自己是超級大笨蛋，因為我竟未特別懷疑他。」

「鎮定下來……你總得鎮定啊。」

「話是不錯，但如果是你要去總署被申斥一頓，你還能鎮定下來嗎？啊，他是個狡猾的傢伙。他不是第一次開溜了，他是個老手。」

傑派擦了擦額頭上的汗，表情痛苦。白羅發出同情的聲音，多少使人聯想到老母雞生蛋的聲響。我對英國人的個性瞭如指掌，所以倒了一杯濃烈的威士忌蘇打，放在滿面愁容的探長面前。他這才開朗了一點。

「唉，」他說，「我還是別太在意了。」

於是，他說話的興致又高昂了起來。

「即使到現在，我也不能確定他就是殺人凶手。當然，他這樣逃跑對自己十分不利，但也許還有其他原因。你知道，我已經開始在調查他，他好像與幾個聲名狼藉的夜總會有牽扯，而且不是普通的來往。他們幹的勾當罕見又卑鄙。事實上，他還真是個壞胚子。」

「然而，這不一定表示他就是凶手。」

「一點都沒錯，也許他有些行為很可疑，但不一定就是凶手。是的，我更加確信是那個姓亞登絲的女孩幹的，儘管我還沒辦法證明它。今天我派手下搜遍她的公寓，但並未發現任何有用的物證。她是個很機靈的人。除了一些有關財務合約的商務信函外，信件她都沒留。這些商務信函一一附有標籤和摘要，有幾封是她妹妹從華盛頓寄來的。表面上看起來，都是正大光明。此外，還找到一兩件很好的舊式珠寶，既不新穎也不貴重。她不寫日記，護照和支票簿絲毫沒有線索可尋。可惡！這個女孩似乎毫無私生活可言。」

「她的個性拘謹保守。」白羅意味深長地說，「就我們的角度而言，真是遺憾。」

「我和她的女傭談過了，得不到任何線索。我也到那個開帽店的女人那裡查詢過了，她似乎是她的朋友。」

「啊！你對德蕾弗小姐印象如何？」

「她似乎是個很聰明、通情達理的人。不過，她也幫不上忙。但是，我並不奇怪。由於工作需要，從前我必須尋找許多失蹤女子，這些女子的親屬或朋友總是說些相同的話：『她的性格爽朗、舉止可愛，沒有男朋友。』其實這些評語根本不正確，而且很反常。照理說，女孩子應該會有男朋友才對，要是沒有，女孩子本身必定有什麼問題。都是這些腦筋糊塗的親戚朋友讓偵探的日子這麼難過。」

他停下來，喘了口氣。我重新為他添滿酒杯。

「謝謝你，海斯汀上尉，我很願意再喝一點。唉，就是這樣，你不得不四處尋查。曾和她共進晚餐、一同跳舞的年輕男子約有一打，但就是看不出她和誰的交情比較深。其中有現任埃奇瓦男爵、布萊恩·馬丁先生——那個電影明星，以及其他五、六位，也沒什麼特別之處。你認為幕後有藏鏡人的想法並不正確。我想，你會發現是她獨自犯案。白羅先生，我正在尋找她與被害人的關聯。一定有什麼關聯。我要去巴黎。那個小金匣上刻著巴黎的字樣，已故的埃奇瓦男爵去年秋天造訪過巴黎幾次，這是卡羅爾小姐告訴我的。他去巴黎參加拍賣，購買古董。是的，我想我必須到巴黎走一趟。本來明天要開庭調查，但屆時不得不宣布延期了，隨後我要搭下午的船去巴黎。」

「傑派，你的精力如此旺盛，真是令我讚嘆。」

「是啊，你倒是愈來愈懶散了。光坐在這裡思考，稱之為小小灰色腦細胞的運動。那根本沒用，你得四處察訪才能解決問題，答案是不會從天上掉下來的。」

這時候，我們的小女僕開門進來。

「先生，布萊恩．馬丁求見，您是否願意見他？」

「白羅先生，我走了。」傑派起身說道，「戲劇界所有的明星好像都跑來請教你了。」

白羅謙遜地聳聳肩，傑派大笑。

「白羅先生，想必如今你已成為百萬富翁了吧，打算怎麼處置你的錢？存起來嗎？」

「其實我自奉甚儉，談到如何處理錢的問題，埃奇瓦的錢財又是怎樣處理？」

「那些並未指定繼承人的財產全都留給他的女兒。他給卡羅爾小姐五百鎊，此外就沒有其他遺贈者了。遺囑很簡單。」

「遺囑是什麼時候立的？」

「兩年前，就是他妻子離開他的時候。對了，他在遺囑中特別聲明將妻子除名。」

「真是個報復心很重的人。」白羅喃喃道。

傑派興高采烈地道過「再見」後，就離開了。

布萊恩．馬丁走了進來。他今天衣冠楚楚，無可挑剔，模樣格外俊俏，但是我覺得他面容倦怠，並不開心。

「白羅先生，我想我早就應該前來見你，」他滿懷歉意地說，「終究，我還是讓你白白地等了好久，對此，我覺得很內疚。」

「真的嗎？」

「是的。我曾和先前提及的那位女士見過面，我與她爭論，向她懇求，但毫無結論。她不願意讓我請您出馬調查。所以很抱歉，我們只得讓此事作罷。我十分抱歉，我很抱歉麻煩您……」

「沒什麼，沒什麼，」白羅和藹地說，「我早就料到了。」

「呃？」那個年輕人好像吃了一驚。

「你早就料到了？」他困惑不解地問道。

「是的，當你說要與你的朋友商量時，我就料到結局會是這樣。」

「那麼，你有什麼推論嗎？」

「馬丁先生，一個偵探遇到案子時，總會有自己的推論，這是他的本分。我並不稱它為推論。我會說我有一點想法。這是第一階段。」

「那麼，第二階段呢？」

「假如我這一點想法是對的，那麼再下來就清楚了。你瞧，這很簡單吧。」

「我希望你能告訴我你的推論……或想法，是什麼？」

白羅和善地搖搖頭。

「還有另一條規矩：偵探總是守口如瓶。」

「甚至連暗示也不行嗎？」

「不行。我只能說，當你一提到金牙時，我就自有一番推論了。」

布萊恩．馬丁盯著他。

「我完全搞糊塗了，」他說道，「我搞不懂你在說什麼。你就不能給我一點暗示嗎？」

白羅笑著搖了搖頭。

「我們換個話題吧。」

「是的，但首先……你的費用問題……你得讓我支付。」

白羅大方地擺擺手。

「Pas un sou[13]！我又沒幫你什麼忙。」

「可是，我占用了你的時間……」

「當我對一個案子感興趣時，我會分毫不取。你的案子讓我很感興趣。」

「那我很高興。」演員很不安地說。

但他看起來愁容滿面。

「來，」白羅友善地說，「我們談點別的事情。」

「我在樓梯上遇到的是蘇格蘭警場的人吧？」

「是的，是傑派警探。」

「燈光昏暗，我不敢確定。對了，他曾經跑來問我有關那個可憐女孩——卡洛塔·亞登絲——的事。她服用過量的佛羅若致死。」

「你與亞登絲小姐很熟嗎？」

「不算熟。當她還是孩子的時候，我在美國認識她。在這裡，我碰見過她一兩次，但不常見面。聽說她死了，我很難過。」

「你喜歡她？」

「是的，她相當隨和。」

「她是個很有同情心的人……是的，我也有同感。」

「我猜，人們會以為她是自殺吧？我幫不上警探什麼忙，卡洛塔對私人總是含蓄不多話。」

「我不認為是自殺。」白羅說。

「我也同意，那看起來更像是意外事故。」

雙方沉默了片刻。

白羅笑著開口說話。

13　法語，意思是「一分錢也不要」。

「埃奇瓦男爵之死內情頗不單純，不是嗎？」
「相當令人費解。你知道——或是他們懷疑——是誰幹的嗎？珍是否完全洗脫罪嫌了呢？」
「是的，他們認為某人涉嫌重大。」
「真的？是誰？」
「管家不見蹤影了。你想想看，逃跑就等於承認自己有罪。」
「管家！真的嗎，你可讓我嚇了一跳。」
「他是個相當英俊的男子。Il vous ressemble un peu[14]。」他以某種恭維的姿態鞠了一個躬。
原來如此，我這才恍然大悟，為什麼首度看見管家的臉，我就覺得似曾相識。
「真是過獎了。」布萊恩·馬丁笑著說。
「不，哪裡，哪裡。舉凡年輕小姐、女僕、摩登女郎、打字員或社交名媛，大家不都仰慕布萊恩·馬丁先生嗎？有誰不為你傾倒呢？」
「我想，是不少人。」馬丁說著突然站了起來。「唔，白羅先生，非常感謝你。容我再次向你致歉，叨擾你了。」
他和我們兩人一一握手。突然間，我覺得他又老了許多。那種憔悴的模樣更明顯了。
我心中非常好奇。他走了後，門一關上，我就忍不住提出我想知道的問題。

「白羅，你真的預料到他會回來，並告訴你，之前有意委託你調查美國發生之怪事如今作罷嗎？」

「海斯汀，剛才你不是聽到我說了嗎？」

「可是……」我努力按部就班釐清思緒。「那麼你知道他與那位神祕女子談過話了？」

白羅笑了。

「我有一點想法，老弟。正如我告訴你的，這得從那個鑲金牙的人談起，如果我想得沒錯，我想我已經知道那名女子是誰，我也知道為什麼她不讓馬丁先生找我幫忙。我知道整件事的真相。如果你也能用上帝賜給你的腦子想一想，你也會知道。有時候我覺得上帝把你疏忽了，你實在太不開竅了。」

14　法語，意思是「長得有點像你」。

18 另一個人

有關埃奇瓦男爵及卡洛塔·亞登絲案件的偵訊，我不打算一一詳述了。關於卡洛塔的案子，庭上裁定是意外事故。至於埃奇瓦男爵的案子，則要等到提出身分鑑定和醫學證據後，再擇期裁定。根據胃部化驗結果顯示，死亡時間是飯後一小時左右，大約就是十點到十一點之間，也可能是在更早一些。

至於卡洛塔假扮珍·威金森一事，警方不許絲毫的消息走漏。報上登出遭到通緝的管家相貌，在一般人的印象中，都以為管家就是凶手。他所供稱的珍·威金森來訪一事被視為純屬捏造；至於為何女祕書的證詞和管家相同則隻字未提。所有報紙都以大篇幅報導這件凶殺案，但並沒有什麼確切消息。

我知道，此時傑派一定正忙得不可開交，白羅卻採取一種無動於衷的態度，這樣我很著急。突然間，我懷疑他可能真的是老了——這已經不是第一次了。雖然他找了一些藉口，但聽起來並不令人信服。

他這樣解釋道：「到了我這把年紀，麻煩事能免就免。」

「可是，白羅，我的好夥伴，你不要老想著自己上年紀了啊！」我抱怨道。

我覺得他需要鼓勵。我知道激勵療法，一種摩登玩意兒。

「你精力旺盛，一如當年。」我真摯地說，「白羅，你正值壯年，理當是精力充沛的時候。只要你願意，隨便一出馬，就能將這樁案子漂漂亮亮地偵破。」

白羅表示他寧願坐在家中偵破這個案子。

「可是，白羅，你不能那麼做。」

「當然，並不完全只坐在家裡。」

「我的意思是，我們什麼事情都沒做；而傑派卻樣樣都在進行。」

「這正合我意。」

「這可完全不合我意，我希望讓你做點事情 。」

「我是在做啊！」

「你在做什麼？」

「等待。」

「等待什麼？」

「Pour que mon chien de chasse me rapporte le gibier[15]。」白羅眨著眼睛說，「我是指那

個好傑派。既然有現成的獵犬，何必自己去吠呢？傑派擁有你不勝佩服的體力，並且自會將勞動所獲告訴我們。他做事享有各種便利，而我沒有。我有把握，他沒多久就會帶來好消息了。」

沒錯，經過不斷的偵查，傑派一點一滴的收集資料。雖然巴黎之行毫無結果，但過了幾天，他又來了，看起來很得意。

「工作進展得很緩慢，」他說，「但終究我們還是有點結果了。」

「恭喜你囉，我的朋友，又發現了什麼？」

「我發現有一位金髮女郎在當晚九點的時候，在尤斯頓車站的衣帽間寄放了一個手提包。我們把亞登絲小姐的手提包拿給他們看，他們確認就是那個手提包。那個包包是美國製的，所以和我們常用的手提包有些不同。」

「啊！尤斯頓！沒錯，那是距攝政門最近的一個大站。毫無疑問，她在尤斯頓的洗手間裡化好妝，然後將手提包寄放在那兒。那麼，她是什麼時候去領取包包的呢？」

「十點半，據那個服務員說，是同一位女士領取的。」

白羅點點頭。

「我還查出其他消息。我有理由確信十一點的時候，卡洛塔・亞登絲人在濱河街的一家叫雷恩斯科納的飯店裡。」

「真是個好消息！你怎麼知道的？」

「嗯，其實是偶然發現的。你知道，報上曾提到那個鑲寶石字母的金匣子。某位記者寫到那個……題目是有關女演員服用麻醉劑之風氣。就是常見的那種週日報紙上的奇情報導：致命的小金匣子裡裝著致命的東西——一位前途光明的年輕女子的慘劇！文中提出疑問：她死前在哪裡度過最後一夜，以及她的感覺如何等等。

「然後，好像某位科納飯店的女服務生讀到了這篇文章。她記得當天晚上她曾服侍過一位女士，那位女士手裡拿著那個匣子。她還記得上面刻著CA。她很興奮，就把這件事告訴她所有的朋友，心想也許某個報社會出錢買她的情報。

「一位年輕記者立刻就採訪到這條新聞了，今天的《尖叫晚報》就會登出一篇催人淚下的文章。一位天才女演員死前光景——等待，等待某個沒赴約的人，以及女演員覺得與姊妹淘處不好之類的感嘆。白羅先生，你也是知道那類無聊文章的，是吧？」

「你怎麼這麼快就得到消息。」

「唔，是這樣子，我與《尖叫晚報》的記者關係不錯。他們報社裡有位聰明的年輕記者要向我打聽另一樁案子的消息，無意中就透露了這則消息。所以我立刻趕到科納飯店——」

這就對了，案子就是該這麼查才對。我為白羅感到一陣惋惜。現下傑派正多方蒐集第一

15 法語，意思是「等待我的獵犬嗅出獵物的蹤跡」。

手資料，儘管還是可能遺漏重要的細節；而白羅卻坐守過時的舊消息，心中還挺知足的。

「我見過了那名女子，但我看不出其中有何玄機。她可以認出卡洛塔．亞登絲的照片，但她說她沒特別注意對方的相貌。女服務生說她很年輕，皮膚黝黑，身材苗條，衣著講究。她還戴著一頂新帽子。我真希望女服務生多看看那女士的臉，少盯著她的帽子瞧。」

「亞登絲小姐的臉並不好認，」白羅說，「她的臉有一種多變、敏感……一種百變的特質。」

「我敢說你是對的。我不喜歡分析這類事情。那位女服務生說她身著黑衣，隨身帶著一個手提包。那名女服務生之所以注意這個包包，是因為她覺得很奇怪：一位衣著如此考究的人，為何會帶著這麼個手提包走來走去？那名女子要了一份炒蛋、一杯咖啡。不過女服務生認為她是在消磨時間，其實是等著什麼人。她戴著一只手錶，不住地看錶。當女服務生拿帳單給她時，注意到了那個匣子。客人打開提包，取出匣子，放在桌子上端詳。她將蓋子打開，然後又闔上。她帶著得意、夢幻般的表情，滿臉笑容。因為那匣子非常可愛，所以女服務生特別注意那名女子說：『我真想擁有一個匣子，上面用紅寶石鑲著我自己的名字。』」

「很顯然，卡洛塔．亞登絲付了帳後又在那裡坐了一會兒。最後，她再一次看看手錶，終於決定不再等待，就走了出去。」

白羅皺著眉頭。

「那是一個約會，」他低聲說道，「但是另一方沒來。之後卡洛塔．亞登絲見到那個人了嗎？或是她沒見到就自行回家了，然後又想打電話給他？我真希望能夠知道，啊，但願我知道。」

「白羅先生，那只是你的假定。神祕的藏鏡人。我不認為她不是在等人——那是可能的，也許她和誰約好了，等她和男爵的事情圓滿解決後，再在那裡碰頭。那麼，我們知道後來發生了什麼事：她一時失去理智殺了他。但她並不是個糊塗蟲，她在車站換裝，取出化妝箱去赴約。然後所謂犯罪後的『反應』開始出現：她對自己的行為開始心生恐懼。而她的那位朋友又沒來，她徹底崩潰了。那位朋友可能知道她晚上去攝政門，她覺得事跡敗露，便將小匣中的麻醉品取出來。不管怎樣，她可不願意被絞死，你看，這是多麼顯而易見的事。」

白羅懷疑地用手摸摸鼻子，又摸鬍子。他很自豪地撫弄著自己的鬍子。

「關於那位神祕的『藏鏡人』，根本毫無證據，」傑派仍頑固地趁機大發議論。「我還不能證明她與男爵的關係，但我會找到證據的，那只是時間問題。我得說，我對巴黎之行極為失望，但畢竟九個月前的事是太久遠了些。我仍派了個人在那裡繼續察訪，也許會有什麼新發現。我知道你不以為然，你知道嗎？你是個冥頑不靈的傢伙。」

「你先是侮辱我的鼻子，現在又侮辱我的頭腦！」

「只不過是比喻而已，」傑派安慰他道，「我沒有惡意。」

「要是讓我回答的話，」我插嘴道，「我會說：『不接受。』」

白羅看看他，又瞧瞧我，一副迷惑不解的樣子。

「還有什麼吩咐嗎？」傑派在門口滑稽地問。

白羅很寬容地對他笑了笑。

「吩咐？沒有，倒是有一個建議。」

「呃，是什麼？說吧。」

「我建議你去問一問計程車司機，看看案發當晚有誰載過一位……或兩位客人去攝政門附近的花園。是的，大概是兩名；至於時間嘛，大概是在十點四十分左右。」

傑派機靈地用眼睛盯著他，活像一條機警的獵犬。

「哦，這樣啊，這是你的建議，是吧？」他說道，「好，我去調查一下，反正也沒有什麼壞處，你的話有時候的確很有道理。」

他才剛一離開，白羅立刻站起來，非常起勁地刷著他的帽子。

「我的朋友，別再問我什麼問題了。把清潔劑遞給我吧。今天上午，我的背心被一小塊炒蛋弄髒了。」

我將清潔劑遞給了他。

「這一次，」我說道，「我想我不用再多問了，看起來很明顯，但你真這麼認為嗎？」

「我的朋友啊，現在我正全心打扮呢。如果你不介意的話，我實在得說，你的領帶啊，我真是不敢恭維。」

「這可是一條好領帶呢。」我說。

「當然了，過去曾經是，只是如今這條領帶舊了，如同你說我老了一樣。換了吧，拜託，順便將右邊的袖子再刷一刷。」

「難道我們要晉見喬治王不成？」我譏諷道。

「不是。但是今天上午我看到報紙上說，默頓公爵已經回默頓莊了。我知道他是英國貴族階級中的頂尖人物，我想去向他表達敬意。」

白羅可不是什麼政治社交人物。

「我們為什麼要去拜訪默頓公爵呢？」

「我想見他。」

我從他口中所能問到的就是這些了。等我換上較體面的裝束，以迎合白羅挑剔的審美眼光，我們就出發了。

在默頓莊，門房問白羅是否預約過，白羅說沒有。門房接過名片入內稟報，很快又折返表示他的主人覺得今天上午他很忙，所以十分抱歉無法接見我們。白羅立即坐在椅子上。

「很好，」他說道，「那我就等吧，等上幾個小時都行。」

然而，根本不用等了。或許打發不速之客的最好辦法就是馬上見他，接著白羅便被請入屋內去見他急著想見的紳士。

公爵年約二十七歲。因為長得很瘦弱，他的外形並不討人喜歡。他長著一頭單調乏味的稀疏頭髮，兩鬢微禿。還有一張又小又刻薄的嘴，以及一雙茫然、無表情的眼睛。房間中放了好幾個十字架和各種宗教藝術品。寬大的書架上，除了神學著作外幾乎沒有別的書，他的模樣一點也不像個公爵，倒像個不中用的年輕雜貨商。我知道，他是在家中接受教育的，是個相當嬌貴的孩子。這就是落入珍．威金森情網中的現成獵物！真是可笑極了。他的態度很傲慢，和我們說話的態度也不甚禮貌。

「或許您聽說過我的名字。」白羅說。

「我沒聽說過。」

「我研究犯罪心理學。」

公爵沉默不語。他坐在書桌旁，桌上擺著一封未寫完的信。他不耐煩地用筆敲著桌子。

「您為什麼想見我？」他冷冷地問道。

白羅坐在他正對面，背對窗戶，而公爵則正對著窗戶。

「我目前正著手調查埃奇瓦男爵遇害一案。」

那張瘦弱且頑固的臉絲毫不為所動。

「是嗎？我不認識他。」

「但是，我想，您認識他的太太——珍．威金森小姐吧？」

「是的。」

「您知道她有強烈動機希望她丈夫死去嗎？」

「對於這種事情，我實在毫無所知。」

「爵爺，我要直截了當地問您了：您是不是即將與珍．威金森小姐結婚？」

「如果我打算和誰結婚，報紙會登出來。我認為您的問題太無禮了。」他起身說道，「再見。」

白羅也站了起來。他低著頭，顯得很尷尬，結結巴巴地說：「我並不是有意……我……我請您原諒……」

「再見。」公爵略略提高聲音又說了一次。

這回，白羅作罷了。他做出絕望的姿態，我們便離開了。這種逐客方式真是讓人下不了台。

我為白羅感到難過。他平素那種轟炸式的質問行不通了。在默頓公爵面前，一位偉大的偵探顯然比一隻黑甲蟲還不如。

「進行得真不順利。」我同情地說，「這個人真是冥頑不靈。究竟你為什麼要見他呢？」

「我想知道他是否真的要和珍．威金森結婚。」

「她是這麼說的。」

「是啊！她是這麼說。但是，你要知道，她是那種為達目的什麼話都說得出口的人。也許她決定要嫁給他，但是他——那可憐的傢伙——可能還不知情。」

「不過，他可是毫不留情地將你逐出大門了。」

「他給我的答覆，如同他會答覆記者的一樣，是的，」白羅笑著說，「但我弄清楚了，我徹底搞懂目前的情形了。」
「你怎麼知道的？經由他的態度嗎？」
「不盡然。你看到他在寫一封信嗎？」
「是的。」
「你知道嗎，早年我在比利時當警察的時候，就發現顛倒過來辨認文字是很有用的。他在那封信上寫了什麼，要不要我唸給你聽：『我最最親愛的珍，我仰慕的、美麗的天使。我該如何形容你對我的重要性？你受了這麼多的苦！你那美好的天性──』」
「白羅！」我驚呼道，阻止他再繼續唸下去。
「他就寫到這裡而已，『你那美好的天性──唯有我知。』」
我感到很不自在。他倒是如此天真地對自己的行為沾沾自喜。
「白羅，」我喊道，「你不應該偷看別人的私人信函。」
「海斯汀，你說什麼傻話呀，說我剛才做的事『不應該』，這才真是好笑哩。」
「這可不是……不是兒戲。」
「我才不是在兒戲。你知道的，謀殺可不是兒戲，海斯汀，還有，不管怎麼說，你不該用『兒戲』這個字眼，別再這麼說了，我覺得這字眼不流行了，年輕人聽了會取笑你的。是的，如果你說『兒戲』或『不光明正大』，漂亮的年輕女孩們聽了會笑你的。」
我緘默不語。白羅輕鬆愉快地做出這種事，我可受不了。

「根本沒必要這麼做，」我說，「你只要對他說你受珍．威金森之託去找埃奇瓦男爵，他就會用另一種態度對待你。」

「啊！我不能那麼做，珍．威金森是我的主顧。我不能將主顧的事情透露給別人知道。我是私下接受委託的，說出來的話，我可就喪失名譽了。」

「名譽？」

「是的。」

「但她就要嫁給他了，不是嗎？」

「那並不代表她在他面前沒有絲毫祕密，你對於婚姻的觀念太古板、過時了。不，你的提議，我不可能會去做，我得顧慮身為偵探的名譽。你知道，名譽是個嚴肅的事情，可不能開玩笑。」

「唔，我想，這個世界正是由各種名譽構成的。」

19 貴婦人

翌日早上有一位貴客來訪，這可算是全案最令人意想不到的事情了。

當時我正在客廳，白羅兩眼發亮地走了進來。

「我的朋友，我們有一位訪客。」

「是誰？」

「默頓老公爵的遺孀。」

「真是意想不到，她要幹嘛？」

「如果你和我一起下樓，我的朋友，你就會知道。」

我連忙照辦。我們一起走進客廳。

公爵夫人身材矮小，高鼻梁，眼神專橫。儘管她長得矮小，但沒人敢叫她矮冬瓜。雖然她穿著並不時髦的黑衣服，渾身上下卻洋溢著一股貴族氣派。她給我的另一個印象就是：她具有一種近乎殘酷的個性。她的兒子是消極的，而她是積極的。她的意志堅強無比，我幾乎可以清晰地感覺到她散發出如波濤般的強大意志力。毫無疑問，不論和誰打交道，她都會居於統治地位。

「您是赫丘勒．白羅先生嗎？」

我的朋友鞠躬致意。

「公爵夫人，有什麼我可以效勞之處，請隨時吩咐。」

她看了看我。

「這是我的朋友，海斯汀上尉，他幫我辦案。」

她的眼神中流露出片刻懷疑，然後低下頭，表示默許。

她坐在白羅移過去給她的椅子上。「白羅先生，我是來向您諮詢一件很棘手的事情：對於我今天告訴您的事，我必須請您絕對保密。」

「夫人，那自不待言，請不必擔心。」

「是亞德利夫人向我提起您的。從她談到您的態度，以及對您的尊重，我覺得您是唯一可能幫助我的人。」

「請放心，夫人，我會盡力的。」

她還是猶豫不決。最後，她才好不容易說明來意。她說話時的那種單刀直入和簡潔明瞭，令我回想起那個難忘的夜晚在薩伏飯店的珍．威金森。

「白羅先生，我想請您確保我兒子不會娶珍・威金森那個女演員。」

就算白羅覺得驚訝，他也會盡量不表露出來。他若有所思地望著她，並不急著回答她。

「夫人，您能否更具體一些，您想要我做什麼？」

「事情沒那麼簡單，我覺得這場婚姻會是個悲劇，它會毀了我兒子的一生。」

「夫人，您真的這樣認為嗎？」

「我十分確信。我兒子的理想很崇高，他對人情世故懂得很少，對於門當戶對的年輕小姐，他一向沒有好感。他認為她們頭腦簡單、舉止輕浮。但是，這個女人……我承認她很漂亮，她有令男人傾倒的魅力。我兒子已經被她迷住了，我曾經希望這段癡戀會隨著時間過去自然結束。好在她是有夫之婦，不能隨便再婚。但現在她的丈夫死了——」

她突然停住不說了。

「他們打算幾個月之後結婚，我兒子的終身幸福危在旦夕。」她更斷然地說，「白羅先生，一定要阻止他們。」

白羅聳聳肩。

「我同意您的看法，夫人，我同意，這場婚姻並不合適。但我能做什麼呢？」

「你應該做些事。」

白羅慢慢地搖著頭。

「是的，是的，您一定得幫助我。」

「夫人，恐怕我也無計可施。我得說，令郎根本聽不進任何對那位女士不利的資料，恐怕不容易，因為她一向……我們不得不說……很小心吧？」

「我知道。」公爵夫人沉重地說。

「啊！所以您在這方面想必已經做過調查了。」

在白羅犀利的瞥視之下，她有一點臉紅了。

「白羅先生，為了不讓我兒子娶她，我什麼都願意去做。」她再度強調。「任何事。」她停了停，又接著說：「錢不是問題，您要多少酬勞，儘管開口，只是這樁婚事一定得阻止。您正是擔任這項工作的最佳人選。」

白羅慢慢地搖搖頭。「不是錢的問題。我實在愛莫能助，我會向您解釋原因。而且我也可以對您說，我看不出有什麼辦法阻止，我沒辦法幫您，公爵夫人。如果我給您一些建議，您不會認為我無禮吧？」

「什麼建議？」

「別跟自己的兒子作對，他的年紀已經可以自己做主了。就算他的選擇不合您的意，也不能保證您的意見絕對正確。如果這樁婚姻真的不幸，您就要準備接受不幸。在他需要幫助的時候伸出援手，但是千萬別逼他反對您。」

「您根本不明白。」

她站了起來，嘴唇直發抖。

「不是的，公爵夫人，我很了解，我知道身為母親的心情，世上沒有人比我更明白這個。我向您保證，您要有耐性，要堅忍、鎮定，並且掩飾您的不悅。現在還有一絲希望，這件事或許會無疾而終，一味反對只會令您的兒子更固執。」

「再見，白羅先生。」她冷冷地說道，「我很失望。」

「夫人，我感到萬分抱歉，實在幫不上忙。我的立場很為難，您知道，埃奇瓦夫人已經親自向我請教過了。」

「噢，我明白了！」她的聲音有如一把利刃。「您是在對方的陣營裡，難怪囉，為什麼埃奇瓦夫人還沒因殺夫而被捕？這就說得通了。」

「怎麼說呢，公爵夫人？」

「我認為您很清楚我說的話。她為什麼還沒有被捕？當天晚上她人在那裡，有人看見她走進那棟房子……走進他的書房。沒有別人接近過他，而他死了，她卻還沒被捕！我們的警方真是徹頭徹尾地腐化了。」

她用顫抖的手將圍巾圍在脖子上，然後微微一點頭，便大模大樣地走出房間。

「噢！」我說，「好一位悍婦。不過我佩服她，你呢？」

「就因為她想按照自己的意志安排宇宙的運行嗎？」

「可是，她只是一心惦記兒子的幸福。」

白羅點了點頭。

「那倒是沒錯，不過，海斯汀，你認為默頓公爵要娶珍．威金森真的是件壞事嗎？」

「怎麼，你認為她真的愛上他嗎？」

「大概不是，十之八九不是。但她十分鍾愛他的地位，她會小心扮演她的角色。她是位相當漂亮的女士，也很有野心。這也算不上什麼大災難，公爵輕而易舉就可娶到一位門當戶對的年輕小姐，對方也可能是基於同樣的原因才嫁給他，卻沒人會對此大做文章。」

「話是沒錯，但是——」

「又假設他娶了一位很愛他的女孩，那麼對這樁婚姻就大有裨益嗎？我卻常常這麼想：一個男人娶了一位愛他的女人其實是一種不幸。她會愛吃醋，讓他顯得滑稽可笑，因為她會迫使丈夫將全副時間與精力放在她身上。啊！婚姻可不是玫瑰花床啊。」

「白羅，」我說道，「你真是一個無可救藥的憤世嫉俗者。」

「不，不是的，我只是說出我的想法罷了。你知道，其實我是站在好母親那一邊的。」

聽到他如此形容那位跋扈的公爵夫人，我忍不住哈哈大笑。

白羅卻依然一本正經的樣子。

「你不該笑的。這件事很重要……所有這一切，我得想想，我得好好想想。」

「我不明白這件事有什麼好想的。」我說。

白羅沒理我。

「海斯汀，你注意到了嗎？公爵夫人的消息很靈通，而且報復心很強，所有不利於珍的證據，她都知道。」

「這件案子對檢方有利，對被告不利。」我笑著說。

「她是怎麼知道這件事的呢？」

「珍告訴公爵，公爵再告訴她。」我提出這樣的假設。

「是的，那是有可能，但是，我——」

電話鈴聲大作，我趕緊去接。

對方滔滔不絕，我只有說「是」的份。最後，我放下話筒，興高采烈地對白羅說：「是傑派。首先，你還是照例『太厲害了』；第二，他收到從美國打來的電報；第三，他已經找到了那位計程車司機；第四，你想不想過去，聽聽計程車司機怎麼說？第五，又是說你太厲害了。他說當你一說起有幕後藏鏡人時，他就一直確信你一針見血。我卻沒對他說，我們剛剛有位客人說警方已經腐化了。」

「傑派終於還是相信了。」白羅喃喃道，「真是奇怪，當我正打算提出另一種假設時，偏偏那個藏鏡人的說法又被證實了。」

「什麼假設？」

「假設凶手的殺人動機也許和埃奇瓦男爵本人無關。想像一下，也許有人痛恨珍．威金森，而且痛恨到非要她受絞刑不可。這項假設很有可能呢！」

他嘆了一口氣，然後站起來說：「來吧，海斯汀，讓我們聽聽傑派要說什麼。」

20 計程車司機

當我們抵達時，傑派正在詢問一個老頭。那人的鬍子亂糟糟，戴著一副眼鏡，說話有一種自怨自艾的調調。

「啊！你們來了。」傑派說，「我想一切都進展順利。這個人叫喬布森，他在六月二十九日晚上曾在長田那裡載過兩個人。」

「是的，」喬布森沙啞地說，「那是一個美好的夜晚。月光皎潔明亮，那對年輕女子和紳士在地鐵站附近叫住我。」

「他們穿著晚禮服嗎？」

「是的，那位紳士身穿白背心；小姐一身白衣，上面繡著鳥的圖案。我猜，他們是從皇家歌劇院出來的。」

「那是什麼時候？」

「約莫十一點以後。」

「嗯，然後呢？」

「他們叫我開到攝政門，並告訴我要開到哪一棟屋子，還叫我開快一點。人們老愛那麼說，好像你故意慢吞吞似的。其實，我們開車的愈快開到目的地，就愈快再接到生意，但客人從不那麼想。可是我也要提醒大家，萬一出事，客人又要怪我們開太快，太危險了。」

「別說了，」傑派不耐煩地說，「這次沒出什麼車禍，對吧？」

「沒……有。」老頭彷彿不願放棄這個機會似的。「事實上並沒有出車禍。嗯，我開到攝政門。那位先生敲了敲玻璃，我就停了下來，大約是停在八號門牌前。先生和小姐下車以後，那位先生站在那兒不動，並叫我也別動。那位小姐穿過馬路，沿著房子往回走。那位先生停在車子旁邊的人行道上，背對著我，臉朝著她望，兩手插在口袋裡。大約過了五分鐘，我聽見他在說話，好像在低聲呼喊著什麼，接著他也走了。我盯著他瞧，因為我不想被人賴帳，以前曾發生過這種事，所以我得留意他。他步上其中某幢房子的台階，並走進門去。」

「他把門推開了嗎？」

「沒有，他有一把彈簧鎖鑰匙。」

「那間房子是幾號？」

「好像是十七還是十九號吧，我想。他為什麼叫我停在這裡不動呢？我也覺得很奇怪，所以一直盯著他們。五分鐘後，他與那位年輕女士一起出來了。他們回到車上，叫我開回科芬園歌劇院。當車子快抵達目的地時，他們叫我停車，付了車錢，我必須承認，他們出手大方。我還以為他們會賴帳呢，這年頭到處有麻煩。」

「對呀！」傑派說，「現在，請你仔細瀏覽這些照片，告訴我那位小姐是不是在這些照片當中。」

他拿出五、六張樣式大小雷同的照片，我從他背後饒有興致地看著。

「就是她。」喬布森說著，明確地指著婕拉汀·馬許身穿晚禮服的照片。

「你確定嗎？」

「十分確定。儘管她面色蒼白，但皮膚很黑。」

「那麼，那位男士呢？」

傑派又把另一捆照片拿給他看。

他用心地看著那些照片，然後搖了搖頭。

「唔，我不敢說……我不是很確定，裡頭有兩個人有點像他。」

在那疊照片當中，有一張是羅納德·馬許，但喬布森沒有挑它，他指認出來的那兩個人都不是馬許那一型。

於是喬布森便離開了，傑派將照片扔到桌上。

「好極了。真希望我們能有比較清晰的小男爵照片供他指認，這張是七、八年前照的。我只弄到這麼一張。是的，我真希望能認證得更確切些，儘管案情已經很清楚了，以前的不在場證明全都推翻了。白羅先生，多虧你聰明，想到他們可能搭計程車。」

白羅謙虛地說：「當我發現她和她堂兄都在歌劇院時，就覺得中場休息時間他們可能在一起。自然而然地，跟他們在一起的人會以為他們根本不曾離開劇院，但是半小時的休息時間足夠他們來回攝政門兩趟了。當新任男爵再三聲明他不在命案現場時，我就確信其中必有玄機。」

「你真是個善於懷疑的好傢伙，不是嗎？」傑派和善地說，「唔，你大概說得沒錯吧，在這個世界上，再怎麼多疑都不過分，新男爵一定是我們要找的人，你看這個。」

他拿出一張紙來。

「這是從紐約發過來的電報。他們已和露西．亞登絲聯絡過了，信是今早寄到她那裡的。她說若非必要，她並不願意交出原件。不過，她倒是同意讓我們派去的警官抄一份副本，然後再拍電報給我們。這就是那封信的副本，內容實在相當可疑。」

白羅極感興趣地拿過電報，我從他背後讀著電報內容。

（以下是倫敦南西三區玫瑰露大廈，六月二十九日致露西．亞登絲的信函。）

最最親愛的小妹，我上星期只潦草地寫了幾句，很抱歉！因為我實在很忙，有許多事情要親自處理。親愛的，我要告訴你，上次的演出相當成功！宣傳做得很轟動，票房也很好，每個人都對我很好。我在這裡認識了一些很好的朋友。明年我想找一家戲院演兩個月。（俄國舞女〉獨幕喜劇上座率很高，〈美國女子在巴黎〉也很賣座，但大家最喜歡的還是〈外國旅館百態〉那齣戲。我太興奮了，幾乎不知道自己在寫些什麼。怎麼說呢？等一下你就會明白了，現在讓我先告訴你人們都說了些什麼吧。荷賽默先生非常友善，他邀我和蒙塔古．科納爵士共進午餐，爵士會幫我大忙。前天晚上我遇到了珍．威金森，她很欣賞我的表演以及模仿她的演出，並引發以下我要告訴你的這件事。我實在很不喜歡她，因為近日來我聽到某位認識她的人談起她，說她行事心狠手辣，而且老愛用一些見不得人的手段。不過，我們現在不談這個。原來她就是埃奇瓦夫人，你知道嗎？我也聽到不少有關埃奇瓦男爵的傳言，他也不怎麼好，我可以告訴你，他對他的侄兒馬許上尉——就是我跟你提過的那個人，也非常不好，男爵將他逐出家門，不再支付津貼給他。他把經過情形一五一十告訴我，我為他感到難過。他很喜歡我的表演，他說：「我想你能騙過埃奇瓦男爵。聽我說，你願意打賭嗎？」我笑著問：「賭多少？」露西，親愛的！他的回答讓我喘不過氣來。一萬美元！想一想，一萬美元，只要打贏這場無聊的賭，就可以賺一萬美元。我說：「為了這一萬美元，要到白金漢宮捉弄國王、甘冒叛國的罪名我都願意。」於是我們成交了，並開始商量細節問題。

我下星期再把詳情告訴你——看我是不是會被人識破。順便告訴你，親愛的露西，無論我成功與否，我都會得到那一萬美元。噢！親愛的妹妹，那筆錢對我們將是多麼重要啊！沒時間再多寫了，我要去準備那件「惡作劇」了。千千萬萬的愛給我的小妹。

愛你的，卡洛塔

白羅將信放下。我看得出他深受感動。

然而，傑派的反應卻截然不同。

「我們可逮住他了。」他高興地說。

「是的。」白羅說道。

他的聲音出奇地平淡。

傑派奇怪地望著他。

「白羅先生，怎麼了？」

「沒什麼。」白羅說，「這和我原先設想的，不知怎地有些不一樣。如此而已。」

他看起來相當不愉快。

「但也合該是這樣。」他自言自語道，「是的，應該這樣。」

「當然是這麼回事啦，怎麼了，你不是一直都這樣認為的嗎？」

「不，不，你誤會我了。」

「你不是說，整件事有某個藏鏡人，並讓這女孩在毫不知情的狀況下做了一些事嗎？」

「是的，是的。」

「那你還想怎樣？」

白羅嘆了口氣，沒說話。

「你真是個怪傢伙，事事都無法使你滿意。我說啊，幸虧那女孩寫了這封信。」

白羅連聲力表贊同。

「是的。這正是凶手沒料到的，當亞登絲小姐接受那一萬美元賭注時，不啻是簽下自己的死亡證明書。凶手自以為處處小心了，可是正因為她毫不知情，反而讓他形跡敗露。死人會說話，是的，有時候死人的確會說話。」

「我真沒想到她能獨力完成這件事。」傑派厚臉皮地說道。

「是啊，是啊。」白羅心不在焉地說。

「唔，我還得去辦事。」

「我想，你是要去逮捕馬許上尉、也就是現任埃奇瓦男爵？」

「為什麼不呢？案情似乎已經證明對他極為不利。」

「確實。」

「你好像很不起勁，白羅先生。你知道嗎？你老愛把事情搞得很難懂，現在你自己的推論已經被證實了，可是還不滿意。你還能從我們得到的證據中找出破綻嗎？」

白羅搖搖頭。

「不知道馬許小姐是不是同謀？」傑派說，「看起來她好像知曉一切，因為她和他一同從戲院趕過去，如果她不是同謀，為什麼他要帶她去呢？唔，我們得聽聽他們怎麼說。」

「我可以在場嗎？」白羅謙遜地問道。

「當然可以，我還要感謝你的推測呢。」

他拿起桌上的電報機開始發電報。

我將白羅拉到一邊。

「白羅，怎麼回事？」

「海斯汀，我很不開心。這一切好像進展得太順利了，但裡頭另有文章，海斯汀。我們漏掉某個環節。眼前每件事似乎都湊在一起，也都說得通，一如我所料想的那樣，但是，我的朋友，我還是覺得裡頭大有文章。」

他慈悲地望著我。

我不知該說什麼才好。

21
羅納德的說法

我發現白羅的態度很難理解，這一切確實如他所預料嗎？

在前往攝政門的路上，他皺著眉，滿臉迷惑不解的模樣，絲毫不理睬傑派的沾沾自喜。最後他長嘆一聲，不再陷入沉思。

「無論怎樣，」他低聲道，「我們可以聽聽他說些什麼。」

「他要是聰明的話，還是少開口為妙。」傑派說，「很多人由於太急於撇清而將自己送上絞刑架。唔，可別說我們沒警告過他們！一切都是正大光明的。他們愈是內疚，就愈愛提高嗓門，編出一些謊話來騙你。他們沒想到應該先將謊話說給律師聽。」

他嘆了口氣，又說：「律師和法醫是警察的死對頭。我本來查得一清二楚的案子，每每讓法醫搞得一團糟，並讓凶手得以開脫。至於律師，也不能怪他們，他們詭計多端，總是竭盡所能地歪曲事實，因為有人付錢。」

我們抵達攝政門，並發現我們要找的人在家，一家人此刻正在吃午餐。傑派告訴管家要和男爵單獨談話，管家便將我們帶進書房。

等了一兩分鐘後，年輕男爵來見我們，臉上掛著輕鬆的笑容。但瞥了我們一眼後，他的表情微微變色，雙唇緊抿著。

「警官，你好，」他說道，「這是怎麼回事？」

傑派用一副典型的警察口吻說明來意。

「是那樣，怎麼了？」羅納德說。

他拉過一把椅子坐下，又拿出香菸盒。

「警官，我想……我要說明一下。」

「爵爺，悉聽尊便。」

「我要說的是，我太傻了，無論思想行為都是。正如書中主人翁老愛說的一句話：『沒有理由害怕真理。』」

傑派一語不發，仍然面無表情。

「這兒有張不錯的桌椅，」年輕人繼續說，「你的部屬可以坐下來，速記我的話。」

對於這種周到的安排，我想傑派並不習慣。但埃奇瓦的建議還是被採納了。

「說起來，」年輕人說，「我自認還算聰明，我猜我那套漂亮的不在場證明被拆穿了，一切煙消雲散。有用的多賽默一家下台一鞠躬。我猜，計程車司機該上場了吧？」

「我們知道你們那天晚上的一切行動。」傑派面無表情地說。

「我對蘇格蘭警場實在佩服得五體投地。不過，你要知道，我要是真的計畫去行凶，就不會雇一輛計程車，一路開到目的地，然後叫司機等著，你有沒有想過這一點？我想白羅先生一定會想到這一點。」

「是的，我想過。」白羅答道。

「這根本不是預謀殺人者會有的舉動：戴上紅色的小鬍子和角框眼鏡，乘車到下一條街去幹掉一個人，或者乘地鐵……得了，得了，我不想細說了。要是我花個幾千基尼，我的律師可以說得比我好。當然，我可以想得出你們會說：犯罪是一種突然的衝動。比如說，我在車子裡等著之類的。突然間我有了這個想法，『就是現在，夥計，動手吧。』

「唔，我要告訴你實情。我迫切需要錢用。我想，這一點，你們應該明白。我必須在第二天前弄到錢，否則就完了。我試著求我叔叔。雖然他不疼愛我，但我想他應該會顧及他的名譽，中年男人有時是這樣的。可是，我的叔叔卻不近人情，一副時髦派頭，對他的名譽毫不在意。

「那麼……似乎只能含笑承受了。我又打算試著向多賽默借錢，但我知道那沒希望。我也不能和他的女兒結婚，她太敏感了，也不會要我的。後來，我在劇院偶遇堂妹。我並不是常常遇到她，我住在叔叔家時，她待我很好。我忍不住將我的事告訴了她，她也從她父親處聽到了一些。於是她向我很有魄力地建議我拿走她的珍珠首飾，那是她母親給她的。」

他停了下來，我覺得他的聲音裡帶著一種真摯的感情，要不然就是他花言巧語的本領超乎我的想像。

「於是，我接受了這個好女孩的建議，我可以用她的首飾籌到我需要的錢。我發誓一定會贖還給她的，就算是做苦工，也在所不惜。但是那些珍珠首飾放在攝政門的家中。當下我們決定最好立刻去取，於是我們就坐上計程車趕過去了。

「我們讓司機停在馬路對面，以免有人聽見汽車停在門口的聲音。婕拉汀下車之後，穿過馬路，她身上帶著大門的彈簧鎖鑰匙，本來打算悄悄進去，拿到首飾便馬上出來交給我。除了僕人，她沒料到會遇到什麼人。我叔叔的祕書卡羅爾小姐九點半就去睡了，我叔叔本人很可能在書房裡。

「所以戴娜就進去了。我站在人行道上抽著菸，不時地朝房裡看，看她是不是出來了。接下來我要說的事情你們可能不相信，信不信隨你。這時人行道上有人走過我身邊，我轉過身去看他。令我驚訝的是他走上台階，進了十七號門——至少我認為是十七號門。當然囉，我離那房子還有一段路。我的驚訝有兩個原因：一個是那人手中拿著鑰匙；另一個原因是我覺得認識他，他好像是某位著名的影星。

「我很驚訝，於是決定進去看個究竟。我口袋裡碰巧有十七號門的鑰匙。我以為這把鑰匙三年前就已經遺失了，可是兩三天前又意外地找到了。我本來打算還給我叔叔，但兩人一激烈爭吵我就忘了。當我換衣服時，又把它連同別的東西一塊放到新衣服的口袋裡了。

「我叫司機在外面等，然後快步走過馬路，走上十七號台階，用我的鑰匙開了門。大廳裡空無一人，沒有任何客人剛剛進入的跡象。我站在那裡打量四周片刻，然後走近書房的門。我想那個人也許和我叔叔一起在書房裡，那麼就可聽見隱約的說話聲，可是我站在書房門口，什麼也沒聽見。

「我突然覺得自己實在做了件傻事，那個人一定是進了別人家，也許是隔壁那一家。攝政門夜裡的燈光很昏暗，我覺得自己真是個傻瓜，搞不懂自己幹嘛要跟著那個人，結果害我站在那裡。要是我叔叔突然從書房出來，看見我怎麼辦？那豈不是給婕拉汀添麻煩、連累了她嗎？而這只不過是那名男子讓人懷疑他在做一件不願曝光的事？幸好沒人捉到我，我應該愈早脫身愈好。

「我躡手躡腳走回前門，這時，婕拉汀手裡拿著首飾從樓梯上走下來。當然，她看到我很驚訝。我將她拉出門外，向她解釋原委。」

他頓了頓。

「我們趕緊回到劇院。抵達的時候，大幕才剛拉起。沒人疑心我們曾經離開過。那是個悶熱的夜晚，許多人都出去透透氣。」

他又停了停。

「我知道你們要說什麼：『你為什麼不立刻告訴我們？』試問：如果你有很明顯的殺人動機，你會輕鬆大方地承認命案當晚你就在那座房子裡嗎？

「坦率地講，我很怕！就算有人相信我們，我和婕拉汀也會惹上很多麻煩。我們和凶案毫無關聯，沒看見任何事，也沒聽見什麼聲音。很顯然，我覺得是珍嬸嬸所幹的。那又何苦把自己拖下水？我提過吵架和缺錢等事，我想你們會查出來。如果我隱瞞一切，你們可能會更疑心，並且更仔細地查詢我的不在場證明。既然如此，我不妨裝得更像一點，也許會將你們矇騙過去，讓你們信以為真。我知道，多賽默一家確信我一直在科芬園，我有一段時間與我的堂妹在一起，他們絕對不會感到奇怪。而我堂妹會說我跟他一直都待在戲院裡，沒有離開過。」

「馬許小姐同意這樣……隱瞞嗎？」

「同意的。一得知消息，我立刻跑去找她，提醒她為了安全，千萬不要說出我們昨晚來過這裡。就說在科芬園中場休息時，我們一直待在一起；然後我們在街上聊了一會兒，就這樣。她明白我的用意，也同意這麼做。」

他再度頓了頓。

「我知道現在才這麼說對我很不利，但我講的是實話。今天早上我用堂妹的首飾去典當現金，我可以告訴你們那個人的地址、姓名，如果你們去問她，她會證實我所說的話。」

他往椅背上靠，望著傑派。傑派仍然面無表情。

「埃奇瓦男爵，你說你認為是珍．威金森下的手嗎？」

「是啊。聽到管家的證詞之後，你們不這麼想嗎？」

「那麼，你與亞登絲小姐打賭，又是怎麼回事？」

「和亞登絲小姐打賭？卡洛塔．亞登絲？她和這件事有什麼關係？」

「你否認曾要她在當晚去你叔叔家假扮珍．威金森小姐，並給她一萬美元嗎？」

羅納德很驚訝地瞪大眼睛。

「給她一萬美元？真是亂講！一定是有人在戲弄你。我才出不起一萬美元。你還以為有重大發現嗎？你被唬了。是她這樣說的嗎？噢，他媽的，我忘了，她已經死了。」

羅納德呆呆地望著我們。他本來還悠哉悠哉的，但現在，臉色發白，眼中閃著恐懼。

「我搞不懂這一切，」他說，「我告訴你們的是實話。我想，你們並不相信我，你們大家都不相信我。」

此時，令我驚訝的是，白羅走上前去。

「不，」他說，「我相信你。」

22 赫丘勒·白羅的怪異舉動

我們回到住處。

「這究竟是……」我開始發問。

白羅做了個手勢阻止我問下去，這種手勢非常過分，我從未見他這樣做過。他的兩隻胳膊在空中直搖。

「我求你，海斯汀，現在別問了，現在別問了。」

說完這話，他一把抓起帽子，往頭上一戴，不顧一切急忙衝出門去。一個小時以後，他還沒回來，而傑派卻露面了。

「老小子出去了？」他問道。

我點點頭。

傑派坐在一把椅子上。天氣很暖和，他用手帕擦著前額。

「他怎麼了？」他問道，「我跟你說，海斯汀上尉，當他走到男爵面前說『我相信你』時，你用一根雞毛就能撂倒我，我簡直嚇呆了。他彷彿在演一齣通俗劇，讓我莫名其妙。」

我說，我也覺得莫名其妙。

「然後他就大模大樣地走出去，」傑派說。「他和你說了什麼嗎？」

「沒有。」我回答道。

「什麼都沒說？」

「一個字也沒說。當我想和他說話時，他揮手不讓我說。我想，最好讓他去吧。當我們回家後，我開口問他，他揮著胳膊，抓起帽子，便匆匆忙忙出去了。」

我們互相望著對方，傑派煞有介事地敲著自己的腦門。

「他八成是……」他說。

這一次，我真有些同意他的話了。以前傑派老是說白羅有些「瘋瘋癲癲」。有很多次，他完全不知道白羅用意何在，現在，我也不得不承認，我實在不明白白羅的想法，就算不是瘋瘋癲癲，至少也是多變的。如今，他的假設被證實了，可是他又自己把它推翻。

這真是讓他的熱心支持者失望難過極了。我灰心地搖搖頭。

「用我的話講，他總是那麼特別。」傑派說，「他看事情的角度總是很特別，而且非常奇怪。我得承認，他是一個天才。但是人們常說天才與瘋子往往只有一線之隔，一不小心就會變成另一類。他總是喜歡把事情複雜化。他對簡單的事情不感興趣，不僅如此，簡直是難以忍受，他遠離了現實生活，玩他自己的遊戲，就像老太太獨自玩紙牌一樣，要是好牌沒出來，她就作弊。不過，他的情況正好相反，要是好牌來得太容易了，他就設法把牌局變得更困難！我就是這麼看他的。」

我發覺很難回答他，但我也覺得白羅的行為舉止難以解釋。我愈是喜愛這個奇怪的朋友，就愈是為他擔憂，只不過我不喜歡表現出來罷了。

正當我們鬱悶無言的時候，白羅走了進來。

謝天謝地，看來他目前相當鎮靜。

他很小心地將帽子摘下來，和手杖一起放在桌上，然後在他常坐的椅子上坐了下來。

「原來是你啊，我的好傑派。我很高興，我正想見你呢。」

傑派看著他，沒有說話。他知道這只是剛開始。他在等待白羅說明他自己的想法。

我的朋友慢慢地、小心地對他說：「是這樣的，傑派，我們錯了，我們全都錯了。承認這點真是悲哀，但我們確實犯了個錯誤。」

「現在沒事了。」傑派自信地說。

「但事情不是這樣就沒事，簡直慘透了，我真是打從心底難過。」

「你沒有必要為那個年輕人難過，他罪有應得。」

「我不是為他難過，我是為你感到難過。」

「我？你不必為我擔心。」

「但是，我很擔心，你明白嗎？是誰讓你朝這個方向去查的？是赫丘勒．白羅，是我讓你這樣去追蹤的。我讓你注意到卡洛塔．亞登絲，我向你提及她寫到美國的一封信，每個步驟都是我指點你的。」

「我終究一定會得到那種結論。」傑派冷冷地說，「不過是你捷足先登罷了。」

「是有一點兒，但這並不能讓我心安。如果是因為聽取我的意見，而使你蒙受傷害，我會很自責。」

傑派只是露出好笑的樣子。我想他是覺得白羅別有用心，他以為白羅是不願意讓他獨占成功破案的功勞。

「好吧，」他說，「我不會忘記向大家說，這個案子能破，部分得歸功於你。」

他向我眨了眨眼。

「噢！根本不是這麼回事。」白羅不耐煩地噘著嘴。「我不是搶功。更何況，我告訴你，根本無功可居。你忙了大半天，結果是徹底失敗；而我呢？卻是罪魁禍首。」

看著白羅發愁的樣子，傑派突然放聲大笑。白羅看起來很生氣。

「對不起，白羅先生，」他擦著眼睛說，「你看起來真像一隻雨中奄奄一息的鴨子。現在，聽我說，讓我們忘記這一切。不管是功還是過，都由我一人承擔。這件事會轟動一時，這一點你是說對了。那麼，我準備讓法庭定他的罪。也許會冒出某個聰明的律師，設法使男爵逃脫刑事責任——對陪審團的判決，有誰能說得準呢？不過即使這樣也不要緊。即使沒定罪，人們也會知道我們抓的正是殺人犯。假若又突然跑出個女僕，承認是她幹的，那麼我也只得自認倒楣，絕不會抱怨是你誤導查案。這應該很公平吧？」

白羅溫和而又悲哀地望著他。

「你總是有信心，永遠那麼有信心。你從來不會停下來問問自己：事情會是這樣嗎？你從不懷疑，也不納悶，你從不想想，這豈不是太容易了！」

「你放心好了，我才不會這麼想，請原諒我這麼說，你每次總愛偏離正軌。為什麼事情不能就如此簡單呢？事情簡單又有什麼壞處呢？」

白羅望著他，長嘆一聲，半舉起胳膊，然後又搖了搖頭。

「C'est fini[16]！我不再多說了。」

「好極了，」傑派熱誠地說，「現在讓我們談正事吧。你想不想聽聽我一直在做什麼？」

「當然。」

「好吧。我見了婕拉汀小姐了。她的說法和男爵一致，他們倆也許是共同策畫的，但我不這樣認為，我認為是他威嚇她。不管怎麼說，她對他的感情很深，當她得知他被捕了，傷心得不得了。」

「她現在還傷心嗎？還有，那個祕書卡羅爾小姐呢？」

「我想，她並不很意外，總之，那只是我的猜想。」

「關於首飾呢？」我問道，「那部分是真的嗎？」

「完全是真的。他第二天一大早就將首飾換成現金，但是，我認為這件事無關緊要。就我看，他在戲院碰到他堂妹之後，才臨時想到那個主意。當時他正十分絕望，因為他走投無路了。我猜測，他本來就在盤算著壞勾當，那就是為什麼他身上帶著鑰匙。他說什麼無意間帶著鑰匙，我才不信呢。他對他堂妹說明自己的困境，因為他知道如果把她拉進去，他會更安全些。他以卑鄙的手段玩弄她的感情，暗示要借用她的首飾。後來她決定幫他，便一同去拿。她進屋之後，他也進去，然後走入書房。也許男爵正躺在椅子上打瞌睡，不管怎麼說，他兩秒鐘就行凶完畢，再走出來。我想，他不想讓那女孩在房裡看到他，他本來打算在那輛計程車附近盤旋，而且我認為他也不想讓計程車司機看見他進去。他想留給別人的印象是：抽著菸踱來踱去，等著那個女孩子。你還記得吧，那輛計程車是面朝著反方向。

「當然，第二天一早，他不得不去抵押那些首飾，他必須假裝似乎還需要那筆錢。後來，他聽到命案的消息之後，就恐嚇那女孩，叫她不要洩漏昨晚的事。他要她口徑一致，聲稱中場休息時，他倆是一塊待在戲院裡。」

「那為什麼他們不那麼說了呢？」白羅一針見血地問道。

傑派聳了聳肩膀。

16 法語，意思是「完了」。

「他改變主意了，或是他覺得那女孩未必能撐得下去，因為她是那種神經質的人。」
「是的，」白羅思索著說，「她是那種神經質的類型。」
過了一兩分鐘，他又說：「你從未想過嗎？要是馬許上尉在休息時間獨自離開戲院，用他的鑰匙將門打開，悄悄進去刺死他叔叔，然後再回戲院。也不必讓計程車司機在那兒等，那豈不是更容易、更省事嗎？因為那個神經質的女孩，隨時都可能下樓並看到他。如果被她撞見了，也許她會失去理智告發他。」
傑派咧嘴笑了。
「那是你我可能會做的事，但我們要比羅納德．馬許上尉更聰明一點。」
「我可不敢肯定，我覺得他很聰明。」
「但不如赫丘勒．白羅聰明，得了吧，我肯定他沒你聰明。」傑派笑著說。
白羅冷冷地望著他。
「如果他是清白的，又何必找那個姓亞登絲的女孩假扮珍．威金森呢？」傑派接著說，「找人當替身只有一個原因，就是掩護真正的罪犯。」
「這一點，我與你意見一致。」
「唔，我真高興我倆在某些方面還能意見一致。」
「也許和亞登絲小姐說話的真的是他本人。」白羅沉思地說，「這實在是……不，這簡直太傻了。」

這時，白羅突然望著傑派，很快地厲聲提出一個問題。「你對亞登絲的死有何想法？」

傑派清了清嗓子。

「我倒認為這是件意外。我承認，這件意外發生的時機很湊巧，但我看不出兩者有何關聯。看完歌劇後，他的不在場證明是可信的，他和多賽默一家人在索布蘭尼斯飯店吃飯，一直吃到凌晨一點以後。這時候，亞登絲早已上床睡覺了。我認為這足以證明，凶手有時候的確很走運。否則，要是那件意外沒發生，我想他也自有對付她的辦法。比方說，他可以恐嚇她，告訴她，如果她說出實情就會被捕，然後再給她一些錢作為補償。」

「你有沒有想過——」白羅直盯著傑派。「要是亞登絲小姐手上握有證據，她就可以讓另一個女人受絞刑。」

「珍·威金森不會被吊死，她在蒙塔古·科納宴會上的不在場證明很有力。」

「但殺人者並不知道這一點。他還指望著珍·威金森受絞刑，而卡洛塔·亞登絲會保持緘默。」

「白羅先生，你很喜歡舌戰，是不是？而且你確信羅納德·馬許是一個規規矩矩的青年。他說他看到有人偷偷摸摸潛入埃奇瓦男爵的家，你相信他的話嗎？」

白羅聳聳肩膀。

「你知道他說他認為那個人是誰嗎？」

「我大概可以猜到。」

「他說他認為是那個電影明星——布萊恩・馬丁。你怎麼認為？一個和埃奇瓦男爵素昧平生的人。」

「那麼如果有人看見這麼一個人拿著鑰匙進入男爵家，這當然是很奇怪的事了。」

「哼！」傑派輕蔑地說，「要是現在我告訴你，布萊恩・馬丁先生那一晚人不在倫敦，你一定很驚訝吧。他帶著一位女士到莫爾賽飯店用餐，直到半夜才回倫敦。」

「啊！」白羅輕輕地說，「不，我並不覺得奇怪。那位小姐跟他是同行吧？」

「不是，那位女士經營帽店。事實上她是亞登絲小姐的朋友，德蕾弗小姐。我想，她的證詞你應該信得過吧。」

「我的朋友，對於這一點，我並無異議。」

「事實上，你被騙了，老兄，你自己也心知肚明。」傑派哈哈大笑地說，「那根本是臨時捏造的無稽之談，就是那麼回事，根本沒有人走進十七號門，也沒有人走進旁邊的房子。這說明了什麼呢？顯然新男爵是在撒謊。」

白羅悲哀地搖搖頭。

傑派站了起來，又恢復了精神抖擻的樣子。「得了吧，你知道，我們是對的。」

「誰又是那個署名『D，巴黎，十一月』的人呢？」

傑派聳聳肩膀。「我猜，是過眼雲煙吧，難道一個女孩就不能持有一件六個月前與此案無關的紀念品嗎？我們看待事物應該要有輕重緩急之別嘛。」

「六個月前，」白羅低聲重複道，眼睛突然一亮。「Dieu, que je suis bête[17]！」

「他在說什麼？」傑派問我。

「聽我說。」白羅站起來，用手輕拍傑派的胸。「為什麼亞登絲小姐的女僕沒有認出那個匣子？德蕾弗小姐為什麼也認不出來？」

「你這話是什麼意思？」

「因為那個匣子是新的！是人家剛剛送給她的。十一月，於巴黎。呃，毫無疑問，這個日期就是那匣子被當作『紀念品』的時間。不過，送給她的時間卻不是那個日期，而是現在。這是剛剛買的！才剛買而已。我求你，好傑派，去調查一下，這可是一個機會，絕對是一個機會。那匣子不是在這裡買的，而是在國外，大概是在巴黎。如果是在這裡買的，珠寶商早就認出來了。因為報上登過照片，而且也報導過它的形狀。對啦，對啦，就是巴黎。也許是另一個國外的城市，不過我認為是巴黎。我求你去把這件事查清楚。我想——非常想——知道這個神祕的D是誰。」

「反正沒壞處。」傑派善意地說，「雖說我對這件事沒多大興趣，但我會盡力去查。反正我們知道得愈多愈好。」

他向我們愉快地點點頭便走了。

17 法語，意思是「天啊，我真傻」。

23 信件

「那麼現在，」白羅說，「我們出去吃午飯吧。」

他用手勾住我的胳膊，對我笑著。

「我是滿懷信心。」他說。

我很高興看到他又恢復了老樣子，儘管我個人還是認為羅納德有罪。我猜，聽了傑派的一番意見後，白羅已經接受了這個觀點。所謂查出買匣子的人，大概只是最後試圖挽回面子之舉罷了。

我們一起高高興興地去吃飯。

讓我頗覺有趣的是，我看到在餐廳另一端的桌旁，布萊恩．馬丁正在和甄妮．德蕾弗小姐共進午餐。想起傑派說的話，我猜他們很可能有一段戀情。

他們也看見了我們，甄妮向我們招手。

當我們喝咖啡的時候，甄妮離開她的同伴走到我們桌旁。她看起來還是那麼活潑、精力充沛。

「白羅先生，我可以坐下來和您談一談嗎？」

「當然可以，女士。我很高興見到您。馬丁先生不來一起坐坐嗎？」

「是我不讓他來的。您知道，我想和您談談卡洛塔。」

「談什麼呢？女士。」

「您想知道她是不是有男友，對吧？」

「是的，是的。」

「我一直想啊想，有時事情是很難一下子弄清楚。要想弄清楚，你就得回憶……回憶從前的許多話語，也許當時並未多加注意。唔，我最近就一直在想這件事。我一再回憶……回憶她說過什麼。現在，我已經有了一個肯定的結論。」

「是什麼呢？女士。」

「我認為她喜歡的人——或者是剛剛開始喜歡的人，是羅納德．馬許——您知道，就是那個剛剛承襲爵位的人。」

「女士，為什麼您認為是他呢？」

「唔，比方說，有一次卡洛塔用普通的口吻說起一個人。她說他運氣有多不好，這又是如何影響他的性格。本來那個人品行是好的，但終究還是墮落了。人們對這樣的人往往過度責備，他受的罪比他犯的罪還多——您知道那意思。當一個女人對某人有了好感，就會用這種話騙自己，我常常聽到這種可笑的話。卡洛塔是個很理智的人，但她說出這種話，彷彿是個對人生一無所知的傻瓜。於是我就對自己說，『嘿！有什麼事發生囉。』她並沒有提到姓名，只是泛泛地說。但差不多剛說完這個，她就開始說羅納德．馬許，認為他受到不公平的對待。對於這件事，她顯得事不關己。那時我並未將兩件事聯想在一起，但是現在……我在懷疑，她好像指的就是羅納德。白羅先生，您認為呢？」

她懇切地抬頭望著他。

「小姐，我想您給我帶來了一個很有價值的資訊。」

「好。」甄妮拍手說。

白羅友善地望著她。

「大概您還沒聽說，您說的那位羅納德．馬許剛剛被捕了。」

「啊！」她驚訝地張大嘴。「那麼我所想到的事情似乎來得太遲了。」

「永遠不嫌遲，」白羅說，「對我而言是這樣。謝謝您，女士。」

她離開我們，回到布萊恩．馬丁那裡。

「白羅，」我說，「想必這讓你的想法動搖了吧？」

「不，海斯汀。恰恰相反……我更堅定了。」

他雖然硬著頭皮那樣說，但我相信，他內心已經動搖了。

隨後幾天，他再也沒提起埃奇瓦這個案子。就算我提起，他也只回答一兩個字，顯得絲毫不感興趣。換句話說，對於這個案子，他已經不聞不問了。不管他怪誕的腦子裡還殘留著什麼古怪的想法，他現在也不得不暗自承認，他第一次的假設是正確的，羅納德．馬許才是真正的凶手。只是，身為白羅，他不能公開這麼承認罷了，所以他才故意裝作不感興趣。

這就是我對他這種態度的解釋。對於警場的調查過程，他絲毫不感興趣，因為那只是形式而已。他忙於其他案子，當別人提起那件案子時，他總是不感興趣。

在我上面所提到的事情過去兩個星期後，我發覺，我對他這種態度的解釋完全錯了。

那天，我們正在吃早餐，白羅的盤子旁照例堆了一疊信件。他很敏捷地將信分門別類。當他拿起一封貼著美國郵票的信件時，他馬上愉快地喊了一聲。

他用小拆信刀將信封打開，看起來如此高興，我也很感興趣地在一旁觀望。裡面有一張信箋，以及一份相當厚的附件。

白羅將信讀過兩遍，然後抬頭望著我。

「海斯汀，你要讀一讀嗎？」

我從他手上接過信。內容如下：

親愛的白羅先生：

我看到您言辭懇切——非常懇切的來信，心中大為感動。最近很多事都讓我不知所措，除了我姐姐不幸過世之外，令人氣憤的是最近又有許多流言，影射我那最最親密的姐姐卡洛塔吸毒。不，白羅先生，卡洛塔不吸毒。對於這一點，我絕對相信。她對這類東西很厭惡。我常常聽她這樣說。若說她與男爵命案有牽連，那她也是無辜的；當然，她寫給我的那封信就可以證明這一點。先生既然來信要我將姐姐的原信寄去，我現在就隨信附上。這是她最後一封信，我捨不得丟掉它。但是，我知道您會當心，並且會將它寄還給我。您信上說這封信可以幫助您澄清關於她命案中的部分疑團，如果真如你所言，這封信應該寄給您。

您問卡洛塔是否曾在信中提過什麼朋友。她當然提到許多人，但並不曾特別提起誰。她提過布萊恩・馬丁，他是我們多年前就認識的；還提到過甄妮・德蕾弗和一位叫羅納德・馬許的上尉，這些人，我想，都是她常見面的。

但願我能想起什麼可以幫助您的事。您在來信中的措辭是如此懇切、體貼，您似乎能了解卡洛塔和我是如此親密。

露西・亞登絲敬上

又及：剛才有一位警官來要那封信，我告訴他剛把那封信寄給您。這當然不是實話，但不知道為什麼，我認為應該讓您先看到這封信。看樣子蘇格蘭警場需要那封信當作指控凶手的物證，請將信轉交給他們吧，但是請務必確定他們會讓你將信還給我，您知道，這是卡洛塔對我說的最後一些話了。

「原來，你親自寫信給她了。」我將信放下後說，「白羅，為什麼你要那樣做？你為什麼要卡洛塔・亞登絲的原信呢？」

他正低頭詳閱那封附上的信。

「海斯汀，你要我說為什麼，我也說不清楚。我只是希望那封原信或許可以解釋一些說不通的地方。」

「我真不明白你要怎樣從信的內容找出答案呢？那是卡洛塔・亞登絲交代女僕去寄的，裡頭總不會有什麼騙局。再說，那封信讀起來，實在是相當普通的家書。」

白羅嘆了一口氣。

「是是，我知道。正是因為這樣，事情才更麻煩，因為，照這種情形看來，這封信不可能是真的。」

「胡說。」

「是的，是的，確實如此。依照我的推論，事情應該是有條有理、互相吻合，讓人聽起來覺得合情合理。但這封信卻並不吻合。那麼，到底是誰出了錯呢？是赫丘勒・白羅？還是那封信？」

「你不認為可能是赫丘勒・白羅出了錯嗎？」我力求委婉地說。

白羅意帶責難地瞥了我一眼。

「有時候我是會犯錯，但這次不會。既然，這封信很顯然似乎不是真的，那它就不是真的。信中有某種事實被我們忽略了，我正設法把它找出來。」

說完以後，他繼續用一具袖珍放大鏡研究那封信。

他把那封信一頁一頁地看過之後遞給我，我確實也找不出什麼有問題的地方。信上的筆跡很工整也很容易辨認，並且和電報上的內容完全一致。

白羅深深地嘆了一口氣。

「這封信不是偽造的，是的，前後的筆跡都同樣。不過，就像我剛才說過的，既然不可能是真的——」

他突然停住不說話，並迫不及待地從我手中要回那封信，慢慢地看著。

突然，他叫了一聲。

本來我已離開餐桌，站在窗口向外凝視。聽到他的叫聲，我猛然轉過身來。

白羅興奮得發抖，雙眼像貓一樣發出綠光。他用手指顫抖地指著。

「海斯汀，你看出來了嗎？你看這裡……快……來看這裡。」

我跑過去。在他面前攤開的是其中一張信紙，我卻看不出上面有什麼不尋常的地方。

「你沒看出來嗎？所有其他信紙的邊緣都很整齊，都是單頁。唯獨這一張，你看見了嗎？有一邊不整齊，這是被人撕下來的。現在你明白我的意思了嗎？這封信是雙頁的，所以你想想看，有一頁信紙不見了。」

我被嚇得目瞪口呆。

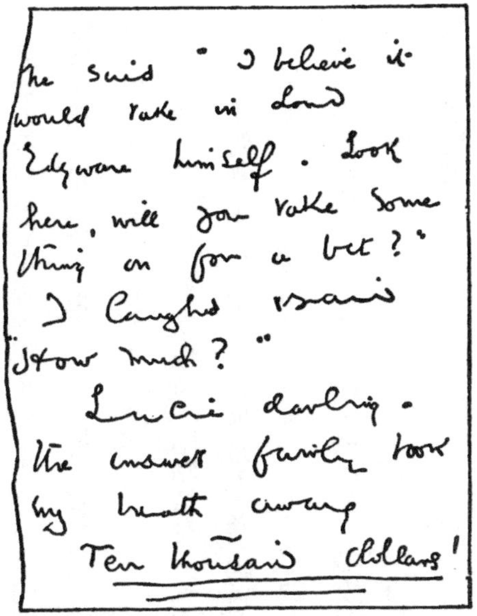
he said " I believe it
would take in Lord
Edgware himself. Look
here, will you take some
thing on for a bet?"
I caught that and said
"How much?"
Lucie darling.
the answer fairly took
my breath away
Ten thousand dollars!

「怎麼會呢？讀起來很通順啊！」

「是啊，是啊！讀起來很通順，這正是計謀的巧妙之處。讀一讀，然後你就會明白了。」

我想，除了照實讀這頁信以外，我也無能為力了。

「你現在明白了沒？」白羅說，「信中談到馬許上尉時就中斷了。上一頁她本來正說到她為他難過，她說：『他很喜歡我的表演。』然後在另一張信紙上繼續說：『他說——』但是，我的朋友，有一頁不見了。新的這頁上面的『他』也許並不是原來那頁上頭的『他』。事實上，這個『他』並不是原頁上的『他』。想出惡作劇把戲的是另外一個人。請注意，從這頁開始，並未提到名字。啊！這真是不可思議啊！

我們的兇手不知怎樣取得這封信。信中的話揭露了他的罪行，他當然想把這項證據完全毀滅掉。後來，他又將信看了一遍，發現可用另一種辦法來處理它。要是去掉上一頁，這封信就可以竄改成讓另一個人——另一個有殺埃奇瓦男爵嫌疑的人——遭受懷疑。啊！真是天才！他把那一頁信紙扯掉，然後再將信放回原處。」

我敬佩地望著白羅，並不完全相信白羅的假設，我覺得很可能卡洛塔本來使用的就是一張撕下來的單頁紙。但是看到白羅的得意模樣，我實在不忍心告訴他這個平淡無奇的可能性。畢竟，他也許是對的。

不過，我確實大膽地提出一兩點意見，說明他的假設有瑕疵。

「不管那個人是誰，但是他是怎麼取得這封信呢？亞登絲小姐直接從手提袋裡拿出信來，然後她又親自交給女僕去寄。這可是那個女僕說的。」

「因此我們可以假定兩點：要不是那個女僕說謊，不然就是那天晚上卡洛塔．亞登絲見過兇手。」

我點點頭。

「我覺得後者的假設似乎較為可能。卡洛塔在離家以後到九點，將手提包存放在尤斯頓車站之間的那段時間人在哪裡，我們還不清楚。我個人認為，她曾和兇手在某個約定的地點見過面。他們或許一同吃過一點東西，他藉此機會對她做了最後的指示。至於那封信下落如何，我們不得而知。不過我們可以猜猜看。也許她是將那封信拿在手裡，準備要寄出去。她也許把信放在餐桌上，凶手看到信封上的地址，便意識到可能的危險。他也許很機敏地將信拿起來，藉故離開餐桌。他將那封信打開看過，將其中那一頁撕下來，然後或是放回原處，或是在她離開的時候遞給她，說她不小心掉落。實際情形並不重要，但是有兩點似乎很清楚，那就是卡洛塔・亞登絲可能在那晚男爵被殺之前或之後見過凶手。我們，也許我猜錯了，但是那個凶手給她的那個金匣子——那匣子也許是他們初次會面時的紀念品。如果這是真的話，那麼，凶手就是D。」

「我不明白為什麼對方要送那個金匣子。」

「海斯汀，聽我說，卡洛塔・亞登絲從不服用佛羅若。露西・亞登絲說過了，我也相信她說的是真話。亞登絲的眼睛黑白分明，身體很健康，對毒品這些東西並沒有什麼嗜好。她的朋友沒有一個人認得那個匣子。那麼為什麼在她死後，會發現她身旁有這個東西呢？是為了製造假象，讓人以為她確有服用麻醉劑的習慣，而且已經上癮很久了，也就是說，至少有六個月了。我們姑且假設她在凶案以後遇到凶手，即使只有幾分鐘也好，他們一同喝點酒來慶功。可是，凶手卻在她的酒裡放下足量的麻醉藥，好讓她第二天一早再也醒不來。」

「很可怕。」我顫抖地說。

「是的，這可不是好玩的。」白羅不動聲色地說。

「你打算告訴傑派這些事嗎？」我過了一會兒問道。

「現在還不要。我們有什麼可說呢？了不起的傑派會說：『那女孩是用單頁紙寫信！

又是不著邊際的事！』」

我不安地望著他。

「我要說什麼呢？根本無話可說。一定有件什麼事發生，而我們之所以沒發現，是因為它不能被發現。」他停下來，臉上露出夢幻般的表情。「海斯汀，你想想看，如果那個人計畫周密，他會用刀裁切而不是撕掉。那麼，我們就看不出一點破綻，一點也看不出來了。」

「所以，我們可以推斷他是一個粗心大意的人。」我笑著說。

「我希望你注意一件事，這個人——這個D——他一定有當天的不在場證明。」

他停了停，接著說：「假設他先在攝政門殺了人，再和卡洛塔．亞登絲會面，我想不出他怎麼會有不在場證明。」

「一點也沒錯，」白羅說，「我就是這個意思。他急需不在場證明，因此他必定準備了一個證據。另外，還有一點，他的名字首寫字母果真是D嗎？或者D只是代表一個綽號，一個她知道的綽號？」

他停了停，然後又輕輕地說：

「我們必須找到這個名字首寫字母或綽號是D的人。海斯汀，是的，我們一定要找到他。」

24 來自巴黎的消息

第二天，又有不速之客來訪。

傭人通報說，婕拉汀·馬許求見。

白羅與她寒暄並讓座的時候，我很替她難過。她那雙深褐色的大眼睛顯得更大、更深邃了，四周有些黑眼圈，像是昨夜沒睡似的。其實她還是個孩子，但她的臉色憔悴而疲倦，與她的年齡很不相稱。

「白羅先生，我來找您，是因為我不知該怎樣熬下去了。我非常擔心，非常苦惱。」

「怎麼了，小姐？」

他的態度嚴肅中帶著同情。

「羅納德把您那天對他說的話告訴我了，我是指他被捕的可怕的那一天。」她渾身發抖。「他告訴我，就在他以為所有人都不會相信他的時候，您突然走上前去對他說：『我相信你。』白羅先生，這是真的嗎？」

「是真的，小姐，我是那麼說。」

「我知道，但我不是問您是否真的說了那句話，我是說那句話是真的嗎？我是說，您相信他講的話嗎？」

她看起來非常焦急，兩手交叉在胸前，身子向前傾著。

「小姐，他說的話是真的。」白羅鎮靜地說，「我不相信是你堂哥殺了埃奇瓦男爵。」

「噢！」她的臉有了血色，眼睛仍然睜得大大的。「那麼，您一定認為……凶手是別人囉？」

「顯然是的，小姐。」白羅笑了。

「我真笨，我真不會說話。我的意思是……您認為您知道誰是凶手嗎？」

她很急切地將身體往前傾著。

「我當然自有一些小想法——我的懷疑，可以這麼說吧。」

「能不能告訴我？請說……請告訴我吧。」

白羅搖了搖頭。

「這大概……不方便。」

「那麼說，您已經確定某人涉嫌重大了？」

白羅不置可否地搖了搖頭。

「但願我能再多知道一點點，」女孩懇求道，「這會讓我好過些，我也許能幫助你們。是的，我可能幫得上。」

她的懇求令人無法拒絕，但白羅仍然搖著頭。

「默頓公爵夫人仍然確信是我繼母幹的。」女孩心事重重地說，她向白羅投以略帶詢問的目光。

他毫無反應。

「但我認為不太可能。」

「您對她看法如何？關於您的繼母？」

「呃，我幾乎不了解她。我父親娶她的時候，我正在巴黎念書。當我返家後，她對我還滿客氣的。我是說，她根本沒注意我的存在。我認為她腦袋空空，而且，嗯，很貪財。」

白羅點了點頭。

「您提到默頓公爵夫人，您見過她了嗎？」

「是的。她對我非常好。兩個星期以來，我常和她在一起。一切都是那麼可怕——閒話、記者、羅納德坐牢以及其他的事。」她顫抖著。「我覺得自己沒有朋友，但公爵夫人很好，他……我是說她的兒子，也很好。」

「您喜歡他嗎？」

「他很靦腆，個性拘謹，很難相處。但他的母親說了許多關於他的話，因此我想我得以更深入了解他。」

「我明白了。小姐，請告訴我，您喜歡您的堂哥嗎？」

「羅納德？當然，雖然我有兩年沒見到他了，但以前他住在家裡，我始終覺得他很了不起，老愛開玩笑，並想出一些異想天開的事去做。噢！在我們那座陰沉的房子裡，有他在可就大不相同了。」

白羅同情地點點頭，但他接著問了一句話，那麼直率不加掩飾，真叫我吃驚。

「那麼說，您不願意看到他被絞死了？」

「是的，是的。」女孩不斷顫抖地說，「不能那樣。噢！真希望是她——我的繼母，應該是她。公爵夫人說一定是她。」

「啊！」白羅說，「如果馬許上尉待在計程車裡就好了……呃？」

「是啊，您是什麼意思？」她的眉頭緊皺。「我不明白。」

「要是他沒跟著那個人走進房子就好了。順便問一句，您聽見有人進去嗎？」

「沒有，我什麼也沒聽見。」

「當您進入房子後，做了些什麼？」

「我直接上樓去拿首飾，您知道的。」

「當然，拿東西需要一些時間吧。」

「是的，我沒辦法去找到珠寶盒的鑰匙。」

「這種情形很常見，欲速則不達。您花了一些時間，然後下來，然後，您就發現您的堂哥在大廳裡？」
「是的，從書房走過來。」她嚥了一口唾沫。
「我明白，這讓您吃了一驚。」
「是的，的確。」她很感激白羅同情的話語。「您知道，我嚇了一跳。」
「是啊！是啊！」
「羅尼只是說：喂，戴娜，拿到東西了嗎？』他從我背後說話，嚇了我一跳。」
「是的，」白羅溫和地說，「就像我剛才所說的，真遺憾他沒待在外面，要是那樣，司機就可以證明他從未進過那房子。」
她點點頭，眼淚流了出來，滴到她的膝上。她站了起來，白羅握住她的手。
「您希望我為您救他，是嗎？」
「是的，是的。噢！請救救他吧！您不知道……」
她站在那，緊握著拳頭，竭力控制著自己的情緒。
「小姐，您的日子不好過啊。」白羅溫和地說，「我了解，哦，是夠您受的。海斯汀，幫小姐叫輛車，好嗎？」
我送女孩下去，再送她上計程車。現在她已經鎮靜下來了。她很有禮貌地向我表示感謝。

回來之後，我發現白羅正在房裡踱步，眉頭深鎖，心事重重，一副很不開心的樣子。

我很高興這時電話鈴響了，好讓他分一下心。

「是誰？噢，是傑派。你好，老朋友。」

「他說什麼？」我也說邊湊近電話。

白羅只是對著話筒驚呼不已，最後才說：「唔，是誰去取件？他們知道嗎？」

無論答案是什麼，都出乎他意料之外。他的臉又滑稽地沉了下來。

「你確定嗎？」

「……」

「不，只是有點煩，沒別的。」

「……」

「是的，我必須重新整理一下我的思緒。」

「……」

「怎麼了？」

「……」

「還是一樣，我是對的。是的，一個枝節問題，就像你所說的。」

「……」

「不。我的看法還是一樣。麻煩再調查一下攝政門、尤斯頓車站和托特漢法院路，可能還有牛津街附近的餐館。」

「……」

「是的，一男一女，還有河濱大道一帶，半夜前。是嗎——？」

「……」

「是的。我知道馬許上尉與多賽默一家在一起，不過，世上除了馬許上尉以外，還有別人。」

「……」

「說我是豬腦可不中聽。就這樣吧，幫我這個忙，算我求你。」

他將話筒放回去。

「怎麼？」我迫不及待地問。

「真的是這樣嗎？我不知道，海斯汀，那匣子是從巴黎買的，有人寫信去訂購。那家店是巴黎一家專門製造這類東西的名店。訂貨者據說是一位署名阿克莉的女士——康斯坦斯·阿克莉。自然沒有這個人。信是在謀殺案發前兩天收到的，信中指定在匣子裡面用寶石鑲出那個（假定的）寫信者的姓名首寫字母。那是急件，第二天就取貨，也就是謀殺案的前一天。」

「確實有人取貨嗎？」

「是的，有人取貨，而且用現鈔付款。」

「誰取的貨？」我急切地問，覺得就要水落石出了。

「一個女人去取貨的，海斯汀。」

「一個女人？」我驚訝地說。

「是的，一個女人……矮矮的，中等年紀，並戴著夾鼻眼鏡。」

我們困惑地互相對望著。

25 午宴

我想，就是隔天，我們去克萊瑞奇飯店出席威德朋家的午宴。

白羅和我都不熱心參加。事實上，這已是我們第六次收到請帖了。威德朋夫人可說是百折不撓、千方百計結交名人。她不憚被拒絕，一再邀請，讓你終於無法拒絕。在這種情況下，我們還是早點應酬一下為妙。

自從巴黎那邊捎來消息之後，白羅一直不大講話。

我每每提起這件事，他總是回我同樣的一句話。

「這裡面有些事我不明白。」

偶爾，他會自言自語道：「夾鼻眼鏡，夾鼻眼鏡在巴黎，夾鼻眼鏡在卡洛塔・亞登絲的手提包裡。」

我很樂於見到這個宴會可以分散一下他們的注意力。

年輕的唐納德．羅斯也在那裡，他愉快地過來和我們打招呼。因為宴會上男人多，女人少，所以他正好被安排在我旁邊。

珍．威金森就坐在我對面。她旁邊——在她與威德朋夫人之間——坐著年輕的默頓公爵。

我想——當然這只是我的想像——默頓公爵並不是很自在。我想，在座的人士似乎並不合他口味。他是一個極為保守、算得上有點叛逆的青年。像他這種人，就好像剛剛跨出中世紀，誤入現代社會一樣。他迷戀那位極端摩登的珍．威金森，就好像造物主老愛開一些時空錯亂的玩笑。

我看到珍的美貌，深知她那沙啞的聲音不論說些什麼陳腔濫調都能令人著迷。她能迷住公爵，我毫不意外。但美貌和迷人的聲音，日子久了也就不稀奇了。我腦中突發奇想，如今即使是一絲常識的洞見都能驅散那迷戀的濃霧。那是因為一句偶然間說出的話——珍說話失言讓自己出了醜——使我有這樣的印象。

有人，我忘了是誰，說了一個片語「帕里斯的評判」[18]，珍立刻用她迷人的腔調說話。

「巴黎？」她說，「目前巴黎根本沒什麼了不起，倫敦和紐約才重要。」

正如常見的情形一樣，大家聽了一時鴉雀無聲，氣氛非常窘迫。我聽到我右邊的唐納德．羅斯倒抽了一口涼氣，威德朋先生開始大講俄國戲劇。每個人都急忙找人說話。珍自個兒看看桌子這頭，又望望那頭，渾然不覺說錯了話。

這時我注意到公爵的表情。他嘴唇緊閉，臉上發紅。在我看來，他似乎移了移身子，以便離珍遠一點。他必定預先體會像他這種上流社會的人和珍．威金森這類人物結合後，常會有這種令人失望的尷尬場面。

正如平常一樣，我趕緊與我左邊一位矮胖、有爵位的夫人講話，她是專門為兒童安排遊藝節目的。我記得我的問題是：桌子那邊身穿紫衣服、很搶眼的那個女孩是誰？結果，原來她是這位夫人的妹妹！我結結巴巴地道歉之後，便轉過來與唐納德．羅斯聊天，而他的回答也只有寥寥數語。

就在左右不討好的時候，我看到布萊恩．馬丁也在。他一定是遲到了，因為之前我並未見到他。

他坐在我這邊再過去一點的地方，他正前傾身子，起勁地和一個金髮碧眼女郎說話。我好一陣子沒從這麼近的距離觀察他了。我立刻覺得他的氣色好多了，那憔悴的皺紋幾乎不見了，他顯得更年輕、更健康了。他哈哈大笑著，很有興致地與那位女士說笑。

我沒有時間再細細觀察他，因為我那位矮胖的芳鄰已經寬恕了我的失言，並以和藹的態

18 帕里斯的評判（Judgment of Paris）是希臘神話中特洛伊戰爭的導火線，帕里斯士特洛伊王子，他將金蘋果判給了愛神阿芙羅黛蒂（Aphrodite），結果引發了特洛伊戰爭。

度允許我聽她長長的獨白了。她談論的是關於她所籌備的一個慈善性兒童遊藝會有多棒。

白羅因為有約會而必須提早離席。他正在調查一位大使的靴子離奇失蹤的案子，和別人約好兩點半面談。他讓我代他向威德朋夫人告別，這可不是一件容易的事，因為這時她正被一些即將離去的客人團團圍住，並且匆匆忙忙地對每個人說些「親愛的」之類的話。此時有人拍了拍我的肩膀。

是年輕的羅斯先生。

「白羅先生在這裡嗎？我想和他談一談。」

我向他解釋說，白羅才剛離開。

羅斯似乎很吃驚。我仔細看他，發現他好像正被什麼事情困擾著。他面色蒼白，神情緊張，兩眼露出一種難以捉摸的詭異神色。

「您非得見他不可嗎？」我問。

他慢慢地回答：「我……不知道。」

這個回答非常奇怪，我吃驚地瞪著他。他的臉脹紅了。

「我知道，這聽起來很奇怪。可是真的發生奇怪的事情，我摸不清到底怎麼回事。我想請教白羅先生，因為我不知道該怎麼辦，我本來不想麻煩他，但是……」

他的樣子很困惑、很不開心。我連忙安慰他。

「白羅去赴一個約。」我說，「但是我知道他五點會回家。那時您可以打電話給他，或是來見他。」

「謝謝。您知道，我會的。是五點嗎？」

「最好先打電話，」我說，「來之前先確定他到家沒有。」

「好的，我會的。謝謝，海斯汀先生。您知道，我想這可能……只是可能……非常重要。」

我點點頭，又轉身去找威德朋夫人，她正一一對客人說著客套話，輕輕地與客人握手道別。

我完成任務，正要走開，忽然一隻手勾住了我的胳膊。

「別不理我喔。」一個愉快的聲音說。

原來是甄妮．德蕾弗，她今天顯得特別漂亮。

「您好，」我說，「您是從哪兒冒出來的？」

「我就在你們旁邊的那桌吃飯啊。」

「我沒有看見您，生意怎麼樣？」

「謝謝，很興旺。」

「湯盤賣得可好？」

「您粗魯稱之為『湯盤』的東西賣得很好。當大家都普遍購買以後，就會有更多的事情發生，諸如在帽子上加一根羽毛，像傷疤一樣，還位於腦門正中央呢。」

「真不像話！」我說。

「才不盡然，總得有人救救鴕鳥啊，牠們正靠救濟金過活呢。」她笑著走開了。「再見。我下午不做生意了，打算到鄉間去走走。」

「這是個好主意，」我贊同地說，「倫敦今天的天氣太悶了。」

我悠閒地穿過公園，到家的時候大約已經四點了，白羅還沒回來，直到四點四十分才回到家。只見他兩眼發亮，分明是心情很好。

「福爾摩斯，我看，」我說，「你一定是找到了大使的靴子了。」

「這是一個偷運毒品的案子，手段十分高明。前一個小時，我待在美容院，那裡有位金棕色頭髮的女子，會立刻迷住你這個多愁善感的小子。」

白羅總以為我喜歡金棕色頭髮，我懶得與他爭辯。

電話鈴響了。

「可能是唐納德．羅斯。」我去接電話時說。

「唐納德．羅斯？」

「是的，我們在齊西克遇到的那個年輕人，他想找你談些事情。」

我拿起話筒。

「您好，我是海斯汀上尉。」

果然是羅斯。

「噢，是您，海斯汀先生。白羅先生回來了嗎？」

「是的，現在他人在這兒，你是想跟他在電話裡談，還是親自來一趟？」

「我沒幾句話要說，我想跟他在電話裡談談也可以。」

「好吧，等一下。」

白羅走過來拿起話筒。因為我離得很近，所以能隱約聽到羅斯的聲音。

「是白羅先生嗎？」那聲音聽起來很急切、很緊張。

「是的，我是。」

「請聽我說，我本來不想打擾您，不過有件事我覺得很奇怪，是和埃奇瓦男爵的命案有關。」

我看見白羅的臉色突然繃得緊緊的。

「說下去，說下去。」

「您聽起來也許會覺得無聊……」

「不，不會的。告訴我，還是告訴我吧。」

「我是聽到『巴黎』這個詞才注意到的。您知道……」

這時，我可以在一旁聽到電話筒裡傳來隱約的鈴聲。

「稍等一下。」羅斯說。

接著是對方放下話筒的聲音。

我們等待著……

兩分鐘過去了，三分鐘，四分鐘，五分鐘。

白羅不安地交替動著兩條腿，他看了看鐘。

然後他按了按電話上的話筒架子，與總機說話。然後他轉向我。

「那一頭話筒還沒掛上，但沒人回答。總機掛不進去。快，海斯汀，從電話簿裡查出羅斯的地址。我們必須馬上去那裡。」

26 巴黎

幾分鐘後，我們跳上一輛計程車。

白羅面容非常嚴肅。

「我很擔心，海斯汀，」他說，「我很擔心。」

「你該不是要說……」我說到這兒停了下來。

「我們現在要對付的傢伙已經殺了兩次人，他會毫不猶豫地再殺人，就像一隻老鼠，鑽來扭去的，為活命而戰。」

「他要說的話那麼重要嗎？」我懷疑地問道。「他好像不這樣認為。」

「那麼他錯了，很明顯，他要說的事情至關重要。」

「但是別人怎麼會知道？」

「你說，是他找你說話，那是在克萊瑞奇飯店，周圍都是人。太傻了——真是太傻了。

啊！你為什麼不把他帶回家、保護他，不讓別人接近他，讓我聽到他要說的話？」

「我沒想到，我根本沒料到——」我結結巴巴地說。

白羅很快地做了個手勢。

「別自責了。你怎麼會知道呢？我……我該知道的。你看，海斯汀，謀殺者像老虎一樣既狡猾又殘酷。啊！難道我們永遠弄不清嗎？」

我們終於到了。羅斯住在肯辛頓一座大廣場上的一幢公寓二樓。門鈴旁邊的小槽裡塞著一張硬紙片，上面有住戶的姓名。走廊的門是開著的，一進去便是一個大樓梯。

「這麼容易進來，卻看不到半個人。」白羅上樓梯時低聲說。

二樓有個隔開的房間，以及一扇裝了耶魯鎖的窄門。羅斯的名片就插在門的正中央。

我們停在門前，四周一片寂靜。

我推了推門。令我意想不到的是，門竟然開了。

我們走了進去。

裡面有個窄窄的走廊，廊的一邊有一扇關著的門，正對著我們的那邊也有一扇門，不用說是通往客廳的。

我們走進客廳。這是一個被隔開了一半的大前廳。裡面家具、陳設很廉價，不過很舒適。但房裡空無一人。電話放在一張小桌上，話筒卻放在電話旁。

白羅迅速地向前走了一步，四下打量一番，然後搖了搖頭。

「不在這兒，來，海斯汀。」

我們退回走廊，再從另一個門走進去。那是餐廳，桌旁的椅子滑落到一邊去，羅斯就癱在桌子上。

白羅俯身去看他，然後直起身子，臉色灰白。

「他死了。刀子是由後腦門刺進去的。」

那天下午的經歷就像一場噩夢盤旋在我腦海裡，久久無法釋懷。我總覺得自己有責任。當天晚上我們單獨在一起的時候，我結結巴巴地將我的內疚向白羅傾訴出來。他很快地答道：「不，不要責備你自己。你怎麼猜得出來？本來，上帝就沒賦予你多疑的性格。」

「你不就猜到了？」

「那不一樣。你知道，我一輩子都在追緝凶手。我知道那種殺人的欲望會愈來愈強烈，到最後，就算為了一點小事——」他停止說話。

自從我們那天下午發現那件可怕的事以後，他就一直沉默不語。案發之後，警察到了，詢問公寓裡的其他人，還有許多例行公事。在這一切過程中，白羅一直保持一種好像與世隔絕的態度，沉默得令人奇怪，他的眼中流露出一種遙遠的、沉思默想的神情。現在，當他打住不說時，他那遙遠的、沉思默想的神情又回來了。

「我們沒有時間懊悔，海斯汀，」他安靜地說，「沒有時間說『假如』，那個死去的可憐的年輕人有話要告訴我們，我們也知道他要說的話非常重要，否則他不會被刺死。我們必須猜猜看他要說什麼，只有一個線索可以指引我們。」

「巴黎。」我說。

「是的，巴黎。」他站起身，開始在房裡踱來踱去。「這件案子不只一次牽涉到巴黎，但都是在不同的場合。那個金匣子上面刻有巴黎的字樣。去年十一月，在巴黎。亞登絲小姐那時在那裡，或許羅斯也在。還有誰知道羅斯在那裡？他曾在某個特定場合撞見亞登絲小姐和誰在一起嗎？」

「我們永遠不會知道了。」我說。

「不，不，我們可以知道，我們會知道的。海斯汀，人的大腦是無邊無際的。關於這個案子，還有別的場合提到巴黎嗎？唔，還有那個戴夾鼻眼鏡的矮個子女人，她曾經到珠寶店裡去取匣子。羅斯認識她嗎？命案發生的時候，默頓公爵人在巴黎。巴黎，巴黎，巴黎。埃奇瓦男爵本來也打算去巴黎……啊！我們可能找到一點線索了。殺死男爵會不會是要阻止他去巴黎？」

他又坐了下來，雙眉緊鎖。我可以察覺出他是怎樣地集中精力尋求答案。

「那個午宴上發生了什麼事？也許有人無意中說了隻言片語，引起了羅斯的注意。也許他知道某件事，是他以前未曾注意到的，直到那時，他才知道那件事的重要之處。有人提到法國沒有？有人提過巴黎嗎？我是說，和你坐在同一邊的人？」

「倒是有人提到過『巴黎』這個字，但那其實是指『帕里斯』，兩者無關。」

我將珍・威金森出糗一事告訴白羅。

「這也許說明了什麼，」白羅若有所思地說，「『巴黎』這個詞和其他的事聯繫起來可能就有什麼意思了。但其他的事又是什麼呢？羅斯在看什麼？當有人說那個詞的時候，他在說些什麼？」

「他正談論蘇格蘭的迷信事蹟。」

「那麼，他的眼睛呢？看著哪裡？」

「我不太確定。我想他是看著桌首威德朋夫人那個方向。」

「她旁邊坐的是誰？」

「默頓公爵，然後是珍・威金森，再過來的人，我就不認識了。」

「是公爵。當有人說到巴黎那個詞，他可能正望著公爵。要記住，凶案發生時，公爵人在巴黎，或者說他應該在巴黎。也許羅斯突然想起某件事情，足以證明默頓不在巴黎。」

「我親愛的白羅！」

「是的，你以為這很可笑，每個人都會這麼覺得。公爵有殺人動機嗎？是的，他有很強的動機。但假設他確實殺了人……噢！太荒唐了。他是如此富有，有地位，品格高尚。沒有人會細查他不在現場的證據。不過，要偽造一個人在某個旅館而不在現場的辯詞，也不是什麼難事。比如，搭下午的船渡海，過後再回去，也是有可能的。海斯汀，告訴我，當有人提到巴黎的時候，羅斯有沒有說什麼？他有沒有任何激動的表現？」

「我好像記得他倒吸了一口氣。」

「他後來跟你說話的態度如何？他很迷惑？很不解嗎？」

「正如你所說的那樣。」

「一點都沒錯，他突然冒出某種想法，卻自認為很荒誕、很可笑！可是，他很猶豫該不該說。他想先對我說，但是，唉！當他下定決心時，我已經走了。」

「要是他再對我多說一點就好了。」我懊悔地說。

「是啊！要是……那時誰在你旁邊？」

「唔，算是大家或多或少都在，他們正向威德朋夫人道別。我並未特別留意誰。」

白羅又站了起來。

「難道一直以來我都猜錯了？」他又在屋裡踱起步來，同時說著，「難道我自始至終全都錯了？」

我很同情地望著他。我不知道他腦子裡到底在想什麼，傑派說他像「牡蠣」一樣，嘴巴閉得很緊。我只知道，此時此刻，他正在天人交戰。

「不管怎麼說，」我說道，「這起謀殺不能歸到羅納德・馬許頭上。」

「這倒對他有利呢。」我的朋友心不在焉地說，「但是現在我們先不提這個。」

突然，他又像以往那樣坐了下來。

「我不可能全盤皆錯。海斯汀，你還記得我曾問自己五個問題嗎？」

「好像記得有那麼回事。」

「那五個問題是：埃奇瓦男爵為什麼在離婚問題上改變主意？他說他曾寫了一封信給他妻子，但她並沒有收到。那麼，這該做何解釋呢？我們那天出來時，為什麼他那樣怒容滿面呢？卡洛塔·亞登絲手提袋裡的那副夾鼻眼鏡是怎麼回事？為什麼有人打電話找在齊西克的埃奇瓦夫人，卻又立刻掛斷了？」

「是的，就是這些問題。」我說，「我現在記起來了。」

「海斯汀，我腦子裡一直有一點小想法，關於那個幕後藏鏡人的想法。那五個問題，我已經解答了三個，而且答案與我的想法吻合。但是，海斯汀，其餘的兩個問題，我卻找不出答案。」

「你知道那意味著什麼。要不是我猜錯了，並不是那個人；不然就是那兩個問題的答案一直擺在那兒。到底是哪一個呢？海斯汀？是哪一個呢？」

他站起來，走向書桌，打開抽屜的鎖，從裡面拿出露西·亞登絲從美國寄來的信。他要求傑派把信放在他這裡一兩天，傑派答應了。白羅把那封信放在桌子上，又仔細研讀起來。

時間一分一秒地過去，我打著哈欠，拿起一本書來看。我以為白羅不會研究出什麼結果，我們已將那封信讀過好幾遍了，姑且承認信上所指的不是羅納德·馬許，但沒有線索可以證明另一個人是誰。

我翻著書頁……

也許我打起盹來了……

突然白羅大叫一聲，害我猛然坐了起來。

他正以一種難以形容的表情望著我，兩眼發綠，炯炯放光。

「海斯汀，海斯汀！」

「怎麼了，什麼事？」

「你還記得嗎？我曾對你說過，如果那個凶手是個很有條理的人，就不會撕掉那頁信，而會用剪刀來剪嗎？」

「怎麼了？」

「我錯了。這樁謀殺案犯罪手法是有條有理的，這一頁是被撕掉的，不是被剪的，你自己看。」

我看著那封信。

「那麼，你懂了沒？」

我搖著頭。

「你是說，他是匆匆忙忙來不及剪嗎？」

「匆忙或是不匆忙都一樣，我的朋友，你沒看出來嗎？那頁一定是被撕下來的……」

我搖搖頭。

白羅低聲說：「我真傻，真是瞎了眼。但是，現在……現在，我們要向前邁進了。」

27 夾鼻眼鏡

過了一會兒，他改變心情了，忽然站了起來。我也站了起來，雖然完全摸不著頭緒，但卻相當樂意。

「我們要叫輛計程車。才九點，現在去拜訪一個人並不算晚。」

我和他匆匆下樓。

「我們要去拜訪誰？」

「我們要去攝政門。」

我認為最好還是不要多問。我看得出來，白羅並沒有心思回答問題，我明白他很興奮。我們並肩坐在計程車裡，他的手指敲著膝蓋，那種急躁、不安與他平時鎮定的態度不同。

我又想起卡洛塔·亞登絲在寫給她妹妹信中的每個字。現在我已用心記住其中的每句話了。我一遍又一遍地對自己複述白羅所說的有關撕去一頁的話。

但是毫無用處。對我來說，白羅的話毫無意義。為什麼會有一頁被撕掉呢？我不明白。

到了攝政門，一個新管家給我們開門。白羅表示要見卡羅爾小姐。當我們隨管家上樓時，不知出現過多少次的疑問又浮現在腦中，長得如希臘神像的管家跑到哪兒去了？到目前為止，警方還未發現他的蹤跡——我突然打了個寒顫，因為我想可能他已經死了。

一見到那個行動敏捷、穩健、整潔的卡羅爾小姐，我才從荒誕的幻想中回過神來。她看到白羅很驚訝。

「女士，我很高興在這兒見到您。」白羅鞠躬行吻手禮。「我還以為您可能不在這兒了呢。」

「婕拉汀說什麼也不讓我走。」卡羅爾小姐說，「她求我待在這裡。確實，在這個時候，這可憐的孩子需要有人照顧，她現在最需要的是一個能安慰她的人。白羅先生，我敢向您保證，在必要的時候，我很會安慰別人。」

她嘴上露出一種冷冷的表情，我覺得她對付記者和獵取新聞的人一定很有一套。

「女士，在我看來，您是效率的代表。效率，我很崇拜它，它是很稀有的。馬許小姐並沒有，她的頭腦很不實際。」

「她是一個夢想家，一點也不實際，她向來如此。幸虧她不需要靠自己謀生。」

「是的，確實。」

「但是，我想您來這兒的目的該不是談論別人實不實際，白羅先生，我能為您做什麼呢？」

我想白羅大概不太喜歡別人用這種方式提醒他說話，他習慣用拐彎抹角的方式交談。但是，對於卡羅爾小姐來說，這種方式是不切實際的。她透過高度的近視眼鏡，向白羅疑心地眨著眼睛。

「我有幾點問題想請您確定一下。卡羅爾小姐，我知道您的記憶力很可靠。」

「否則，我當什麼祕書。」卡羅爾小姐冷冷地說。

「去年十一月，埃奇瓦男爵在巴黎嗎？」

「是的。」

「您能告訴我他去巴黎的日期嗎？」

「那我得查一查。」

她站起身來，打開抽屜的鎖，拿出一本小冊子，翻閱一番，最後說：「埃奇瓦男爵在十一月三日去巴黎，七日回來。他在十一月二十日又去了一趟，十二月四日回來。還有什麼嗎？」

「是的，他去的目的是什麼？」

「第一次，他是去看幾件雕像，因為這些雕像將在拍賣會上被拍賣，而他有意購買。第二次，就我所知，並沒有什麼特定目的。」

「這兩次，馬許小姐都沒有陪她父親去嗎？」

「她從未陪她父親同去，白羅先生。埃奇瓦先生從未這麼想過。其實，當時她是在巴黎的一家修道院裡，但我想她的父親不會去見她並帶她出來……至少如果他這麼做的話，我會很驚訝。」

「您自己也沒陪他去？」

「沒有。」

她好奇地望著他，突然問道：「白羅先生，您為什麼問我這些問題？您目的何在？」

白羅沒有回答這個問題。卻問道：「馬許小姐很喜歡她的堂哥，是嗎？」

「白羅先生，我不明白，難道這與您有什麼關係嗎？」

「她前幾天來過我那兒，您知道嗎？」

「不，我不知道。」她似乎很驚訝。「她說了什麼？」

「她對我說——儘管這並不是她確切的話語——她很喜歡她的堂哥。」

「唔，那麼，你為什麼問我呢？」

「因為我要徵詢您的意見。」

這一次，卡羅爾小姐決定回答：「依我看是非常喜歡，向來是那樣。」

「您不喜歡現任的埃奇瓦男爵？」

「我不能那麼說。我不喜歡他這個人，就是這樣。他太輕浮，不過我不否認他挺討人喜歡的，他能花言巧語騙住你。我倒希望婕拉汀感興趣的人能更有骨氣些。」

「比如默頓公爵？」

「我不認識默頓公爵。不過，無論怎樣，他似乎認真看待自己的身分職責。但是他正在追那個女人——那個寶貝珍．威金森。」

「但他的母親……」

「噢！我敢說他母親寧願他娶婕拉汀。但做母親的又能怎麼做呢？兒子總是不願意迎娶母親希望他們娶的女孩。」

「您認為馬許小姐的堂兄喜歡她嗎？」

「就他現在的處境，喜不喜歡沒多大關係。」

「那麼，您認為他會被判刑嗎？」

「不，我不這樣認為，我認為人不是他殺的。」

「但他還是會被判刑？」

卡羅爾小姐沒有回答。

「我不能再耽擱您的時間了。」白羅站起來說，「對了，您認識卡洛塔．亞登絲嗎？」

「我看過她的表演，非常聰明巧妙。」

「是的，她很聰明。」他似乎又陷入沉思。「啊！我將手套放在桌上了。」

他伸手從桌上拿手套的時候，袖口鉤住了卡羅爾小姐夾鼻眼鏡的鏈子，一下子把眼鏡碰掉了。白羅將掉到地上的眼鏡和手套拾起，連聲道歉。

「我再次抱歉，給您添麻煩了。」他說，「我本以為可以找到一些去年埃奇瓦男爵和人起爭執的線索呢，所以我才詢問巴黎之行的問題。恐怕期望要落空了。但婕拉汀似乎很確定她堂兄不是凶手。她相當確定。好吧，女士，晚安。再一次抱歉，真是打擾您了。」

我們走到門口，卡羅爾小姐的聲音又把我們叫住了。

「白羅先生，這不是我的眼鏡，戴上去之後我看不清東西。」

「怎麼了？」白羅吃驚地盯著她，然後臉上露出了笑容。

「我真笨！彎腰拾手套時，竟把自己的眼鏡弄掉了，然後拾起了您的，結果把兩副眼鏡弄混了。您看，這兩副有多像。」

雙方將眼鏡換過來後，便面帶笑容地互相告辭了。

「白羅，」我們出去之後，我說道：「你根本不戴眼鏡的。」

他對我笑笑。

「好厲害！你很快就看出來了。」

「那是在卡洛塔・亞登絲手提袋裡找到的眼鏡。」

「對啊。」

「你為什麼認為那可能是卡羅爾小姐的？」

白羅聳聳肩膀。

「她是與本案有關的人士中，唯一戴眼鏡的。」

「但眼鏡不是她的。」我思索著說。

「她是這麼說的。」

「你這個多疑的傢伙。」

「才不是，一點都不是。也許她說的是真話。我認為她所言不虛，否則，我想她應該不會發現眼鏡被掉包，我的朋友，我的手法是很機靈的。」

我們在街上有些漫無目的地踱步，我建議叫一輛計程車，但是白羅搖頭反對。

「我需要思考，我的朋友，步行有助於思考。」

我不再說什麼了。那個夜晚很悶，我也不急著回家。

「你提巴黎的問題只是藉口吧？」我好奇地問道。

「也不盡然。」

「我們還沒有找出首寫字母是D這項謎團的答案。」我深思著說，「奇怪，所有涉案者的首寫字母，無論是姓、還是教名，都沒有D。除了，噢！是的，除了唐納德．羅斯。但他死了。」

「是的。」白羅低沉地說，「他已經死了。」

我忽然想起另外一個傍晚，我們三個人一起散步的情景。同時，我又想起一件事來，不覺倒吸了一口涼氣。

「天哪！白羅，」我說，「你還記得嗎？」

「記得什麼？我的朋友。」
「羅斯曾經提到十三個人出席宴會，而他是第一個起身離席的。」
白羅沒有回答。我一如常人般，當迷信應驗時，心中覺得很不安。
「真是奇怪，」我低聲說，「你不得不承認這很奇怪。」
「呃？」
「我說這件事很奇怪──關於羅斯，還有十三。白羅，你在想什麼？」
讓我驚訝──同時我得承認也讓我討厭的是，白羅捧腹大笑，久久不停。一定是有什麼事讓他覺得相當好笑。
「你到底笑什麼？」我尖聲地問。
「噢！噢！噢！」白羅喘著氣說，「沒什麼。我想起前幾天聽到的一個謎語。我說給你聽。什麼東西兩條腿，一身毛，叫起來像狗？」
「當然是雞了。」我不耐煩地說，「我小時候就知道。」
「海斯汀，你知道得太多了。你應該說：『我不知道。』然後我說：『是雞。』那麼，你再說：『但是雞鳴和狗叫不一樣。』最後我說：『啊！我加上這一句是想把謎語變得更難一些。』海斯汀，假如說那個D字的解釋就是如此，你的感想如何？」
「真無聊！」
「是啊，對於大多數人而言，這似乎很無聊，但是對於有頭腦的人來說可不是。噢！

如果我可以問一個人……」

我們路過一家大電影院。觀眾如潮水般湧了出來，談論著自己的事情——僕人、異性朋友，偶爾還會談剛看過的片子。

我們和部分觀眾一同走過尤斯頓路。

「我喜歡這部片子。」一個女孩感嘆著。「我認為布萊恩．馬丁棒極了，他演的片子，我一個也沒錯過。他騎馬奔下懸崖，及時將文件送達，真棒。」

她的同伴並不像她那樣激動。

「多傻的電影。假若他們有點腦子，就該去問問艾莉絲不就解決問題了嗎？其實任何有常識的人都會……」

其餘的話就聽不見了。我走到人行道上，回頭看見白羅站在馬路中央，兩頭都有公共汽車向他開過來。我本能地用手捂住了眼睛。只聽見一陣煞車聲和司機的咒罵聲。白羅卻一本正經地走到人行道的鑲邊石上，他簡直像個夢遊者。

「白羅，」我說道，「你瘋了嗎？」

「沒有，我的朋友。只是……我突然想起一件事。就在那突然的一瞬間。」

「那可怕的一瞬間，」我說，「差點就是你死亡的一瞬間了。」

「啊！我的朋友，不要緊的……我一直是又聾又瞎又麻木。現在我可以解答全部的問題了。是的，那五個問題我全明白了。是的，我明白了……如此簡單，如此幼稚而簡單！」

28／白羅發問

我們回家這一路上都怪怪的。

白羅腦袋裡在很清晰地考慮著一連串問題，偶爾他會喃喃道出一兩個字來，我也聽到了幾個字。有一次他說「蠟燭」，另一次他說「一打」之類的字。我想，要是我腦袋聰明一點，應該明白他的思路為何才是，事實上他的思路相當清晰有條理。但在那個時候，我只覺得是胡言亂語。

我們一到家，他就跑到電話旁撥電話到薩伏飯店，要求與埃奇瓦夫人說話。

「不可能，老兄。」我打趣地說。

正如我一再告訴白羅的，他是世上消息最不靈通的人。

「你不知道嗎？」我接著說道，「她在演一部新戲。此刻她應該人在戲院，現在才一點半。」

白羅不理會我。他正和飯店職員講話，對方告訴他的話，顯然和我剛才說的一樣。

「啊！是嗎？那我要和埃奇瓦夫人的女僕講話。」

幾分鐘後，電話接通了。

「是埃奇瓦夫人的女僕嗎？我是白羅先生。赫丘勒．白羅。你記得我嗎？」

「……」

「很好。現在，你知道，發生了嚴重的事情，我需要你立刻來見我。」

「……」

「是的，很重要。我給你地址，請聽好。」

他重複了兩遍，然後心事重重地掛上電話。

「你在打什麼主意？」我好奇地問，「你真的得到一條重要情報了嗎？」

「沒有，海斯汀。是她要告訴我一些重要情報。」

「什麼情報？」

「關於某個人的情報。」

「是珍．威金森嗎？」

「噢！關於她，我想知道的情報夠多了。正如你所說的，我已看穿她的一切。」

「那是誰呢？」

白羅又露出那種令人生氣的笑容，並叫我等著瞧。

然後他又小題大做地開始整理房間。

十分鐘後，女僕到了。她看起來非常緊張不安。她個子矮小，穿著一件黑衣，用疑惑的目光看著四周。

白羅急忙迎上去。

「啊！你來了，太好了。坐這裡吧，艾莉絲女士，是吧？」

「是的，先生，我是叫艾莉絲。」

她坐在白羅搬過去的那把椅子上。

她兩手交叉放在膝上，望望我，又望望白羅。她那毫無血色、小小的臉上露出鎮定的樣子，雙唇繃得很緊。

「首先，艾莉絲小姐，你和埃奇瓦夫人在一起多久了？」

「三年，先生。」

「我是這麼想的。你對她的事情相當了解吧？」

艾莉絲沒有回答。她露出不以為然的樣子。

「我的意思是，你應該知道她的仇人可能會是誰吧？」

艾莉絲雙唇撇得更低。

「很多女人都想對付她，先生。是的，她們都討厭她，都很嫉妒她。」

「同性朋友不喜歡她，是嗎？」

「是的，先生，她太漂亮了，而且她一向想要什麼就有什麼。從事戲劇這一行的，有很多人嫉妒她呢。」

「男性呢？」

「先生，對於男人，她予取予求，這倒是真的。」

艾莉絲乾癟的面容上露出一抹苦笑。

「我同意你的話。」白羅笑著說，「但即使這是事實，我想情況也可能起了變化……」他停下不說，然後換了一種語調說話：「你認識布萊恩．馬丁，那個電影明星嗎？」

「噢！是的，先生。」

「相當認識？」

「確實很熟。」

「我想，差不多一年前，布萊恩．馬丁曾經非常深愛你的女主人。」

「愛得不顧一切，先生，而且不只是『曾經』，現在依然如此，如果您問我的話。」

「他曾以為她會嫁給他，是嗎？」

「她認真考慮過要嫁他嗎？」

「是的，先生。」

「她考慮過的，先生。如果她能擺脫男爵，我想她會嫁給他的。」

「後來，我猜，默頓公爵出現了。」

「是的，先生。當時他正在美國遊覽，她對他一見鍾情。」

「那麼布萊恩．馬丁就出局了。」

艾莉絲點點頭。

「當然，馬丁先生賺了不少錢。」她解釋道，「但是默頓公爵還擁有爵位，女主人是很渴盼提高地位的。要是嫁給公爵，她就是全英國地位最高的貴婦了。」

女僕的聲音中有一種沾沾自喜的味道，令我覺得好笑。

「所以布萊恩．馬丁先生……該怎麼說呢，被拒絕了？」

「先生，他的反應很激烈呢。」

「啊！」

「他用手槍威嚇她，那情形讓我害怕極了。他還喝了好多酒，完全崩潰了。」

「但是，後來，他還是鎮定下來了。」

「先生，看起來是這樣，但他還是纏著她。我很怕他的眼神，我已經警告過太太了，要她小心，但她大笑。她喜歡享受自己散發魅力，先生，如果您懂我的意思的話。」

「是的。」白羅深思地說，「我想，我明白你的意思。」

「我們最近不常見到他，先生。我覺得這是件好事，我希望他已經忘了這回事。」

「大概吧。」

白羅的話中有某種東西令她吃了一驚。她擔心地問：「先生，您該不會以為她有危險吧？」

「是的。」白羅嚴肅地說，「我認為她相當危險，但她是自找的。」

他的手漫無目的地在壁爐架上搜索，突然碰倒了一個玫瑰花瓶，花瓶掉了下來，水灑得艾莉絲一頭一臉。我從未看過白羅如此笨手笨腳，我想，大概是他腦中太忙亂了。他很不安，並趕緊拿來毛巾很親切地幫助女僕擦乾臉上和頸上的水，一面連聲道歉。最後，白羅塞給了她一張鈔票，再送她到門旁，感謝她的到來。

「天色還早呢，」他看了一眼時鐘說，「你會在女主人回去前到家的。」

「噢！沒關係的，先生，她出去吃晚飯了。我想，不管怎樣，如果沒有特別吩咐，她從不讓我熬夜等她。」

突然，白羅出乎意料地說了句話。

「女士，對不起，你走路好像有點跛。」

「沒關係，先生，我的腳有點疼。」

「是雞眼吧？」白羅帶著一種同病相憐的感情低聲說道。

顯然，那是雞眼。白羅又根據他的經驗，詳細告訴她一種療法，據他說是很有效的。

最後，艾莉絲走了。

我十分好奇。

「怎麼回事，白羅？」我說，「怎麼回事？」

白羅對我的心急只是笑笑。

「今天晚上到此為止，我的朋友。明天一早，我們打電話給傑派，讓他來一趟。我們還要把布萊恩・馬丁也叫來。我想他會告訴我們一些有趣的事，另外我還想補償一下我欠他的債。」

「真的？」

我瞟了一眼白羅，他正奇怪地逕自笑著。

「不管怎麼說，」我說，「你該不會懷疑是他殺了埃奇瓦男爵吧？特別是聽了今晚女僕講的話。那可是為珍復仇了。將情人的丈夫殺死，好讓她去嫁另一個男人，這好像有點離譜，任何男人都不會這樣大公無私。」

「多麼精闢的論斷。」

「得了，別諷刺了，」我懊惱地說，「你到底一直在弄些什麼？」

「我的朋友，我在看艾莉絲的眼鏡。她把她的眼鏡遺留下來。」

「胡說，她出去時，鼻梁上還架著眼鏡呢。」

他輕輕地搖著頭。

「錯了！完全錯了！她戴的那副眼鏡，我的朋友，是我在卡洛塔・亞登絲那裡找到的那副夾鼻眼鏡。」

我大吃一驚。

29 白羅分析案件

第二天一早，打電話給傑派的任務就落到我頭上。

他的聲音聽起來相當沮喪。

「噢！是你啊，海斯汀上尉。唔，有什麼事嗎？」

我向他轉達了白羅的口信。

「十一點的時候過去？好吧，大概可以。關於羅斯的命案，他有沒有什麼主意可以幫助我們？不瞞你說，我們正需要消息，現在一點線索也沒有，真是件神祕的案子。」

「我想他有事情要跟你講，」我含糊地說，「他似乎對一切都很滿意。」

「先別高興得這麼快，我可以這麼告訴你。好吧，海斯汀，我會到的。」

我的第二項任務是打電話給布萊恩．馬丁。我將白羅交代的話轉告給他，我說白羅已經發現了一些他認為布萊恩．馬丁會樂於聽聽的趣事。他問我是什麼事，我說我也不知道，白羅沒告訴我。對方停頓了片刻。

「好吧，」布萊恩最後說，「我會來。」

然後他便將電話掛了。

不一會兒，令我頗感驚訝的是，白羅打電話給甄妮．德蕾弗，也請她來一趟。

然後他沉默無言，表情嚴肅，我也就沒問他問題。

布萊恩．馬丁是最先到的。他看起來氣色不錯，精神也很好，但是——也許是我瞎想的——他有一點兒不安。甄妮．德蕾弗幾乎是緊隨其後也立刻抵達，她看到布萊恩．馬丁似乎很意外，布萊恩也有同感。

白羅搬了兩把椅子，請他們坐下，然後看看自己的錶。

「我想，傑派警官一會兒就會到。」

「傑派警官？」布萊恩似乎很驚訝。

「是的，我請他來的。並非很正式，而是以朋友的身分。」

「我明白了。」

他不再多問。甄妮迅速瞥了他一眼，又將眼神移開。今天早晨，她似乎別有一番心事。

不一會兒，傑派走進門來。

我覺得，他看見布萊恩．馬丁和甄妮．德蕾弗在座很驚訝，但他並未表現出來。他一如往常，嘻嘻哈哈地與白羅打招呼。

「啊，白羅，這是怎麼回事啊？我想，你又有什麼了不起的推論或什麼吧？」

白羅對他微笑。

「沒有，沒什麼了不起的東西，只是一段相當簡單的內情——如此簡單，我真不好意思，竟然一時沒看出來。假如閣下允許的話，我願意從頭一步一步地講給你聽。」

傑派嘆了口氣，看著他的錶。

「如果不超過一小時的話……」他說。

「放心，」白羅說，「用不著那麼久的時間。嘿，你不是想知道誰殺了埃奇瓦男爵嗎？你不是想知道誰殺了亞登絲小姐？誰又殺了唐納德．羅斯嗎？」

「我想知道誰殺了羅斯先生。」傑派謹慎地說。

「聽我說完，你就會明白一切。瞧，我將很謙虛地（我卻不以為然地想，不太可能吧）指出案子發生的每個步驟；我將告訴你們我是如何被蒙蔽了，並坦承我又是多麼愚昧，以及後來我的好友海斯汀的一席話，和偶然間聽到陌生路人的話是怎樣幫我走回正軌的。」

他停了停，然後清清嗓子開始用那種我稱之為「演講」的語調開講了。

「我要從薩伏飯店的晚餐講起。埃奇瓦夫人遇見我，要我單獨和她談一談。她想擺脫她的丈夫。在談話結束的時候，她說，她也許會雇輛計程車，親自去殺掉他，我認為她講這些話是不明智的。當她說這些話的時候，碰巧布萊恩．馬丁先生進來，聽到了她的話。」

他轉過身去。

「呃，是不是？」

「我們都聽到了，」馬丁這個演員答道，「威德朋夫婦、馬許、卡洛塔……我們所有人都聽到了。」

「噢，我同意，完全同意。嗯，我始終不曾忘懷埃奇瓦夫人所講的那些話。第二天早上，布萊恩·馬丁先生來訪，特別再把她的語意強調得很清楚。」

「根本不是那樣，」布萊恩·馬丁生氣地叫道，「我是來——」

白羅揚起一隻手阻止他說下去。

「從表面上看，你是來告訴我，你曾被人跟蹤。其實那是小孩都能看穿的把戲，你很可能是從過時的老片子上學來的。你說你必須徵得一位女子的同意，還說有一個鑲金牙的男子。老兄，沒有什麼年輕人會鑲金牙，現在不時興了，特別是在美國。鑲金牙是落伍的牙科手術。噢！這整套故事太荒唐了！說完你被跟蹤的故事後，你才開始說出真正想說的話——你想讓我對埃奇瓦夫人產生壞印象，說得再明白一點，你是在預言她會殺害她的丈夫。」

「我不知道你在講什麼。」布萊恩·馬丁喃喃地說道，臉色變得慘白。

「你竭力嘲笑埃奇瓦男爵會同意離婚的想法。你以為我準備在第二天去見他，事實上，我們的見面改期了，我是那天上午去見他的，而且他同意離婚了。那麼，埃奇瓦夫人這一方就不再有殺人動機了。另外，他告訴我，他已經寫信給埃奇瓦夫人，告訴她這個決定了。

「但是埃奇瓦夫人說她根本沒收到那封信。那麼，要不是她在說謊，就是有人把那封信扣留了——那會是誰呢？

「於是我想，馬丁先生為什麼不嫌麻煩，特地跑來對我撒謊呢？有什麼內在動力驅使他這麼做呢？於是，我就有了這麼個想法：先生，你曾經狂熱地愛戀埃奇瓦夫人。埃奇瓦男爵說，他的太太想要嫁給一個演員。但到最後男爵夫人卻改變了主意。當埃奇瓦男爵的離婚同意書寄到時候，她想嫁的人已經不是你了。那麼，你便有扣留那封信的充分理由了。」

「我從未——」

「待會你可以暢所欲言，現在請聽我說。那麼，你打算做什麼呢？你這個被觀眾寵壞了的偶像，從未碰過釘子的人，會有什麼企圖呢？就我所見，你會非常憤慨，極力想去傷害男爵夫人。而世上還有什麼辦法比讓她因謀殺罪被指控，甚或被送上絞刑台更狠毒呢？」

「天哪！」傑派說。

白羅轉向他。

「但這是真的，這就是我腦中逐漸形成的想法。有好幾件事可以佐證我這個想法。卡洛塔有兩位重要的男性友人——馬許上尉和布萊恩．馬丁。布萊恩．馬丁是個有錢人，因此他有可能提議要那個騙人的把戲，並答應事成之後就給她一萬美元。我一直認為，卡洛塔．亞登絲不可能相信羅納德．馬許會給她一萬美元，因為她知道他相當窮。布萊恩．馬丁是更可能的解釋了。」

「我沒有……我告訴你……」那位電影演員嚷道。

「當亞登絲發給她妹妹的信從華盛頓被電傳回來時……噢！哎呀！我很不開心，好像我的推論完全錯誤了。但是後來，我發現一件事：真正的原件寄到我家了，那是一封不連貫的、缺了一頁的信。所以，信中的『他』有可能指的是另一位，而不是馬許上尉。

「還有另外一個證據。當馬許上尉被捕時，他清楚地說他看到布萊恩．馬丁走進房子。但因為他是被告，所以他的證詞沒有效力，而且馬丁先生也有不在場證明。那是自然的，我們可以設想，假如馬丁先生是凶手，他當然要找出不可或缺的不在場證明。

「他的不在場證明，只有一個人可以做到——德蕾弗小姐。」

「那又怎麼了？」女孩言辭鋒利地問。

「沒什麼，小姐。」白羅笑著說，「只是就在同一天，我注意到你和馬丁先生共進午餐時，你特地走到我這邊來，想要我相信你的朋友亞登絲小姐對羅納德．馬許特別感興趣……其實不是的，我相信她是對布萊恩．馬丁感興趣。」

「才不是。」那個電影明星斷然地說。

「先生，你也許未曾注意到，」白羅鎮靜地說，「但我認為這是真的。這解釋了為何她和珍素無瓜葛，卻不怎麼喜歡埃奇瓦。那種不喜歡是因為你，因為你告訴過她。你被珍．威金森拒絕了，不是嗎？」

「唔，是的，我覺得要找人談談，而她——」

「她很有同情心。是的，她總是很同情別人，這一點，我注意到了。那麼，還發生了哪些事呢？羅納德．馬許被捕之後，你的情緒馬上好了起來。即使你曾經憂慮，現在也過去了。儘管由於埃奇瓦夫人臨時改變主意，去參加了晚宴，改變了你的計畫，但畢竟有人成了代罪羔羊，使你脫離了嫌疑。後來，在一場午宴席上，你聽到唐納德．羅斯——那個討人喜歡、卻很愚蠢的年輕人——對海斯汀講的幾句話，讓你又覺得有危機感了。」

「這不是真的！」演員吼道，他滿臉冒汗，兩眼因恐懼而露出狂亂的目光。「我告訴你，我什麼都沒聽到，什麼都沒有，我什麼也沒做！」

然後，我認為，那天上午最令人驚訝的事情發生了。

「這是真的，」白羅鎮靜地說，「你竟然在我，赫丘勒．白羅面前講那種無稽之談，我想你受的教訓也該夠了吧。」

我們都嚇了一大跳，白羅接著又夢幻般自顧自地說著。

「你們看，我告訴你們我犯下的錯誤。我曾經問自己五個問題，海斯汀知道是哪些問題，其中有三個問題的答案與案情吻合。誰把那封信扣留了？很顯然，布萊恩．馬丁是個很好的解答。另一個問題是，為什麼埃奇瓦男爵突然改變主意，同意離婚了？關於這個問題，我有一個假設。要不是他想再娶，就是其中有敲詐的情事。關於再娶，我找不出證據。關於敲詐，我便想到這個：埃奇瓦男爵是個脾氣古怪的人，也許他有些不可告人的事被他人得悉。雖然按照英國的法律，他的妻子不能以此作為離婚的理由，但這事可能被她利用，威脅要公開。我想事實大概是如此。埃奇瓦男爵不希望醜事公開，玷汙了他的名聲，所以不得不讓步，因此他臉上便帶著一種痛恨的表情——他自以為沒被注意呢。這也說明了，為什麼不等我提到是否與信有關，他就急忙表示『並非因為信中的什麼話而改變主意』。

「還有兩個問題。一個是亞登絲小姐手提袋裡的那副夾鼻眼鏡，那不是她的。為什麼有人在埃奇瓦夫人用餐的時候打電話找她？我找不出布萊恩．馬丁先生與此有何聯繫。

「所以我不得不這樣下結論，要不是我錯怪了馬丁先生，不然就是問題錯了。絕望中，我又重讀了亞登絲小姐的那封信，讀得非常仔細。結果，我找到了一些東西！是的，我找到了一些東西。

「你們自己看吧，信就在這裡。你們看到有一頁被撕去的痕跡了吧？撕得不齊，這是正常現象，假定那個『他』（he）之前還有一個『S』……

「啊！這就很清楚了，你們明白了吧，不是『他』，而是『她』（she）！是一位女士向卡洛塔．亞登絲提議那個騙局。

「那麼，我就把與這個案子有關的女士列了一個名單。除了珍．威金森以外，還有四個人——婕拉汀．馬許、卡羅爾小姐、德蕾弗小姐和默頓公爵夫人。

「在這四個人中，最令我注意的是卡羅爾小姐，因為她戴眼鏡，而且那天晚上她在房子裡。由於她想加罪於埃奇瓦夫人，所以曾提出不正確的證詞。同時她也是一位非常能幹、非常有膽量的女人，是可能犯這種罪的人。談到動機，卻不太清楚。不過，她畢竟在埃奇瓦男爵手下做過幾年事，也許會有某種動機，只是我們完全不知道就是了。

「同時，我也覺得不能完全排除婕拉汀・馬許小姐的嫌疑。她恨她父親——這是她親口對我說的。她是那種神經質、極端情緒化的類型。假設那天晚上她走進房子，殺了她父親後，又冷靜地上樓取首飾——她是很愛她堂兄的，可是，當她發現他並不是在外面等候，而是進屋來了，可以想見，她當時的心情有多麼痛苦。

「她那激動的態度該如何解釋呢？可以解釋為她是無罪的，同時，她害怕是她堂兄殺的人。還有一小點：亞登絲小姐手提袋裡的金匣子，上面有首寫字母D。我聽過她被她的堂兄稱作『戴娜』。另外，她去年十一月正住在巴黎的寄宿學校，很可能曾在巴黎遇見過卡洛塔・亞登絲。

「你們或許覺得我將默頓公爵夫人加入名單未免太荒謬了。但是，她曾找過我，我發現她是一位性格狂熱的人，她將全部的感情都寄託在她兒子身上，並認為珍會毀了她兒子的一生，所以她設計圈套，希望置她於死地。

「此外，還有甄妮・德蕾弗小姐——」

他停了停，望了望甄妮。她的腦袋歪到一邊，不客氣地回望著他。

「你要說我什麼？」她問道。

「沒什麼，小姐。除了你是布萊恩・馬丁的一個朋友——以及你姓氏的第一個字母是D。」

「這沒什麼呀。」

「還有一件事情。你有頭腦和膽量來犯下這起案子，我懷疑還有誰有這等能耐。」

女孩點燃了一根香菸。

「說下去。」她高興地說。

「馬丁先生不在場的證據是否屬實，需要我來判斷。如果是真的，那羅納德．馬許見到的那名進入房子的人是誰？突然間，我記起了一點事情。攝政門的那個英俊管家與馬丁先生相貌酷似。那麼，馬許上尉看到的可能是他。所以我就有了一個假設。我想，大概是他發現了主人被殺，然而主人身邊有個信封，裡頭裝的是法國鈔票，值一百英鎊。於是他就把鈔票取走，然後開溜了。他把鈔票放在了一個流氓朋友那裡，然後再回來，用埃奇瓦男爵的鑰匙開了大門，回到了男爵公館，讓女傭第二天發現凶殺案。他覺得自己沒有危險，因為他相信一定是埃奇瓦夫人下的手，而且那些法鈔已經妥善地放在外面了，等到發現鈔票遺失的時候，那些錢早已兌換成英鎊了。雖然如此，但當他發現埃奇瓦夫人有不在場證明，而且蘇格蘭警場開始調查他的身世時，他得到了風聲，便逃走了。」

傑派贊成地點著頭。

「此外，我還有那個夾鼻眼鏡的問題要解決。假如卡羅爾小姐是眼鏡的主人，那麼案子就可以解決了。她有可能把那封信扣留了，可能在她與卡洛塔．亞登絲討論細節的時候；或在凶殺案發生當晚與亞登絲見面的時候，可能不小心將那副夾鼻眼鏡掉到了卡洛塔．亞登絲的手提袋裡。

「但那副夾鼻眼鏡顯然與卡羅爾小姐無關。有一天我和海斯汀一同走回家，當時他情緒有點低落，竭力想有條有理地將心中的幾個問題整理一下，於是奇蹟發生了。

「首先，海斯汀談到事情好像自有某種規律。他談到唐納德・羅斯是赴蒙塔古・科納爵士宴會的十三位客人中第一個離席的。我當時專心在思考一連串的問題，正在埋頭思索，所以並未多加注意。我只是在剎那間想到，嚴格說來，那並不是事實。因為在宴席結束時，他可能是最先起身離席的，但事實上，還有埃奇瓦夫人。由於管家請她去接電話，所以她才是先起身的。想到她，我忽然想起一個謎語來——這個謎語與她孩子氣的心理很符合。我將謎語講給海斯汀聽，但他像維多利亞女王一樣，毫不感興趣。然後我說不知道該問誰才能得知馬丁先生對珍・威金森的感情。她自己是不會告訴我的，我知道這一點。這時，當我們正要過馬路的時候，偶而聽到一個路人說了一個極簡單的句子。

「他對他的女友說某人『該去問問艾莉絲』。於是我突然恍然大悟。」

他回頭望了望。

「是的，是的，那個夾鼻眼鏡，那通電話，那個去取金匣子的矮女人，當然是艾莉絲，珍・威金森的女僕。於是我便一步一步地推斷，那些蠟燭、幽暗的燈光、凡・范・杜森太太——一切符合。我完全明白了。」

30 案件經過

他四下望了望我們。

「來，我的朋友們，」他溫和地說，「讓我向各位講述一下那天晚上的事發經過。卡洛塔在七點鐘離開她的住所，她從那裡坐計程車去皮卡地里王宮飯店。」

「什麼！」我驚叫道。

「去了皮卡地里王宮飯店。她曾在當天稍早在那裡以凡・范・杜森夫人的名義訂了一個房間。她戴著一副高度數的眼鏡，我們知道，這會令她外表大大改觀。正如我所說，她訂了一個房間，說她準備搭夜班船去利物浦，她的行李已經預先上船了。在八點三十分的時候，埃奇瓦夫人來找她。她被領到卡洛塔的房間。在那裡，她們調換了衣服。然後就有一個戴金色假髮、穿一身皺紋綢洋裝、披著貂皮披肩的女士離開了飯店，駕車去齊西克。那個人不是珍・威金森，而是卡洛塔・亞登絲。是的，是的，這是完全可能的。我在傍晚去過那間房子，餐桌上只有蠟燭，光線很暗，沒有珍．威金森的熟人，那麼，只要有金黃色的頭髮，著名的沙啞音調以及舉止就夠了。噢！這簡直太容易了。如果不成功，如果有人辨識出她是假扮的，也不要緊，那已經做過預先的安排。埃奇瓦夫人戴著黑色假髮，穿著卡洛塔的衣服，架著夾鼻眼鏡，付了旅館費用，然後將提包放入計程車前往尤斯頓車站。她在洗手間取下假髮，再將她的提包寄放在衣帽間。在去攝政門之前，她打電話到齊西克找埃奇瓦夫人，這是她們協商好的。如果一切順利，卡洛塔沒有被認出來，她只需簡單地回答『對！』。我用不著說了，亞登絲小姐對打電話的真實原因並不知情，聽到回答以後，埃奇瓦夫人展開行動了。她前去攝政門，要求見埃奇瓦男爵，說明自己的身分，再走入書房，犯下了第一起命案。當然她並不知道卡羅爾小姐正從上面望著她。就她所知，只有管家一個目擊者（他從未見過她，而且她還戴著一頂帽子，讓他看不清她的模樣），而另外十二位有名聲、有地位的人可以證明她不在案發現場。

「她離開那間房子，回到尤斯頓，將假髮戴上，再將手提包取出來。不過，現在時間還早，她還需要消磨時間，等待卡洛塔．亞登絲由齊西克回來。她們已經約定見面。她來到科納飯店，不時地看著錶，因為時間過得很慢。於是她又開始準備第二起命案。她把從巴黎訂做的金匣子放在卡洛塔．亞登絲的手提袋裡，當時她正拿著那個手提袋。大概就在那個時候，她發現了那封信，或者是更早的時候。不管怎麼說，一看到收信地址，她就嗅出有危險。她打開了信——她的猜測被證實了。

「也許她的第一個衝動是將信全部毀了。但她很快又找到了一個更好的辦法。她將信中的一頁撕掉，如此一來，羅納德‧馬許就成了嫌疑犯——本來他就有很大的殺人動機。就算羅納德有不在場的證據，那嫌犯也應該是個男士，因為她把『她』字的『S』撕去了。這就是她所做的事。接著，她又將信放回信封，把信封放回手提袋。

「然後，等到約定時間快要到了，她就朝薩伏飯店方向走。她一看見假扮自己的人開著她的車過去了，便趕緊加快腳步，走入大門，一直走上樓去。她穿著不顯眼的黑衣服，所以沒人會注意她。

「她上樓走進自己的套房。卡洛塔‧亞登絲也剛剛到。和平常一樣，她已交代女僕先去睡。她們在那裡換回各自的衣服。我猜想，埃奇瓦夫人建議喝點酒，好慶祝一下，而酒裡放了佛羅若。她向卡洛塔祝賀，說第二天會寄支票給她。卡洛塔‧亞登絲就回家了。她很睏，想打電話給一個朋友——可能是馬丁先生或是馬許先生，因為他們倆都是維多利亞區的電話號碼——但最後放棄了這個念頭。佛羅若開始發作了，她上床睡覺，就再也沒醒過來。第二個凶殺案順利完成了。

「現在輪到第三個凶殺案了。在午宴上，蒙塔古‧科納爵士提到在埃奇瓦被殺當晚的宴會上，他曾與埃奇瓦夫人談過話。其實那是很容易應付的。但復仇女神還是找上門來，當提到『帕里斯的評判』時，埃奇瓦夫人把帕里斯當成她所唯一知道的巴黎，那個時髦刺激的地方。

「但是在她對面坐著一個也參加了齊西克晚宴的人——他聽見過埃奇瓦夫人在那一晚與主人談論希臘文明。卡洛塔・亞登絲是一位有教養、讀過許多書的女子。所以他不明白，覺得很吃驚。突然他意識到，這並不是同一個女人。他非常吃驚，自己也不確定，他需要向人請教，於是他想到了我。他對海斯汀表示要見我。

「但是埃奇瓦夫人聽到了。她很機敏，馬上意識到自己有什麼地方露出馬腳。她聽見海斯汀說我到五點才能回來。在四點四十分的時候，她前去羅斯的寓所。他打開門，很驚訝地發現是她，但他並不害怕。他跟她一起走去餐廳。她對他編故事，或是跪下，或是讓他擁抱她，就在這時，她迅速俐落地如以往一樣——殺了他。他也許哽咽地叫了一聲，然後就再也發不出聲響。他也被滅口了。」

一片寂靜。這時傑派用沙啞的聲音說話了。

「你是說……都是她幹的？」

白羅點了點頭。

「但是為什麼？如果他已經答應和她離婚了。」

「因為默頓公爵是英國國教高教會派的領袖人物。他絕對不會和一位丈夫仍然健在的女士結婚，他是一個相當講究規矩的人。然而當了寡婦，她就有把握嫁給他了。毫無疑問，她曾試探性地說要離婚，但默頓公爵並未理會。」

「那為什麼要讓你去勸服埃奇瓦男爵呢？」

「啊！必然了！」白羅剛才一直很精準的、很有英國味地表述著，現在又原形畢露了，「她想矇騙我。她想讓我證明她不可能有刺殺她丈夫的動機。是的，她竟敢利用我！真的，她也真的成功了！噢，那個奇怪的腦袋！那個幼稚又狡猾的腦袋！她真會演戲！當我告訴她，她的丈夫已經寫信給她了，她發誓說從未接到。那種驚訝的表情真是逼真。她連殺了三個人，會感到一絲後悔嗎？我敢發誓，她不會。」

「我不是告訴過你她是什麼樣子了嗎？」布萊恩．馬丁叫道，「我告訴過你了，我知道她要殺他，我早就感覺到了。我擔心她會想辦法擺脫一切。她很聰明，有幾分傻氣的聰明。我早就想看她受苦，早就想了，我想看她被絞死。」

他的臉發紅，聲音變得很濁重。

「好啦，好啦。」甄妮．德蕾弗說。

她說話的樣子就像公園裡的保母在對孩子講話。

「還有帶首寫字母D的金匣子，裡面的『十一月，巴黎』是怎麼回事？」傑派問道。

「她用通信方式訂做的，然後派她的女僕艾莉絲去取回。很自然，艾莉絲只是去取一包已付過帳的東西，她並不知道裡面有什麼。另外，埃奇瓦夫人還借用艾莉絲的夾鼻眼鏡，以便化裝成凡．范．杜森太太時使用。但她後來忘記拿回來了，便放在卡洛塔．亞登絲的手提袋裡，這也是她的一個失誤。

「啊！這一切都是我站在路中央時突然想到的。公車司機狠狠罵了我一頓，但這很值得。艾莉絲！艾莉絲的夾鼻眼鏡，艾莉絲去取巴黎的匣子，艾莉絲和珍·威金森。除了那副夾鼻眼鏡以外，她還可能從艾莉絲那裡借用了別的東西。」

「什麼？」

「一把小刀。」

我打了一個寒顫。

大家一時沉靜下來。

然後，傑派很奇怪地期望著答案似的問道：「白羅先生，是真的嗎？」

「是真的，我的朋友。」

這時，布萊恩·馬丁又開始說話了。我認為他所說的話完全具有他的個性。

「但是，聽我說，」他脾氣乖張地說，「那我是怎麼回事？今天為什麼把我叫到這裡來？差點把我嚇死了。」

白羅冷冷地望著他。

「我要懲罰你，先生，因為你太無禮了。你怎麼敢和赫丘勒·白羅開玩笑？」

這時，甄妮·德蕾弗小姐大笑起來。她不停地笑啊笑。

「布萊恩，你活該。」她最後說。

她轉向白羅。

「我很高興不是羅納德·馬許幹的。」她說，「我一直都喜歡他。我很高興，很高興，卡洛塔不能白死。至於布萊恩呢，我要告訴您一件事，白羅先生，我要嫁給他。如果他認為，他可以像好萊塢的電影演員們一樣隨便離婚，每兩三年再結一次婚，那他可就錯了。他要是娶了我，就得與我終生廝守在一起。」

白羅望著她，望著她那堅定的下巴，和她那火似的紅髮。

「小姐，這是很有可能的，」他說，「會這樣，我曾經說過，你有足夠的膽量做任何事，甚至包括嫁給一個電影明星。」

31 一篇人性紀錄

一兩天後，我突然被阿根廷有關部門召回，所以此後竟再也沒有親眼見到珍．威金森就逮，只在報上讀到了對她的審判。出乎意料，至少出乎我意料的是，面對鐵證，她完全崩潰了。在她能以自己的聰明和表演自豪的時候，她不會犯錯；但當別人發現了她的祕密，讓她不再有自信時，她就會變成孩子一樣，再也無法繼續欺騙下去。所以一經盤問，她就全盤崩潰了。

正如我以前說過的，那次午宴是我最後一次見到珍．威金森。但每當我想起她，便好像看見她還是老樣子——站在薩伏飯店她的套房裡，身穿昂貴的黑色衣服，臉上露出嚴肅、專注的樣子。我相信那不是偽裝的，她確實很自然，她的計畫成功了，所以她再也沒有什麼不安和疑慮。我覺得對於那三起殺人案，她毫無悔意。

我在此再提供一封於她死後才寄送給白羅的信。這封信足以代表那個可愛但毫無天良的女士。

白羅先生，我一直在考慮，覺得應該給你寫封信。我知道你有時會發表一些案件調查報告，但我想你還沒發表過由當事人自己寫的紀錄。我也覺得，我想讓人人都知道，我究竟是怎樣殺人的。我依然認為計畫相當周密，要不是因為你，一切都會過去的。想起這個，我真有些難過，但我想你不得不那樣做。我相信，如果我把這個寄給你，你會發表，讓大家都知道經過。你會的，不是嗎？我想被記住。我確實認為自己是個相當奇特的人；這裡的每個人都這麼認為。

我是在美國認識默頓公爵的。我立刻明白，只要我成了寡婦，他就會娶我。很不幸的，他對離婚有一種很奇怪的偏見，我想設法改變這個，但沒有用。我必須非常小心，因為他是一個很乖僻的人。

我意識到，我的丈夫一定得死，但我不知道該怎麼著手去做。你應該能想像得到，在美國，這類事情好辦得多。我想啊、想啊……還是想不出該怎麼做。這時，突然我看到卡洛塔．亞登絲模仿我的表演，於是我立刻想到一個辦法。在她的協助下，我可以取得不在場證明。就在同一天晚上我見到了你，我突發奇想，覺得讓你去說服我的丈夫是個不錯的主意。同時，我逢人便說些我要殺我丈夫的話，因為我注意到，你愈是傻傻地說出實情，愈是沒人相信你。我以前和別人簽合約時總是這麼做。同時，裝傻也是件好事。第二次與卡洛塔．亞登絲見面時，我提出了這個想法。我提議打個賭，她立刻就中了圈套。我要她在某個宴會上假扮我，如果她成功了，就可以得到一萬美元。她非常熱心，有好多主意都是她出的——關於換衣服等等。你知道，我們不能在我這裡換裝，因為有艾莉絲；也不能在她那裡換裝，因為有她的女僕。當然，她並不明白為什麼不能那樣。當時很尷尬，我只能說「不行」。她覺得我有點笨，但她還是讓步了，我們就想出了旅館計畫。我拿了艾莉絲的夾鼻眼鏡。

當然，我很快意識到她也得除掉才行，這是很可惜的，但畢竟她模仿別人的表演也夠無禮的了。如果她的模仿不是正合我意，我也許早就生氣了。我很少用佛羅若，但我有，那就好辦多了，我當時靈機一動，你看，要是讓人們覺得她有服用麻醉劑的習慣，事情就更好辦了。於是我就訂了一個匣子。我本來有一個，是朋友送的，我將她的姓名首寫字母刻在裡面。我還想放一些奇怪的首寫字母以及巴黎、十一月等等，這樣使人更難查出。我在麗緻飯店吃午飯的時候寫信訂購。然後我派艾莉絲去取。當然，她不知道是什麼。

那個晚上，一切相當順利。我趁艾莉絲在巴黎的時候，拿走她的一把小刀，因為那把刀很好，很鋒利。她從未注意到，因為用完之後我又將刀放回原處了。是舊金山的一位醫生告訴我怎樣刺下刀子的，他一直在談論腰椎和骨槽的刺傷，他說要非常小心，否則如果碰到小腦與延髓之間半球網狀的地方，一直刺入延髓，可就危險了，因為那是神經中樞，如果刺中那裡，人就會立刻死去。我讓他指了幾次給我看，確定是哪個地方。我想有一天，也許會用得上。我對他說，我是想在電影中用這個素材。

卡洛塔·亞登絲將這事寫信告訴她妹妹真是太卑鄙了，她曾答應我不告訴任何人。我看不出有什麼比我將信中那頁撕去，留下個「他」而不是「她」更聰明的做法了。這一切都是我自己想出來的。我自認對此相當自豪。人人都會說我沒頭腦，但我能想出那種辦法來，可是需要真正的頭腦。

我非常仔細地計畫了這一切，當蘇格蘭警場的人過來，我就按一切計畫去做。我對所有一切也很滿意。我還想，大概他真的會逮捕我。但我覺得很安全，因為他們不得不相信晚宴上的所有人，我也不認為他們會發現我與卡洛塔互換衣服的事。

事情過後，我覺得非常開心滿足。我走運了，覺得一切都會不成問題。公爵夫人對我壞透了，但默頓對我很好，他想盡快娶我，而且對我沒有一絲懷疑。

我認為，在我一生中，沒有什麼時候比那幾個星期的生活更快樂。我丈夫的侄兒被捕，讓我覺得更安全了。一想起我將卡洛塔·亞登絲的信撕去一頁之事，我更是得意。

唐納德·羅斯的事純粹只是運氣差。我不知道為什麼他注意到我，好像巴黎是人而不是地方。直到現在，我也不知道帕里斯是誰——不管怎麼講，我覺得一個男人叫帕里斯這名字真夠傻的。

真是奇怪，當你走了楣運以後，厄運就會接連不斷。我不得不迅速對付唐納德·羅斯，我的行動也很俐落，也許並不是很俐落，因為我沒有時間想出一個不在場證明。但我認為自己此後就安全了。

當然，艾莉絲告訴了我，你曾叫她去問話。但我認為那是與布萊恩．馬丁有關。我不明白你用意何在。你並沒有問她是否去巴黎取包裹。我猜，你會認為她告訴了我之後，我就會起疑心。事實上，這使我大吃一驚，我簡直不敢相信，你竟然對我所做的一切瞭如指掌，令人難以置信。

我只是覺得大勢已去了，你無法和命運抗衡。厄運臨頭了，不是嗎？我在想，你會不會為你的所作所為感到遺憾。畢竟，我只是按自己的方式尋找幸福，要不是因為我，你根本不會跟這案子有關。我從未想到你如此聰明，你看起來可不怎麼聰明。

說來好笑，我的容顏依舊沒變。儘管經歷了那麼多可怕的審訊，原告對我說了那麼多難堪的話，以及嚴厲的盤問，我還是很漂亮。

我比先前蒼白了、消瘦了。但不知怎麼回事，倒是很適合我。他們都說我相當勇敢。據說他們不再公開對犯人施以絞刑了，是嗎？真是遺憾。

我確信以往絕對不曾有我這樣的女凶手。

我想我現在得說再見了。實在很奇怪，我似乎一點也沒意識到自己做了什麼。明天我要見獄中的牧師了。

原諒你的（因為我要原諒我的敵人，是不是？）珍．威金森

又及：你認為他們會將我列入「杜莎德蠟像館」嗎？

專文推薦

藏在日常細節中的冒險

楊照（作家）

一開始，就都在那裡了。

一九二〇年，阿嘉莎．克莉絲蒂出版了《史岱爾莊謀殺案》，神探白羅就已經退休了。而且在這個案子裡，藉由敘述者海斯汀的轉述，就鋪陳出克莉絲蒂小說最基本的偵探原則：

「那些看來或許無關緊要的小細節……它們才是重要的關鍵，它們才是偉大的線索！」

「豐富的想像力就像洪水一樣，既能載舟亦能覆舟，而且，最簡單直接的解釋，往往就是最可能的答案。」

「沒有任何謀殺行為是沒有動機的。」

還有，一個不討人喜歡的死者，一群各有理由不喜歡死者、因而也就都有殺人動機的人，這些人彼此之間構成複雜的關係，有的互相仇視，有的互相愛戀，麻煩的是，有些愛人其實貌合神離，有些仇人其實私下愛慕；更麻煩的是，不論是愛或是仇，都有可能是扮演出來的。

一個外來的偵探必須周旋在這些嫌疑者之間，從他們口中獲取對於案情的了解，換句話說，他必須在很短的時間內，搞清楚誰是誰、誰跟誰吵架、誰跟誰偷情，然後判斷誰說的哪一句是實話、哪一句是謊言。常常謊言比實話對於破案更有幫助。

再偷偷透露一下，如果要和小說裡的凶手及小說背後的作者鬥智，就像克莉絲蒂對英國社會的了解，祕訣就在於要去追究小說裡的人物背景，尤其是他們的階級地位。基本上，階級地位愈高、權力愈大、愈有錢者，說的話就愈不要相信。例如在《史岱爾莊謀殺案》中，僕人、園丁說的話遠比有頭有臉的人說的要可信多了。就算要說謊，他們的謊言也比較天真，而且往往出於善良動機。當你歸納線索時，就會知道他們並非故意說謊，那是因為他們的認知受到蒙蔽或誤導，而你慢慢就從這蒙蔽或誤導中被引導到真相。

《史岱爾莊謀殺案》出版那年，克莉絲蒂三十歲，但書稿其實早在五年前就寫好了，畢竟要找到有人願意出版一個看來再平凡不過的家庭主婦寫的小說，並不是那麼容易。

所有和克莉絲蒂接觸過的人，都對於她的「正常」留下深刻印象。她看起來就和她那個年紀的典型英國家庭主婦一樣，害羞、靦腆，只能在社交場合勉強跟人聊些瑣事話題，完全無法演講，甚至連只是站起來對眾賓客說幾句客套話，請大家一起舉杯，她都做不到。她不演講，也很少答應接受採訪，就算採訪到她也很難從她口中得到有趣的內容。她會講的，幾乎都是記者本來就知道、或者自己就可以想得出來的。

例如說白羅這個神探的來歷。克莉絲蒂回答：他應該是個外國人，這樣就能在英國日常生活中看出英國人自己看不出的線索。她自己碰過的外國人，只有第一次大戰剛爆發時到英國避難的比利時人。比利時警察怎麼能跑到英國來？那一定是因為他已經退休了。他有潔癖，所以對於現場會有特殊的直覺，馬上感受到不對勁的地方。一個有潔癖的人，好像應該長得矮小些才相稱，一個矮小有潔癖的人最適當的名字，就是希臘神話裡的大力士「赫丘勒斯（Hercules）」，製造出荒唐的對比趣味。那白羅這個姓是怎麼來的呢？克莉絲蒂很誠實地說：「我不記得了。」

一切都如此順理成章，一切都如此合邏輯，不是嗎？有記者問她怎麼看自己的舞台劇〈捕鼠器〉，創下了英國劇場、甚至全世界劇場連演最多場紀錄的名劇？克莉絲蒂的回答也還是中規中矩，合理合節：那是一齣小戲，在一個小劇院演出，成本很低，任何人想到了都可以帶家人或朋友去看，老少咸宜，並不恐怖，也不特別荒謬打鬧，可是又什麼都有一點，包括恐怖和荒謬打鬧的成分。

她的身上找不出一點傳奇、怪誕色彩，那她為什麼能在五十年間持續寫偵探小說，創造了那麼多謀殺，還創造了那麼多詭計？

首先因為她是女性，以及她的身世，包括她的階級身分，使得她在描寫故事場景時比一般男性作者來得敏感。因為在她之前的偵探推理小說男性作家的階級身分都是高高在上，基本上他們會從較高的角度看社會，比較看不到底層的感受。

而她的婚變以及婚變中遭逢的痛苦，都使她更能體會與觀察，將英國社會的複雜細節融入小說的核心情節，讓探案與線索分析結合在一起。

克莉絲蒂一生結過兩次婚，第一次在一九一四年，婚後不久，丈夫就參加了歐戰，是英國皇家空軍最早一批飛行員。一九二六年，這個丈夫有了外遇，直率地向克莉絲蒂要求離婚，在那之前，克莉絲蒂的媽媽才剛過世，雙重打擊之下，又遇到車子無法發動，克莉絲蒂崩潰了，她棄車而走，忘記了自己究竟是誰，躲進一家鄉間旅館，登記時寫了她心裡唯一有印象的名字——她丈夫情婦的名字。

離婚後，一次在晚宴中，有人提起近東烏爾考古的最新收穫，克莉絲蒂就取消了原定要去西印度群島的計畫，改訂了跨越歐洲到君士坦丁堡的「東方快車」，是的，就是這趟旅程給了她寫《東方快車謀殺案》的靈感。不過更重要的是，在烏爾，她認識了一位年輕的考古學家，比她小十四歲，這個人後來成了她的第二任丈夫。

這位考古學家陪她去參觀在沙漠中的烏克海迪爾城，卻在沙漠中迷路困陷了。幾小時中克莉絲蒂卻沒有一點驚慌不安，當下考古學家就決定要向她求婚。

原來，克莉絲蒂的內心是有這種冒險成分的。要不然她不會兩次選到的，都是喜愛冒險的丈夫，而她本身大概也不會吸引一個在各種危險情境下挖掘古代寶藏的人，讓他願意向一個大他十四歲的女人求婚。

這樣說吧，維多利亞時代後期的英國環境，壓抑限制了克莉絲蒂冒險、追求傳奇的內在衝動，她只好將這樣的衝動寄託在丈夫和寫作上。她一邊陪著第二任丈夫在近東漫走，一邊在小說中寫各式各樣的謀殺與探案。謀殺和探案都是冒險，還有，偵探偵查中做的事——蒐集線索，還原命案過程——其實和考古學家的考掘，如此相似！

克莉絲蒂寫得最好的，正是「藏在日常中的冒險」。她個性中的雙面成分，造就了特殊的偵探魅力。既嚮往非常傳奇，卻又有根深柢固的日常邏輯信念，兩者都在克莉絲蒂的小說中扮演了重要角色。她的謀殺案幾乎都和日常習慣緊密編織在一起，日常環境成了凶手最重要的掩護。有些日常規律明顯地被破壞了，讓我們很自然以為那會是謀殺的線索，沿著這些線索形成了閱讀中的推理猜測，然而白羅早就提醒了，真正重要的反而是那些「細節」，也就是看來像是依隨日常邏輯進行的事，或說藏在日常邏輯中因而不被看重的事，那裡要嘛藏著凶手的核心詭計、煙幕，要嘛藏著凶手致命的破綻。

凶案的構想，就是如何讓異常蓋上日常、正常的面貌，又如何故意將日常、正常予以扭曲，製造假象；那麼偵探要做的，就是如何準確地在日常中分辨出真正的異常，將假的、明顯的異常撥開來，找出細節堆疊起來的異常真相。

此外，克莉絲蒂的小說裡隱藏著極其曖昧的情感價值觀，最典型、最有名的就是《東方快車謀殺案》。透過追查過程，讓讀者知道為什麼凶手要訴諸於這種手段，其動機具有可同情之處，再加上克莉絲蒂對身分階級的觀察，她比較相信或讓讀者相信那些沒有權力、地位的人，隨著偵查節奏去認識可能或必須懷疑的人。克莉絲蒂最擅長營造「多重嫌疑犯」的小說特質，因為讀者在閱讀時必須被迫去認識很多不一樣的人。在她最受歡迎的作品，大概都具備這樣的特質。

當然，她的作品中還有兩個最突出的神探，即白羅和瑪波。白羅是比利時人，但為什麼必須是外國人？這是因為英國人具有高度階級意識，這種觀念一路滲透到所有互動細節，包括人與人之間如何說話。而白羅因為不是英國人，他會發現一般英國人不太看得出來的東西，以及兩個人互動的方法哪裡不正常。至於瑪波為什麼得是老太太？她一如那個年代的老人家，總是靜靜坐著打毛線，因為不起眼，自然讓人放鬆防備，所以瑪波探案的線索都是來自於這樣的互動模式。

然而，白羅有很明顯的優勢，瑪波的身分使她基本上只能進行「靜態」的辦案，案子的空間受到侷限，白羅卻可以跨越各種空間，恣意揮灑。而且白羅擁有警官身分，可以合理出現在各種犯罪現場，瑪波能出現的地方，相形之下就勉強、不自然多了。白羅是明白的outsider，在英國，只要他出現，就會覺得有外人在而感到緊張，於是很容易露出平常不會表現的行為；瑪波則看起來是 insider，但實質上是 outsider，因為總是沒人發現她、當她空氣人。這兩人的探案，是兩個極端。雖然讀者最愛白羅，但克莉絲蒂自己偏愛瑪波勝於白羅。

不管後來的偵探、推理小說發展了多少巧妙詭計，克莉絲蒂卻不會過時，因為她的推理如此密切地和日常纏繞在一起；活在日常中，我們就無可避免被克莉絲蒂的「日常細節推理」吸引，隨時讀來都充滿驚奇趣味。

名家盛讚克莉絲蒂（依推薦時間排序）

金庸（作家）

克莉絲蒂的寫作功力一流，內容寫實，邏輯性順暢，也很會運用語言的趣味。閱讀她的小說，在謎底沒有揭露之前，我會與作者鬥智，這種過程非常令人享受。其作品的高明之處在於：布局的巧妙完全意想不到，而謎底揭穿時又十分合理，讓人不得不信服。

詹宏志（作家、PChome 網路家庭董事長）

推理小說在從先輩柯南．道爾等人的發明中出現力量時，誕生了一位《天方夜譚》故事中每天說故事說個不停的王妃薛斐拉．柴德，也就是「謀殺天后」克莉絲蒂，整個世界對聽這些故事才有如此的熱情。他們捨不得睡覺，每天問後來還有嗎、還有嗎，永遠不肯離去，這就是克莉絲蒂對推理小說的最大貢獻。

可樂王（藝術家）

所謂「克莉絲蒂式」的推理小說，就是一場和一個天才的寫作者或高明的恐怖份子在紙上捕掠捉殺的戰事。即便是一列火車、一處飯店或一間酒吧，在克莉絲蒂寫來皆充滿神祕和猜謎。在人生適合的下午裡，我總是一面嚼著口香糖，一面跟著矮子偵探白羅穿梭謀殺現場，克莉絲蒂的推理作品無疑是推理世界中最充滿「魔術性」的小說。

吳若權（作家、節目主持人）

我從小就對推理小說情有獨鍾，克莉絲蒂一系列的作品尤其令我愛不釋手。多年來，閱讀推理小說的經驗讓我覺悟：讀者在文字情節中推展開來的驚嘆，不只是因緣於故事的本身，而是自我性格的投射。從這個觀點來看克莉絲蒂一系列的作品，她簡直就是洞徹人性的算命師。而讀者，在她的文字中，發現了自己無可奉告的命運。

藍祖蔚（國家電影及視聽文化中心董事長）

做過藥劑師，難免懂得毒藥；嫁給考古學家，難免也就嫻熟文明的神祕；再加上曾經失蹤九天，一切不復記憶的離奇經驗，的確提供了寫作靈感，但若少了想像力，那些片羽靈光縱使辛辣如辣椒，卻不足以成菜。

推理小說重布局、重人物描寫，克莉絲蒂最厲害的卻是犀利的人性觀察，她一手創造的白羅探長，潔癖個性完全和她相反，更將她所憎厭的人格特質集於一身，殊不知，唯有不對著鏡子寫作，才能夠跳出框架與制式反應，開闢無限寬廣的新世界，建構多面向的詭異迷宮。

看完她的小說，你只會更加訝異，到底是什麼樣的心靈才能成就這般視野？

李家同（作家、前暨南大學校長）

克莉絲蒂的整體布局十分細膩，最後案情也都講解得非常詳細，回頭去看，在書中都找得到線索。故事的情節與內容也很好看，不是像一個流氓在街上被殺掉那麼單調。……看小說應該要花腦筋、要思考，從小就要養成思辨的能力，看她的小說，就是對邏輯思考能力極佳的訓練。

袁瓊瓊（作家）

雖然被公認是冷靜理性的謀殺天后，但是在理性之下，克莉絲蒂的底色依舊是感情。克莉絲蒂很明白，所有的慾望之後，都無非是某種愛情。在以性命相搏的犯罪世界裡，凶手以終結他人的性命來遂私欲，不過是為了成全自己的愛，或者是成全自己的恨。

鄧惠文（精神科醫師）

以推理小說作家而言，克莉絲蒂的風格相當獨樹一格。她的偵探在辦案時，靠的不光是科學證據的搜集，而是大量運用犯罪心理學，及對人性的深刻了解。例如在《五隻小豬之歌》中，白羅便是藉由聽取嫌疑犯訴說案情時所不自覺顯露的主觀意識及中心思想，而看出其中破綻，找出真凶。白羅是靠腦袋辦案，以心理層面去剖析案情，即使人們敘述的是同一件事，他可以聽出不同角色因出發點及看待角度不同所透露的情緒觀感，從而抽絲剝繭，還原事實真相。

克莉絲蒂所塑造的人物也生動且各具特色，不同個性所出現的情緒反應描寫，皆細膩而準確，讓讀者產生豐富的想像空間，一展卷便欲罷而不能。

吳曉樂（作家）

克莉絲蒂使用的語言平易近人，主要是以角色與情節的對應來斧鑿出故事的深度，堆疊出讓讀者回味的迂迴空間。而她筆下的角色往往性別、階級、性格、族群各異，塑造出多元又豐富的人物群像。

文學作品不問類型，若要流傳於世，最終仍得上溯至「人性」的理解與反思。而阿嘉莎．克莉絲蒂的作品中，我們可以看到人類屢屢得和自己的人生討價還價，或千方百計讓主觀意識與客觀條件達成某種程度的整合，讀者在重建人物的心理軌跡時，也見識到自身的是非成敗，我認為，這也是克莉絲蒂的作品能夠璀璨經年、暢銷不衰的主因。

許皓宜（心理學作家）

克莉絲蒂筆下的故事看似在談人性的醜惡，實則像一位披著小說家靈魂的心靈引導者，用她的文字訴說著人們得不到「愛」時的痛苦。於是在故事終了的剎那，你不得不對人生多了幾分「看透感」：原來，我們心裡的那些痛苦、報復與自我折磨的慾望，不是因為「憤恨」，而是起於對「愛的失落」。這或許是我們在情感世界中最珍貴且深刻的一種覺察了。

推理小說荒謬驚悚嗎？不，它其實很寫實。它幫我們說出心裡的苦、怨、醜陋的慾望，於是，我們可以重新學習愛了。

一頁華爾滋 Kristin（影評人）

從有記憶以來，閱讀克莉絲蒂最迷人之處往往不在真正的凶手是誰，而是在於「Why」（為什麼）與「How」（如何進行），在於人性與心理描摹的故事肌理。依循其書寫脈絡，會發覺不只是邏輯清晰、布局縝密、著重細節，她總能完美掌握敘事節奏，書中人物彷彿真實存在般鮮明躍然紙上，讀者情緒會隨精準文字保持流轉、跳動、收放，掩卷時並無太多真相水落石出的暢快，反倒淡淡的惆悵化為餘韻襲上心頭，原來還是種種意料之外，卻屬情理之中的人性盲目使然。私以為，那成就了克莉絲蒂的推理故事之所以無比迷人的主因之一。

冬陽（推理評論人）

雖然阿嘉莎．克莉絲蒂的作品並非我的推理閱讀啟蒙，卻是養成閱讀不輟的重要推手。首先，她無庸置疑是個說故事能手，打開我名為好奇的開關；其次是設計犯罪事件的巧妙多元，既日常又異常，凶手更是叫人意想不到。沒錯，我相信每個當讀者的都忍不住想破案，想早偵探一步識破詭計，或者像考試結束鈴響前一秒，瞎猜都要指著某個角色大喊「你就是犯人」！然後會忍不住作弊——不是翻到最後幾頁窺探真凶身分，而是往前翻查讓人起疑的段落、偵探顯然掌握重要線索的時刻，直到忍不住豎白旗投降，看神探（我知道啦，真正把我要得團團轉的聰明人是作者）頭頭是道地分析我遺漏錯置的片片拼圖，終於看清真相全貌。這，就是偵探推理，我因此熟悉遊戲規則、沉醉在每一場迷人故事裡，成為這個類型書寫的俘虜，享受至今不疲的美好滋味。

石芳瑜（作家、永樂座書店店主）

布局細膩、處處留下線索，破案解說詳細，說明了這位安靜、害羞的推理小說女王心思縝密，且充滿想像力。密室殺人，完美犯罪，《東方快車謀殺案》不愧為古典推理小說的經典。再加上神祕的東方色彩，隨著火車抵達的迫切時間感，連非推理小說迷都會神經拉緊，讀完大呼過癮。

家庭主婦缺少人生經驗？處女座的阿嘉莎．克莉絲蒂充分展現她過人的寫作天分，靠得是從小開始的閱讀，以及對偵探小說的著迷。三十歲寫下第一本偵探小說《史岱爾莊謀殺案》的克莉絲蒂，在那個時代並不能說是「早慧」，但寫作生涯五十五年中，共創作了八十部偵探小說，卻令人難以企及。這位害羞靦腆的小說女神，大概是相信只要有足夠的理由，每個人都有殺人的可能！

余小芳（暨南大學推理研究社指導老師、台灣推理作家協會常務理事）

學生時代加入推理社團，社課指定讀物便是經典作品《一個都不留》，成為我對克莉絲蒂的初步印象，自此沉浸於推理小說的世界。隔年寒假陪同學參與轉學考，在斜風細雨的走廊中，滿足讀完《東方快車謀殺案》。隨著歲月遠走，已昇華成趣味回憶。

踏入推理文學領域需要認識的作家，阿嘉莎．克莉絲蒂絕對名列其中，她的作品常有英國小鎮風光、莊園式的謀殺、設備豪華的交通工具等，還有特色鮮明的偵探活躍其中。書中少有血腥、暴力的橋段，布局巧妙且結構嚴密，手法純粹、知性，故事內容與人物性格融為一體，以高超的想像力結合說好故事的能耐，為推理小說開創新局面。克莉絲蒂推理全集重編改版，值得新舊讀者一起探索。

林怡辰（國小教師、教育部閱讀推手）

多年後，還是難忘第一次閱讀阿嘉莎·克莉絲蒂作品的感動和激動。

這套將近一世紀的作品，文筆流暢，邏輯縝密，過程中不斷與作者較量、猜出凶手，直到最後解答不禁佩服，蛛絲馬跡處處展現作者的精妙手法，於是又拿起另一部作品，再次沉溺在謀殺天后所編織的日常世界中的奇幻，無可自拔。犯罪動機和手法穿越時空限制，如今讀來合理且依舊令人感動，閱讀中趣味橫生，難怪成為後來諸多偵探小說的原型。

克莉絲蒂創作生涯中產出的八十部推理作品，至今多部躍上大銀幕，無怪乎被稱之為「經典」，喜愛推理偵探作品的人不可不讀，你會驚異於她在文字中施展的魔法！

張東君（推理評論家、科普作家）

我愛克莉絲蒂！這位在台灣有時會被稱為克奶奶的超級暢銷推理小說家，即使是自認沒讀過她的書的人，也都會在各種書籍或影視作品中看到對她致敬的片段。由於她喜歡旅行和冒險，那些經驗與體驗都成為書中的場景，因此閱讀她的作品時，不只是雀躍地跟著偵探推理，也有了虛擬的旅行體驗。或者當成旅遊導覽書，在出發去尼羅河、去英國鄉間、去搭船搭火車時，就塞一本克奶奶的作品到隨身背包中。

我還是大學新生時，就聽學姐說她哥哥經常看克奶奶的小說，而且邊看邊狂笑。於是我跟著效仿，在某次搭飛機之前買了第一本小說當旅伴，不只看得超開心，看完後還到處找尋書中出現的那種有兜帽的斗篷，當成出門時的必備用品。克奶奶的作品是跨越文字、國界的。只要看過一本，就會不停地追下去。還好，真的是還好只有八十本。何況這次是全新校訂的紀念珍藏版，當然不能錯過！

發光小魚（呂湘瑜）（文史作家、助理教授）

一部好的偵探小說，除了情節設計巧妙之外，還需要洞悉人性，如此方能合理地交代人物的言行舉止與動機。阿嘉莎．克莉絲蒂便是其中翹楚，她的作品不管是偵探、愛情小說或戲劇，必要元素都是謎題與人性。在寧靜無波的場景下暗潮洶湧，永遠都有意料之外，讀者的情緒也會隨著劇情的進行起伏糾結。克莉絲蒂觀察到時代的變化，將犯罪心理融入作品中，於是，看她的小說不只能得到解謎的快樂，同時對人性也能夠有所省思。

此外，克莉絲蒂豐富的人生歷練及旅行經歷，例如一九二二年的環球之旅、居住過也旅行過的巴黎和埃及，甚至是追隨考古學家丈夫前往的中東，都讓她的小說讀來更加充滿異國情調。如果你也愛旅行，不如就讓我們一同搭上那一班南法的藍色列車，或由伊斯坦堡出發的東方快車，跟著白羅鑽進一樁奇案，一嘗旅程中破解謎題的快感吧。

盧郁佳（作家）

國小時，家裡買了一套阿嘉莎・克莉絲蒂全集，從此成了我的毒品，在白癡課本將我的腦袋啃囓成海綿般空洞時，撫慰受創的心靈，那時我仍對人心險惡一無所知。

數學課教你列算式，樂趣遠不如克莉絲蒂教你住宅平面圖、偷換時序的密室魔術，你從庭園長窗進房間，我從房門直通鄰房，他從走廊進房……從而學會故事是建構邏輯。她文風多變，時而《四大天王》中讓神探白羅向助手海斯汀大賣關子，眉頭緊皺，山雨欲來，預示天翻地覆，只能靠他拯救世界；時而用維吉尼亞・吳爾芙《自己的房間》中俏皮的語言，讓貧苦村姑安妮在《褐衣男子》中回憶南非出生入死的冒險，竟源於她耽讀村裡圖書館爛舊的冒險愛情小說，還有戲院每週末放映〈帕米拉歷險記〉，帕米拉每集從飛機跳落高空、搭潛艇、爬上摩天大樓，每次被黑幫老大抓到總不一刀斃命，卻老要用瓦斯毒死她，暗示續集又會逃出生天。

長大才發現，克莉絲蒂小說就是我的〈帕米拉歷險記〉：它以歌劇般輝煌龐大的天真陰謀、精細的人際觀察（一句話重音放在哪個字、從膝蓋鑑定女人的年齡等），召喚年輕讀者抱持浪漫精神投入未知的壯遊，瘋魔、衝撞、冒犯，傷痕累累毫無懼色。正如瓦斯在冒險片中太多、現實中卻太少；陰謀在現實中沒有克莉絲蒂寫得那麼複雜，但她刻畫的心理卻是現實中解謎的試金石。

賴以威（臺灣師範大學電機系副教授）

或許可以為經典下幾個定義：該領域的愛好者更都讀過；不是這個領域的愛好者，許多人也都聽過；影響後續的作品，在很多著作中都可以看到它的影子；值得反覆再三閱讀，每隔一陣子再讀都可以獲得閱讀的樂趣，有更多的體悟。我永遠記得第一次讀《東方快車謀殺案》時，被那宛如嚴謹設計數學謎題的鋪陳、推進給深深吸引、震撼。從這幾個角度來說，克莉絲蒂的推理小說被稱之為「經典」，可說是當之無愧。

謝哲青（作家、旅行家、知名節目主持人）

克莉絲蒂小說的魅力在於透過每個角色的對白，藉由不斷的說話來表現人物的個性，以彰顯其人格特質中一些無法被忽略的事實。我們從他們的言語、講話的過程和字裡行間，竟然就能知道誰是凶手。

我從克莉絲蒂的小說學到很多，除了推理小說有趣的事實之外，最重要的是，我在工作的職場跟人應對的時候，如何從語言和對話裡去捕捉某些隱而不顯的事實。許多人們欲蓋彌彰的東西，無論心事也好、祕密也好，克莉絲蒂都會用文學的手法，讓你理解語言的奧妙和魅力。

克莉絲蒂的書寫會讓你覺得彷彿自己也在現場，你可以從聽到的對話當中，學會如何理解人心的一些小技巧，這是小說家最出色、最偉大的地方。我們必須學習傾聽別人說話——這些人講話是真誠的嗎？他想要跟你分享什麼資訊？這些資訊可靠嗎？——這是我在閱讀推理小說時，最大的收穫和理解。

阿嘉莎・克莉絲蒂大事記

1890		• 九月十五日出生於英格蘭德文郡托基鎮。
1894	4 歲	• 開始在家自學，父母親、姐姐教導閱讀、寫作、算術和彈鋼琴。
1895	5 歲	• 家中經濟走下坡，舉家搬至法國，學會流利的法語。
1905	15 歲	• 在巴黎寄宿學校學鋼琴和聲樂，但生性極度害羞，未成為職業鋼琴家，最終回到英國。
1907	17 歲	• 陪同母親前往埃及調養身體，對社交活動充滿興趣，但尚未對日後感興趣的埃及古物點燃熱情。 • 回英國後繼續寫作、參與業餘戲劇表演。
1908	18 歲	• 寫出第一篇短篇小說〈麗人之屋〉，同時也寫出第一部愛情小說《白雪黃漠》，以筆名向出版社投稿，但屢遭退稿。
1912	22 歲	• 與英國皇家軍官亞契・克莉絲蒂（Archibald Christie）熱戀。 • 八月爆發第一次世界大戰，亞契奉派到法國作戰。
1914	24 歲	• 耶誕夜結婚，亞契隨即返回戰場。克莉絲蒂參與紅十字會工作，在醫院擔任護士和藥劑師，因此對藥理和毒物非常熟悉，造就後來多部推理小說情節都以毒藥殺人。
1916	26 歲	• 開始嘗試寫推理小說，寫出第一部小說《史岱爾莊謀殺案》，主角偵探赫丘勒・白羅的靈感，來自於大戰期間英國鄉間的比利時難民營。本書歷經數家出版社退稿後，終獲柏德雷・海德（The Bodley Head）圖書公司的出版機會，之後並簽下另五本小說的合約。
1919	29 歲	• 前一年亞契返回英國，八月生下女兒露莎琳。

1920	30 歲	• 出版《史岱爾莊謀殺案》。
1922	32 歲	• 出版第二部小說《隱身魔鬼》，主角是夫妻檔偵探湯米和陶品絲。 • 與亞契至南非、澳洲、紐西蘭、夏威夷和加拿大等國旅行十個月，在南非得到《褐衣男子》的靈感。
1923	33 歲	• 三月出版第三部小說《高爾夫球場命案》，白羅再度登場。
1926	36 歲	• 四月母親過世，克莉絲蒂陷入憂鬱。 • 六月在「威廉．柯林斯父子出版社」出版《羅傑艾克洛命案》。 • 八月亞契因外遇提出離婚，十二月初一次爭吵後，克莉絲蒂離家棄車失蹤，消息登上全國新聞。
1927	37 歲	• 一月在悲痛心情中寫出《藍色列車之謎》，第一次創造出聖瑪莉米德村，即後來瑪波小姐居住的村子。 • 分居期間在雜誌刊登以白羅為主角的短篇小說，後來集結出版《四大天王》。 • 十二月在雜誌刊登短篇小說〈週二夜間俱樂部〉，瑪波小姐初登場，後來收錄在一九三二年出版的短篇小說集《十三個難題》。
1928	38 歲	• 十月正式離婚，仍保留「克莉絲蒂」姓氏。 • 秋天搭乘「東方快車」前往土耳其的伊斯坦堡，再轉往伊拉克首都巴格達，參觀考古現場烏爾，認識考古學家伍利夫婦（Leonard and Katharine Woolley）。
1930	40 歲	• 二月應伍利夫婦之邀再訪烏爾，認識考古學家麥克斯．馬龍（Max Mallowan），九月於英國愛丁堡結婚。這段婚姻開啟克莉絲蒂旺盛的創作生涯，兩人到中東考古現場的旅行為許多作品帶來靈感。

- 婚後克莉絲蒂開始維持固定的寫作行程。十月出版《牧師公館謀殺案》，是第一部以瑪波小姐為主角的小說。
- 出版第一部以「瑪麗·魏斯麥珂特」（Mary Westmacott）為筆名的《撒旦的情歌》，並陸續發表了五部非犯罪小說。

1932　42歲
- 出版《危機四伏》。

1934　44歲
- 出版《東方快車謀殺案》，是白羅海外辦案三部曲之一，故事靈感來自中東的旅行經歷。一九七四年第一次改編成電影大獲好評。

1936　46歲
- 出版《美索不達米亞驚魂》，白羅海外辦案三部曲之二。

1937　47歲
- 出版《尼羅河謀殺案》，白羅海外辦案三部曲之三，故事背景是年輕時與母親同遊的埃及。一九七八年第一次改編成電影大受歡迎。

1939　49歲
- 二次大戰期間，克莉絲蒂在大學學院醫院擔任義務藥師，學習到最新的毒藥知識，對於推理小說寫作大有助益。
- 出版《一個都不留》，是克莉絲蒂最著名作品之一。

1941　51歲
- 出版《密碼》，呈現出克莉絲蒂對戰爭的看法。
- 出版《豔陽下的謀殺案》。

1942　52歲
- 出版《藏書室的陌生人》、《五隻小豬之歌》等名作。

1944　54歲
- 以「瑪麗·魏斯麥珂特」為筆名出版第三部作品《幸福假面》，被美國書評人發現是克莉絲蒂的作品，讓她從此失去匿名創作的自在樂趣。

1950	60 歲	• 獲選為皇家文學學會的會員。
1953	63 歲	• 出版《葬禮變奏曲》。
1956	66 歲	• 一月獲頒大英帝國爵級大十字勳章（GBE）。 • 十一月以「瑪麗．魏斯麥珂特」為筆名出版《愛的重量》，是這個筆名的最後一部作品。
1958	68 歲	• 成為「偵探作家俱樂部」主席。
1960	70 歲	• 馬龍獲頒大英帝國爵級大十字勳章。
1961	71 歲	• 獲得艾克塞特大學頒發榮譽文學博士學位。
1968	78 歲	• 馬龍獲封為爵士，克莉絲蒂亦被稱為馬龍爵士夫人。
1971	81 歲	• 獲頒大英帝國爵級司令勳章（DBE），獲封為女爵士。
1973	83 歲	• 出版最後一部創作《死亡暗道》，亦為湯米和陶品絲最後一次辦案。
1974	84 歲	• 最後一次公開露面，出席電影《東方快車謀殺案》首映會。
1975	85 歲	• 八月六日，白羅成為有史以來第一次在《紐約時報》頭版刊出訃聞的小說主角，宣傳九月即將出版的《謝幕》，這也是白羅最後一次辦案。
1976	86 歲	• 一月十二日去世。 • 十月出版《死亡不長眠》，瑪波小姐的最後一次辦案。

克莉絲蒂推理原著出版年表

1920 史岱爾莊謀殺案 The Mysterious Affair at Styles（神探白羅系列）
1922 隱身魔鬼 The Secret Adversary（神探湯米＆陶品絲系列）
1923 高爾夫球場命案 The Murder on the Links（神探白羅系列）
1924 白羅出擊 Poirot Investigates（神探白羅系列）
1924 褐衣男子 The Man in the Brown Suit（神探雷斯上校系列）
1925 煙囪的祕密 The Secret of Chimneys（神探巴鬥主任系列）
1926 羅傑艾克洛命案 The Murder of Roger Ackroyd（神探白羅系列）
1927 四大天王 The Big Four（神探白羅系列）
1928 藍色列車之謎 The Mystery of the Blue Train（神探白羅系列）
1929 七鐘面 The Seven Dials Mystery（神探巴鬥主任系列）
1929 鴛鴦神探 Partners in Crime（神探湯米＆陶品絲系列）
1930 牧師公館謀殺案 The Murder at the Vicarage（神探瑪波系列）
1930 謎樣的鬼豔先生 The Mysterious Mr. Quin（神探鬼豔先生系列）
1931 西塔佛祕案 The Sittaford Mystery
1932 十三個難題 The Thirteen Problems（神探瑪波系列）
1932 危機四伏 Peril at End House（神探白羅系列）
1933 十三人的晚宴 Lord Edgware Dies（神探白羅系列）
1933 死亡之犬 The Hound of Death
1934 三幕悲劇 Three Act Tragedy（神探白羅系列）
1934 李斯特岱奇案 The Listerdale Mystery
1934 帕克潘調查簿 Parker Pyne Investigates（神探帕克潘系列）
1934 東方快車謀殺案 Murder on the Orient Express（神探白羅系列）
1934 為什麼不找伊文斯？ Why Didn't They Ask Evans?
1935 謀殺在雲端 Death in the Clouds（神探白羅系列）
1936 ABC 謀殺案 The A.B.C. Murders（神探白羅系列）
1936 底牌 Cards on the Table（神探白羅系列）
1936 美索不達米亞驚魂 Murder in Mesopotamia（神探白羅系列）

1937　巴石立花園街謀殺案 Murder in the Mews（神探白羅系列）
1937　尼羅河謀殺案 Death on the Nile（神探白羅系列）
1937　死無對證 Dumb Witness（神探白羅系列）
1938　白羅的聖誕假期 Hercule Poirot's Christmas（神探白羅系列）
1938　死亡約會 Appointment with Death（神探白羅系列）
1939　一個都不留 And Then There Were None
1939　殺人不難 Murder Is Easy/Easy to Kill（神探巴鬥主任系列）
1940　一，二，縫好鞋釦 One, Two, Buckle My Shoe（神探白羅系列）
1940　絲柏的哀歌 Sad Cypress（神探白羅系列）
1941　密碼 N Or M?（神探湯米＆陶品絲系列）
1941　豔陽下的謀殺案 Evil Under the Sun（神探白羅系列）
1942　五隻小豬之歌 Five Little Pigs（神探白羅系列）
1942　藏書室的陌生人 The Body in the Library（神探瑪波系列）
1943　幕後黑手 The Moving Finger（神探瑪波系列）
1944　本末倒置 Towards Zero（神探巴鬥主任系列）
1945　死亡終有時 Death Comes as the End
1945　魂縈舊恨 Remembered Death（神探雷斯上校系列）
1946　池邊的幻影 The Hollow（神探白羅系列）
1947　赫丘勒的十二道任務 The Labours of Hercules（神探白羅系列）
1948　順水推舟 Taken at the Flood（神探白羅系列）
1949　畸屋 Crooked House
1950　謀殺啟事 A Murder Is Announced（神探瑪波系列）
1951　巴格達風雲 They Came to Baghdad
1952　殺手魔術 They Do It with Mirrors（神探瑪波系列）
1952　麥金堤太太之死 Mrs. McGinty's Dead（神探白羅系列）
1953　黑麥滿口袋 A Pocket Full of Rye（神探瑪波系列）
1953　葬禮變奏曲 After the Funeral（神探白羅系列）

1954　未知的旅途 Destination Unknown
1955　國際學舍謀殺案 Hickory, Dickory, Dock（神探白羅系列）
1956　弄假成真 Dead Man's Folly（神探白羅系列）
1957　殺人一瞬間 4:50 from Paddington（神探瑪波系列）
1958　無辜者的試煉 Ordeal by Innocence
1959　鴿群裡的貓 Cat Among the Pigeons（神探白羅系列）
1960　哪個聖誕布丁？ The Adventure of the Christmas Pudding（神探白羅系列）
1961　白馬酒館 The Pale Horse
1962　破鏡謀殺案 The Mirror Crack'd from Side to Side（神探瑪波系列）
1963　怪鐘 The Clocks（神探白羅系列）
1964　加勒比海疑雲 A Caribbean Mystery（神探瑪波系列）
1965　柏翠門旅館 At Bertram's Hotel（神探瑪波系列）
1966　第三個單身女郎 Third Girl（神探白羅系列）
1967　無盡的夜 Endless Night
1968　顫刺的預兆 By the Pricking of My Thumbs（神探湯米＆陶品絲系列）
1969　萬聖節派對 Hallowe'en Party（神探白羅系列）
1970　法蘭克福機場怪客 Passengers to Frankfurt
1971　復仇女神 Nemesis（神探瑪波系列）
1972　問大象去吧！ Elephants Can Remember（神探白羅系列）
1973　死亡暗道 Postern of Fate（神探湯米＆陶品絲系列）
1974　白羅的初期探案 Poirot's Early Cases（神探白羅系列）
1975　謝幕 Curtain: Hercule Poirot's Last Case（神探白羅系列）
1976　死亡不長眠 Sleeping Murder（神探瑪波系列）
1979　瑪波小姐的完結篇 Miss Marple's Final Cases（神探瑪波系列）
1991　情牽波倫沙 Problem at Pollensa Bay
1997　殘光夜影 While the Light Lasts

國家圖書館出版品預行編目（CIP）資料

十三人的晚宴 / 阿嘉莎・克莉絲蒂（Agatha Christie）著 ; 王敬慧譯. -- 二版. -- 臺北市 : 遠流出版事業股份有限公司, 2022.10
面； 公分. -- (克莉絲蒂繁體中文版20週年紀念珍藏 ; 13)
譯自 : Lord Edgware Dies
ISBN 978-957-32-9741-3(平裝)

873.57 111013853

克莉絲蒂繁體中文版 20 週年紀念珍藏 13

十三人的晚宴

作者 / 阿嘉莎・克莉絲蒂
譯者 / 王敬慧

主編 / 陳懿文、余式恕 校對 / 呂佳真
封面、內頁設計 / 謝佳穎 排版 / 連紫吟、曹任華
行銷企劃 / 舒意雯 出版一部總編輯暨總監 / 王明雪

發行人 / 王榮文
出版發行 / 遠流出版事業股份有限公司
地址 / 104005臺北市中山北路一段11號13樓
電話 / (02)2571-0297 傳眞 / (02)2571-0197 郵撥 / 0189456-1
著作權顧問 / 蕭雄淋律師

2002年6月1日 初版一刷
2022年10月1日 二版一刷
定價 / 新臺幣380元 (缺頁或破損的書，請寄回更換)

ISBN 978-957-32-9741-3

遠流博識網 http://www.ylib.com E-mail: ylib@ylib.com
遠流粉絲團 https://www.facebook.com/ylibfans